悪役令息になんかなりません！
僕は兄様と幸せになります！

アルフレッド・
グランデス・フィンレー
フィンレー侯爵家の長男で
エドワードの義兄。
義弟を可愛く思っていて、
常に気遣い、優しく接してくれる。
エドワード・
フィンレー
生家で虐待されていたが、
フィンレー家に引き取られた。
この世界が小説の世界だと
理解していて、物語通りの
展開にならないよう奮闘中。
人物紹介
Character

マーティン・
レイモンド
アルフレッドの友人で
中性的な雰囲気の少年。
魔法が得意。
ジェイムズ・
カーネル・スタンリー
近衛騎士団長の息子で
アルフレッドの友人。
快活で感じの良い少年。
ダニエル・
クレシス・メイソン
アルフレッドの友人。
気難しい少年だが
エドワードのことは
可愛がっている。
マリアンナ・
イースティン（マリー）
エドワードの専属メイド。
虐待されていた彼を
助け出し、ずっとお世話をしている。
デイヴィット・
グランデス・フィンレー
エドワードの義父で、
アルフレッドの実父。
優しく有能な侯爵。

暗い中に、うすく、うすく、溶けて流れている。

身体も、意識も、何もかもが曖昧(あいまい)で、自分が誰なのか、ここがどこなのか、そして何が起こっているのか分からない。

(なにか大事な事を忘れているような気がするんだけど……)

掴みかけては零(こぼ)れていく思考。その中に少しずつ、少しずつ何かが流れ込んでくるような気がしていると、知らない声が聞こえてきた。

「こんな所に……本当なのか……?」

「はい、知らせに来た侍女の話ではこの地下の部屋に……」

「魔法の解除は?」

「してあるそうです」

声はどんどん近づいてくる。でも動けない。ううん、動きたくないんだ。だけどその間にもそれは近くなってきて、やがてギィ……と軋(きし)むように扉が開かれる音がした。

(……まぶしい……)

入り込む光に目が痛んだ。

「……うん？　もう少し明るくしてくれ。そちらの方に何か」

声と一緒にギシリと床が鳴って、誰かが近くにいる事は分かったけれど、でもそれが誰なのかは分からない。「ライト」という声と共に更に明るくなる部屋。そして息を呑むような音がして、足音は僕のすぐそばで止まった。

「ああ！　なんて事だ。こんな小さな子供になんという事を……神よ！」

「祈るよりここから助け出す方が先だ！　何かくるむものを、すぐに神殿に向かう」

「はい！」

次々と聞こえてくる声に、溶けていた意識がゆらりゆらりと浮かび上がっていく気がした。静かだったそこが明るく騒がしくなって、小さく身じろぐと、再びハッと息を呑むような音がする。

「動いたぞ、息がある！　間に合った……神よ、感謝します！」

「デイヴィット様、ゆっくり、ゆっくりですよ」

「ああ、分かっているさ」

言葉と共にそっと触れられた手。

（……なに……？）

怖い……。最初に感じたのは怯えだった。それが伝わったのか声は労わるような、そしてなぜだかどこか懐かしいような響きをもって話しかけてきた。

「……遅くなってすまなかったね。エドワード・ハーヴィン君だね？」

（エドワード？　……僕が……？）

次に覚えたのは違和感だった。けれど声の男はそれを知る事もなく言葉を続けた。

「私は君の伯父のデイヴィット・グランデス・フィンレー。君の父上レオナルドの兄だ。もう大丈夫だ。よく、頑張ったね」

（デイヴィット……？　レオナルド……？）

なんだか頭の中に何かが詰まっているような感じがした。ちがう。頭だけじゃない、身体も重くて動かせない。そんな僕を、伯父と名乗った男はまるで壊れ物を扱うように、そっと抱き起こして暖かな毛布でくるんでくれた。

「もう、大丈夫だよ」

繰り返される言葉。でも僕は彼が何を言っているのかよく分からなかった。

彼が口にした『エドワード・ハーヴィン』というのは、本当に僕の名前なんだろうか。

それにここはどこなんだろう？

どうしてここにいるんだろう？

何をしていたんだろう？

何が大丈夫なんだろう？

「……っ……！」

頭の中に溢（あふ）れ出す疑問。でも、声はうまく出てこない。

「……声が出ないのかな？　無理をしてはいけないよ。大丈夫」

三度目の「大丈夫」を口にして、優しげなブルーグレイの瞳が僕の顔を覗き込んできた。その瞬間、声が口から飛び出した。

「……ご、めんなさ……！」

「っ⁉」

疑問が渦巻いている中で、どうしてその言葉が口から出たのか分からなかった。

けれど気付いたら息をするようにそう言っていた。そして今まで動かせなかった手で咄嗟に頭をかばうようにして身を縮める。

「ごめ、なさ……ごめん、なさい……ごめ……」

伯父と名乗ったその人は小さく息を呑み、そのまま黙り込んでしまった。そうして少ししてからゆっくりと口を開いた。

「……なぜ謝るんだい？　何も謝る事などないんだよ。エドワード君はよく頑張った。偉かったね」

ボタボタと僕の顔の上に温かい何かがいくつも落ちてきた。それが涙で、僕を抱きしめている伯父さんという人が泣いているのだと分かったけれど、なぜ彼が泣いたのかは分からなかった。

だけど一緒にいた人も同じように泣いているように見えた。

「ああ、ごめんよ。さあ、伯父さんと一緒に行こう、エドワード。まずは神殿で君の身体を診てもらわなければならないね」

「しん……でん？」

「そう。痛い所や苦しい所を治してもらうんだよ」

そう言うと彼は僕を毛布ごと抱きかかえて、ゆっくりと立ち上がった。その腕の中で、なぜ医者ではなく神殿なのかと思いながら、僕の意識は再び溶けていった。

僕の名前はエドワード・ハーヴィン。四歳。ルフェリット王国のハーヴィン伯爵家に生まれた子供だ。でも、もうすぐエドワード・フィンレーになる。

僕を迎えに来てくれた伯父のデイヴィット・グランデス・フィンレー侯爵の養子になるからだ。

「緊張しなくても大丈夫。皆エドワードが来るのを楽しみにしているんだよ。前にも話したけれどアルフレッドという息子もいるから仲良くしてくれるといいな。五つ年上だからきっと一緒に遊んでくれるよ」

「はい。ありがとう、ございます……ぼく、いいこにします」

「エドワードはそのままで十分いい子だよ。大丈夫」

『大丈夫』というのは伯父の口癖なのだろうか、綺麗な短めの金髪は後ろに流すようにして整えられていて、優しげなブルーグレイの瞳で僕を見つめたまま笑っていた。

僕がハーヴィン伯爵家の隠し部屋から助け出されてから半月近くが経った。

このルフェリット王国には治癒魔法というものがあって、大きな怪我や重い病気は神殿で治癒魔法士様に治してもらうんだ。だけど怪我や病気は治せても、栄養が足りていなくて痩せていた身体や、心ない言葉や暴力で傷ついた心は治せないんだって神殿の人が教えてくれた。

あまりよく分からなかったけれど、僕は神殿での治療の後、近くの街の静かな宿に連れていかれて、寝て、起きて、食事をして、また寝て……そんな事を繰り返しながら、フィンレー領に馬車で行けるような体力がつくまで、信じられないくらい大切にされて過ごしたんだ。

僕の侍女のマリーもいたよ。マリーが無事でいてくれてすごく嬉しかった。

宿にいる間に侯爵様たちから教えてもらった事がいくつかある。

僕が本当の両親から虐待を受けていたという事と、父が野盗に襲われて亡くなった事。そしてその知らせを受けた、父の兄であるフィンレー侯爵が僕を迎えに来てくれたって事。それは始めに教えてくれた。だけど、それだけではなく様々な事情を、僕はなぜか知っていた………


生まれて初めて乗る馬車はフィンレー領に向かって順調に走っている。周りに見えるのは麦だろうか。黄金色(こがねいろ)に輝く大きくなった穂が揺れている。美しく豊かな畑だ。僕は外を見ている振りをしながら胸の中で一つ息をついた。

神殿で治療を受けた後、僕は熱を出した。疲れが出たのだろうと伯父は言った。傷は治っているから安心してゆっくり休むといいよと優しく笑った。でも、熱が出たのは多分、四歳の僕の身体が限界を超えたからだと思う。信じられない事だけど、僕には四歳のエドワード以外の『記憶』が存在していたんだ。

色々な事があって混乱しただけじゃないかって？　ううん。確かに僕はエドワード・ハーヴィンなんだよ。それは間違いなくて、四歳なのも本当なんだけど、僕の中には僕のものじゃない『記憶』があったんだ。そしてそれは混乱した僕の妄想という言葉では説明出来ないものだった。

だって『記憶』の中の世界は、四歳の僕には思いつかないような、この世界とは全く違う世界だったんだもの。それに…………

「昼過ぎには着くと思うから、疲れたら寝ていて大丈夫だよ。着く前に起こしてあげるからね」

「……ありがとう、ございます」

侯爵様の優しい言葉にお礼を言って、僕はそわそわと落ち着かなくなってきている気持ちを抑えて目を閉じる。そして僕、エドワードの記憶と、思い出した『記憶』を確認するようにすり合わせた。

ルフェリット王国は南の海と、北の高い山々に挟まれるような逆三角形の形をした豊かな国だ。東西にはそれぞれに東の国、西の国と呼ばれている隣国がある。

ルフェリットの国民はそのほとんどが魔力を持ち、魔法を使う事が出来る。王国内は王族と貴族と平民に分かれ、貴族は公爵家を筆頭に侯爵・伯爵・子爵・男爵の爵位があり、更に領地持ちと領地なしがいる。フィンレーは北東に領地を持つ、侯爵家の中でも高位の家だった。

エドワードの実父であるレオナルドは、このフィンレー侯爵家現当主であるデイヴィットの弟で侯爵家の三男として生まれた。そして爵位を継げないレオナルドは成人後にハーヴィン伯爵家に婿入りをしたのである。けれど彼はその結婚後に『道楽者』と呼ばれる人間に成り下がり、エドワードが生まれた後も、妻も家も顧みずに遊び歩いていた。

ハーヴィン伯爵家としてはフィンレー侯爵家との繋がりが欲しかった。レオナルドを婿にとったハーヴィン家の娘エミリアも貴族同士の結婚なんてそんなものだと割り切っていた筈だった。

しかしエミリアは子供が出来ても遊び歩く夫への鬱憤を、次第に息子であるエドワードに向けるようになっていく。

エミリアは最初から息子であるエドワードに関心を持たなかった。育児は全て乳母任せで子供を抱き上げる事も、話しかける事も、ましてや顔を見る事すらなかった。

それが少しずつ幼い我が子を叩いたり、食事を抜いたりするようになった。乳母も大切なお嬢様を裏切っている男の子供の世話などまともにする筈がない。館の実質的な主であるエミリアと、本来エドワードの世話を焼く筈の乳母がそんな対応だったため、他のメイドたちも下手に手を出せないまま放置する状況が続いた。そのせいでエドワードは二歳になっても言葉を話せず、まともに歩く事さえ出来なかった。それを救ったのがエドワードの専属侍女となったマリーだった。

マリーはハーヴィン伯爵の旧友であるイースティン元子爵の孫娘で、伯爵から直々にエミリアの侍女という肩書で彼女の子供の面倒を見てほしいと乞われてやって来た。そして二歳になろうとしているエドワードを見て愕然としたのである。

マリーはハーヴィン次期当主の嫡子ならば、専属の侍女がいなければならないと言った。当主直々に雇われた彼女に、執事も乳母も強く反論が出来ず、マリーはその日のうちにエドワードの専属侍女となった。エドワードが話せるようになったのも、感情を出せるようになったのも、細すぎた身体をなんとか普通に動かせるようになったのも、全てマリーのお陰だった。けれど、若い一侍女に出来る事は限られていた。エドワードに対する実父母からの暴力や、食事が用意されないという事は、その後もしばしば起きていたのである。

そしてエドワードが四歳になった頃、事件が起こる。レオナルドの一番新しい恋人が屋敷に乗り込んできたのだ。

エミリアはもちろん激怒した。そしてその女性を追い出すと、その場にはいなかったレオナルドにすっぱりと見切りをつけた。エミリアは夫を追い出す事はしなかったが、翌日に自分が他の男と伯爵家を出ていってしまったのである。

エミリアの駆け落ちでバタバタしている屋敷に慌てて戻ってきたレオナルドは、エドワードに母親はどこに行ったのか、なぜ子供であるお前が止めなかったのかと怒鳴り、殴り、蹴りつけた。エドワードが気を失っても暴力を振るおうとしたレオナルドを止めたのはマリーと、今までは無関心を貫いていた執事だった。現伯爵である大旦那様の決定がないうちは、次期当主の嫡子であるエドワードを死なせてはまずいと判断したためだ。

レオナルドは、領地内に隠居用に建てた屋敷に住んでいるハーヴィン伯爵夫妻に、エミリアが出ていった事が知られてはまずいと、妻と男を捜しに数名の護衛をつれて飛び出した。そして、死んだ。

野盗に襲われたという事になっているが、エミリアが駆け落ちをして家を出た事は、すでに伯爵夫妻に報されていた事、あまりにも都合よく、手際よく、正体も不確かな野盗などという者に殺されてしまった事を考えると、おそらくは切り捨てられたのだろう。

「ほら、エドワード。見えてきたよ。あれが私たちの屋敷だ」

僕はどうやら『記憶』の事を考えながら眠ってしまったみたいだった。そっと僕を揺り起こした侯爵様は、高い山並みと深い森をバックに緩やかな丘陵に建てられた大きな屋敷を指した。

「きれい……」

「ははは、気に入ってくれると嬉しいな。何か欲しいものがあれば遠慮なく言うんだよ」

「はい。こーしゃくさま」

「違うよ？　エドワード」

「あ……ち、ちちうえさま」

「う～ん……様はいらないんだけどなぁ」

まぁ少しずつだねと義父は笑った。

ええっと、どこまで思い出していたのかな。あ、そうだ。神殿のある街を離れる前に、もう少し詳しい事を義父とマリーが教えてくれたんだ。

そう。僕の体力がなんとか馬車の旅が出来るくらいについてきて、こうして過ごしていられるのは全て義父とフィンレー家の家令と、そしてマリーが動いてくれたからだ。

野盗に襲われたという父を見つけたのは通りかかった商人の一団で、彼らはその事をハーヴィンの屋敷に知らせた。そして、父の持っていたものの中にフィンレー家のものがあって、フィンレーの事をよく知っていた商人の一人がフィンレー家にも知らせを出してくれたんだって。

その知らせを聞いて、義父は急いでハーヴィンの屋敷に向かってくれた。でもね、僕がこうして生きているのはマリーのお陰なんだよ。

この辺は教えてもらった事じゃなくて、宿で過ごしていた時に聞いた噂なんだけど、婿入りしたフィンレー侯爵家の三男はトラブルばかりを持ち込んだ上に、実の娘は他の男と駆け落ちをしたなど、伯爵家にとっては本当にあってはならない事だった。そのあってはならない事の中に存在してしまった僕は、あってはならない存在になってしまったみたいなんだ。えっと、つまり、母が父の事を要らないって思ったように、僕は祖父母たちから要らない子って思われたみたい。

それを察知して、助けてくれたのはマリーだった。マリーは父のせいで傷だらけの僕を部屋から連れ出して手当をして、沢山のごめんなさいを言って屋敷の中にある地下の隠し部屋に僕を隠したんだ。僕はこの時はどうしてマリーがそんな事をするのか分からなかったけれど、それでもマリーの言葉を信じた。

「必ずエドワード様をお助けします。どうか待っていてください」

泣きながらそう言って、マリーはフィンレー家に一縷の望みをかけて馬で走ってくれた。マリーってすごい！　それで、途中でこちらに向かっていた義父に会って、事情を説明してどうか助けてほしいってハーヴィンの屋敷まで連れてきてくれたんだって。

屋敷はすでに誰かに荒らされていて、使用人もほとんどいなくなっていたって聞いた。

義父たちはすごくびっくりしたけれど、マリーが隠し部屋の入口に念のためにと防御と隠ぺいの魔法をかけてくれていたお陰で、僕は誰にも見つからずに隠し部屋でなんとか生きていたんだ。マリーが出ていってから五日間。どうやって過ごしていたのか、僕にはほとんど記憶がない。でも用意されていた日持ちのするクッキーみたいな食べ物や、置かれていた水を口にしていた痕跡はあったらしい。

マリーが入口の魔法を解除して、義父たちが僕を見つけて、すぐに神殿に連れていって治癒魔法士様が治療してくれている間に、義父は父の遺体を引き取って、ハーヴィン伯爵と話をして、僕を自分の息子として引き取る事にした。

この辺の事を義父は僕にあまり話さなかったけれど、きっと、大変だったと思う。

僕は四歳だけど、なぜか二十一歳の彼の『記憶』があるから、なんとなくそれが分かってしまった。だって、弟は死んでいるし、その奥さんだった伯爵令嬢は駆け落ちしているし、嫡子の僕は荒れた屋敷の中で死にかけているしね。義父と家令は様々な手を使って、出来る限り『穏便に』僕を引き取ったらしい。そして僕を助けるためにかなり無理をしたマリーも、フィンレー家で僕専属のメイドにしてくれた。

どれもこれも『らしい』ばっかりだし、ちゃんと教えてもらった事だけじゃなく、聞こえてきた噂や、『記憶』から推測した事もあるけれど、多分そんなに大きくずれていないと僕は思っている。でも、僕の中に『記憶』を持っている彼はいないんだ。彼の『記憶』は僕の中にすっかり染み込んでいる。それだけ。う~んと、彼の世界の言葉で言えば、僕は転生者エドワードになっているのかな？

ともかく、僕はエドワードの四歳の記憶と心はそのままで、ここと違う世界で二十一歳まで生きていた彼の『記憶』を全部じゃないけれど引き継いだ。

だから分かるんだ。なぜ違う世界で生きていた彼がこんなにも僕の事を知っているのか。それはこの世界が、彼の世界で彼が読んでいた小説『愛し子の落ちた銀の世界』と同じだから。

そして、その小説の中で僕エドワード・フィンレーは主人公である【愛し子】の敵の一人で、これから会う筈の義兄（あに）を殺してしまう『悪役令息』なのだと。

馬車は大きな門をくぐり、速度を落としながら馬車回しに入っていく。

「ほら皆が外で出迎えている。君を助けてくれた子爵令嬢もいるよ」

「マリーだ！」

マリーは一足先にこちらに来て、僕が不安なく過ごせるように侯爵家の人たちと準備をしてくれていた。他のメイドたちと同じ服になっても、マリーの事はすぐに分かった。少し濃い目の茶色の髪を綺麗に結って、鳶色（とびいろ）の優しい目をしている、小柄だけどとても頼りになる僕のメイド。

「ないてる、マリー」

「無事に君に会えて嬉しいんだよ。本当に彼女には感謝してもしきれない」

「マリーは、やさしくて、つよいです。ぼくは、マリーのことが、だいすきです」

「そうだね……」

玄関の前でゆっくり止まった馬車。少しして静かに扉が開かれて冷たい空気が一気に入ってきた。

「寒くはないかい？」

「だいじょーぶ、です」

今まで置かれていた環境のためか、僕は四歳児にしては滑舌が悪く、身体も小さい。

実父が時折口にしていたけれど、ミルクティー色のふわふわとした髪も、ペリドットのようなグリーンの瞳も実父に似ていない。そして僕を生んだ母にも伯爵家の祖父母たちにも、誰にも似ていなかった。

「おかえりなさいませ」

執事らしい男が恭しく頭を下げ、それをチラリと見てから義父が馬車を降りた。僕は、手を広げて「おいで」と言う義父に抱きかかえられて馬車を降りたよ。なんだか赤ちゃんみたいでちょっと恥ずかしいなって思った。

玄関前にいるのは沢山の使用人たちと、その前に立っている綺麗な女の人と男の子。

「……っ……」

その瞬間、僕の心臓がドクンと跳ねた。義父と同じ綺麗な金髪と、明るい空の色のような青い瞳の少年は、初めて会うのに見た事があるように思えた。

ああ、やっぱりここは間違いなくあの物語の世界なんだ。そして僕は兄になるこの少年を殺してしまう『悪役令息』なんだ。

胸の辺りがギュッと痛んだ気がした僕の前で、義父は綺麗な笑みを浮かべて女の人の頬っぺたにキスをした。

「戻ったよ、パトリシア。変わりはないかい？」

「おかえりなさいませ。旦那様。皆変わりなく、そしてこの日を楽しみに過ごしておりました」

「ああ、それは良かった。ここでは少し寒いので中に入ってから紹介しよう」

義父（ちち）はそう言って僕を抱きかかえたまま歩き出した。それを見てこの家の嫡男である少年が目を見開いたのを僕は見逃さなかった。

「あの、こーしゃ……ち、ちちうえさま、ぼく、あるけます」

「うん、でもエドワードと私が仲良しのところを、最初に皆にアピールさせてほしいからね」

「あらあら、父上様とはもうすっかり仲良しなのね。ではお部屋に入ったら母様とも仲良くしてくださいね」

「…………はい」

綺麗な侯爵夫人はそう言って優しく笑った。僕は頷いて小さく返事をするだけで精一杯だった。

「サロンの準備は出来ているの。そちらでお茶でも飲みながら、この可愛らしい息子を私に紹介して、デイブ。もちろん。アルフレッドにもね」

「ああ、そうしよう。さあ、アルフレッドも行くよ」

「はい、父上」

出迎えてくれた人たちに結局その場で挨拶（あいさつ）をする事もなく、僕は綺麗なサロンと呼ばれる部屋に連れていかれた。

フィンレー侯爵家のサロンは、この季節には珍しい花々が沢山飾られていて、とても華やかで美しい部屋だった。沢山のソファが置かれて、いくつものテーブルがあって、奥には庭に繋がっているガラスの扉が見えた。大勢の人が来る時は庭も使ったりするのかもしれない。

「ここに座ってちょっと待っていて。皆に挨拶をしよう」

「はい」

身体が半分埋もれてしまいそうな、ふかふかのソファ。こんなソファには座った事がない。それに目の前のテーブルには、見た事もないような色とりどりの可愛らしいお菓子が並んでいる。

「……ふわぁ……きれい」

思わず声が漏れた。するとクリームイエローの長く美しい髪を綺麗にまとめて、ブルーグレイの花の髪留めを付けている侯爵夫人は、ピンクアメジストの目を柔らかく細めて笑った。

「気に入ってもらえたかしら？」

「はい……あ……ごめんなさい」

侯爵夫人の言葉につい返事をしてしまって、僕は慌てて俯いた。侯爵である義父から何も言われていないのに話し出してしまったら駄目だった。

けれどそんな僕を咎める事はなく、義父は僕の隣に立って周囲を見回してから口を開いた。

「改めて、留守の間、皆ご苦労だった。事情はすでに知らされていると思うが、亡くなった私の弟レオナルドの子、エドワードだ。今日からは正式にフィンレー家の次男、エドワード・フィンレーとなる。淋しい思いをしていた子だ。皆で支え、慈しんでくれ」

部屋の端に控えていた使用人たちは主の言葉に一斉に礼をした。

「さて、エドワード、自己紹介は出来るかな。出来なくても大丈夫、誰もそれを笑ったり、怒ったりはしないからね」

優しく話しかけてくる義父に、僕は緊張しながらゆっくりとソファを降りてお辞儀をした。

『記憶』の中の小説では、エドワードは誰にも自己紹介が出来ず、せっかくよろしくと言ってくれた義兄にも、何一つ返事をする事が出来なくて、目に見えない最初の溝を作ってしまう。

でも、僕は違う！　だって僕には四歳の他に二十一年間の『記憶』とコミュニケーション能力がある筈なんだ。多分。

ドキドキする胸をキュッと押さえて、僕はゆっくりと口を開いた。

「は、はじめまして。エドワード……ふぃ……フィンレーです。よんさいです。いいこにします。よろしくおねがい、しましゅ」

ああ！　しましゅになっちゃった！　『記憶』と僕の合計は二十五歳なのに、これじゃあ、駄目な子だって思われる。目にじんわりと涙が浮かんで、口から「ごめんなさい」って零れそうになった。その途端。

「まぁまぁまぁ！　なんて可愛いご挨拶でしょう！　立派ですよ。エドワード。今日から貴方のお母様になるパトリシア・ランドール・フィンレーです。母上様では淋しいので、パティ母様と呼んでくださいね」

「ぱ、ぱてぃかーさま」

「そう！　そうですよ」

そう言って義母は両手を広げてふわりと僕を抱き寄せた。すごく優しい匂いがした。

「パティ、エドワードが驚いて固まっているよ。少しずつね。エドワード、私も父上様でなく父様にしてね」

「こ……はい、とーさま」

注文が次々に入ってくる。うう、負けないぞ。

「アルフレッドも仲良くしてやってくれ」

義父の言葉に、緊張したような面持ちの少年が僕の前にやって来た。

綺麗な癖のない金髪は、肩の辺りで瞳と同じ色のリボンで結ばれている。義父の瞳よりも明るく優しい、晴れた日の空の色の瞳はキラキラとしていて吸い込まれてしまいそうだ。その中に驚いて固まっている僕が映っているのが見えた。

「アルフレッド・グランデス・フィンレーだ。よろしく」

言葉と一緒に差し出された手を見つめてしまってから、ハッとして僕は口を開いた。

「はい、あ……う……ありゅふえ……あ、あるふえ……」

うう、動け僕の舌！　回れ僕の口!!

「あるふ……れ……」

あと一音！

「……ぷっ……！」

「……へ……？」

も、もしかして今、わ、笑われた？

「アル、お行儀が悪いですよ」

「母様、申し訳ございません」

「ご、ごめん……なさ」

ああ、初めてのご挨拶が！　一番気を付けなきゃいけなかったのに、これじゃあ台無しだ！

未来の事を考えて再び涙目になった僕の前で、硬い表情をしていた少年は困ったような微笑みを浮かべて口を開いた。

「ごめんね。泣かないで。あんまり一生懸命なエドワードが可愛くて。からかったわけでも、怒ったわけでもないんだよ。私の事はアルでいい。これなら言えるかな？」

「アル、さま」

すると義兄はすぐに「アル兄様にしよう」と言う。いいの？　いいのかな？

「アルにーさま」

「そうだよ。エディ。これから仲良くしよう」

「っ！　はい、アルにーさま。なかよく、してください！」

僕の言葉に義兄は鮮やかな笑みを浮かべた。

『愛し子の落ちた銀の世界』はライトノベルと言われる小説で、主人公が転生をした世界を救うという定番の物語だ。

【愛し子】と呼ばれる主人公は、ルフェリット王国内の小さな村で生まれた。

そしてとある事件をきっかけに、自分が異世界からの転生者である事を思い出し、その記憶を辿りながら、世界の均衡を崩して溢れ出す魔物を倒していく。

ルフェリット王国の魔法は基本、火、水、風、土、光、闇の六属性に分かれ、そこから氷や雷などの派生の魔法や、ごく稀にスキルという特別な魔法を与えられた者が現れたり、更に加護と呼ばれる祝福を受ける者が居たりする。加護の魔法は不明な事が多く、後天的に発現していく場合が多い。

主人公は六属性ではなく、希少と言われる光属性の上位である聖属性の魔法を持ち、更に【光の愛し子】という加護を授かっていた。その事がまた色々な波紋を広げていくのだ。

そして、そんな【愛し子】を助けて一緒に世界を救う仲間たちも勿論いる。

コミカライズもされ、素敵な絵師様によって新たに命を吹き込まれたキャラクターたちに、『記憶』の彼は心を奪われた。小説の世界を壊す事なく忠実に、魅力的に描かれたコミックスは爆発的な人気が出た。アニメ化の話も出ていたようだった。

溢れ出した魔物をただ倒すだけでなく、【愛し子】たちは王国内の様々な思惑に巻き込まれ、罠に嵌められそうになる事もある。敵は魔物だけでなく生身の人間たちもいるのだ。

王国の中枢に巣食うドロドロとした大人たちや、ライトノベルらしく『悪役令息』も出てきたりする。その『悪役令息』が僕、エドワード・フィンレーだ。

エドワードは学園編と呼ばれる章の悪役で、【愛し子】のもとに仲間たちが集っていく過程で【愛し子】を憎んで、様々な邪魔をする存在だ。そして、その学園編の序章部分で、僕は義兄であるアルフレッド・グランデス・フィンレーを殺し、その後自らも断罪されて殺されてしまうのである。

『記憶』の彼は、アルフレッド・グランデス・フィンレーという『悪役令息』の義兄のことがなぜかとても好きだった。アルフレッドは幼少時のエドワードと対照的な、物静かで、穏やかで、それでいて正義感が強く、何かを秘めているような少年だった。

優しげな印象だが、はっきりとものを言う強さも持っていて、コミックスではそれがより一層強調されていた。【愛し子】を支える仲間たちとは繋がりがあり、アルフレッドは時折友人たちの思い出の中に描かれた。

エドワードと敵対して殺されてしまうが、彼は彼なりに義弟を思っていたのだという描写があり、アルフレッドが亡くなるシーンでは、『記憶』の彼は神のような絵師様に感謝しながら泣いた…………らしい？

なんだかよく分からない所も沢山あるけれど、僕の中にはそんな『記憶』があった。

でも、この世界では、そんなアル兄様の最期は絶対に見たくない。ううん、あってはいけないんだ。勿論僕だって殺されたくないよ！

「さあ、お茶にしよう。エドワードはお菓子を食べたら少し休みなさい。長旅で疲れているだろうからね」

「はい、とーさま」

「う～ん、いいなぁ……」

義父(ちち)の顔が心なしかフニャってなった。

「エディ、このお菓子が王都で今一番人気があるそうですよ。食べてね」

「あ、ありがとうございます。……ぱてぃかーさま」

「可愛い！　本当にこんなに可愛い子をどうして」

「パティ」

父様の声にパティ母様はハッとして口元を優雅に扇で隠した。

それを見てアル兄様は綺麗な指で色鮮やかなお菓子を示した。

「エディ、見て。これはマカロンという新しいお菓子だよ」

「きれいなおかしです。はじめてみます、アルにーさま」

「色々な味があるから好きなのを選んでね」

「いろんなあじ！　た、たのしみです！」

「赤いのはイチゴ、緑のはリンゴ、ピンク色は」

「まよ、まよいます！」

「ふ、ふふふ」

「アルにーさま？」

「エディが可愛くて。弟になってくれてよかった」

「……ぼ、ぼくもアルにーさまが、にーさまで、よかったです！」

赤くなってしまった顔でそう言うと、今日会ったばかりのアル兄様は、僕のほわほわのミルクティー色の髪をそっと撫でてくれた。それが嬉しくて僕は赤い顔を更に赤くした。

四歳以外の『記憶』があっても、『記憶』の人がどうなっているのかは全く分からない。だから僕はこのやり取りを無理してやっているわけではないんだ。それに口から出てくる言葉はどうやってもこんな感じで、長い言葉も話せない。もう少し口がうまく動かせるようになってきたら、きっと今よりはちゃんとした会話が出来る……筈だと思う。

「……あかいのを、いただいても、いいですか？」

「もちろん。エディのために、母上が用意をさせたんだ。好きなものを沢山食べて」

「ありがとう、ございます」

小さく口に入れたお菓子は甘くて、すこしだけ酸っぱくて、幸せな気持ちになった。

「すごく、おいしいです」

「よかったね」

「はい。あ、アルにーさまも、たべてください」

「うん、ありがとう」

僕たちの様子を眺めるパティ母様はニコニコと笑いながら紅茶を口にした。

「よかったわ。二人とももう仲良くなってくれたみたいで。エディ、夕食も楽しみにしていなさい。貴方はもう少しお肉をつけないといけないわ。好きな食べ物は何かしら？」

　パティ母様の言葉に僕は半分くらい残っていた赤いマカロンを持ったまま考えた。でも浮かんでこないんだ。僕は何が好きだったんだろう。マリーは一生懸命ご飯を運んでくれたけど、それでも出ない時もあったし、そういう時はマリーがちょっとしょっぱいクッキーをくれたんだ。

「すきなの……わかりません」

「……そう。じゃあ、嫌いなものはあるかしら？」

　言われてまた考えてみる。

「……わかりません」

　困った顔をする僕に、パティ母様は少しだけ悲しそうな表情を浮かべてから「じゃあ好きなものをこれから沢山作っていきましょう」と笑った。

「あ、すきなたべもの、ひとつありました。あかいまかろん、すきです！」

　僕は持っていたマカロンを一口齧（かじ）った。途端に三人の顔に笑みが浮かんだ。どうやら僕は新しい家族との顔合わせに成功したみたい。小説とは異なり、和（なご）やかな時間を過ごせていると思う。

「ふふ、エディ、緑やピンク、紫や黄色のマカロンも、きっとエディに好きになってほしいと思っているよ？」

「ええ！　アルにーさま、それは、たいへんです！」

　そんなに沢山食べられないよ！　って焦った僕に父様が笑った。

「急がなくても大丈夫。またいくらでもシェフがエドワードのために作ってくれる」

「はい。あの、あの、たべものじゃないけど、とーさまの『だいじょーぶ』すきです」

「ふふふ。あなたの口癖ね」

「え？　そうなのか？　気付かなかったな。でもエドワードに好きと言ってもらえるのは嬉しいね」

「私も早くエディに好きって言ってもらえるようにしましょう」

「ぱてぃかーさまが、ギュッてしてくれたのも、すきです」

「まぁ！　それじゃあ沢山ギュッてしてしましょう」

そう言ってパティ母様がもう一度ギュッと抱きしめてきたので、僕は慌てて残りのマカロンを口に入れた。ドレスを汚したら大変だ。でもそのせいで息がうまく出来なくなってしまった！

「～～～っ！」

「パティ、そのくらいで。もう休ませよう」

「うふふ、そうね。また後でギュッとしましょう」

「じゃあ、私がエディを部屋まで送っていきます。行こう、エディ」

アル兄様が僕に向かって手を差し出した。

「あ、あの、はい……」

マカロンで少しベタついていた手を慌てて拭いて、僕は兄様の手を握った。温かくて僕より大きな、綺麗な手だ。

「アルフレッド、エドワード、夕食で会おう」

「はい、父上」

「はい、とーさま」

二人して返事をして、手をつないだまま歩き出すと、アル兄様が僕に合わせてゆっくり歩いてくれるのが分かった。

「うふふふ」

思わず笑ってしまった僕に兄様が「どうしたの？」とこちらを向いた。

「うれしくて」

「エディは一緒に歩くのが嬉しいの？」

「はい」

階段を上りながら、僕は改めて思っていた。『悪役令息』になんかなりたくない。そして、絶対に兄様を殺すなんてしたくない。だから、絶対、絶対、僕は悪い子にならないんだ！　ちゃんとご挨拶をして、みんなと仲良くするの。そうしたらきっと小説と違う風になっていくから。

「アルにーさま」

「なに？」

「なかよくしてくださって、ありがとう、ございます」

「うん。僕も、仲良くしてくれてありがとう、エディ」

「っ!!」

僕だって。私でなく、僕だって！

「だ……」

「だ？」

止まった足。どうやらここが僕の部屋らしい。後をついてきたマリーともう一人のメイドがそっとドアを開けてくれる。

「だいすき、アルにーさま！」

ギュッと一瞬だけしがみついて、僕は急いで部屋の中に飛び込んだ。なんだかものすごく嬉しくてどうしたらいいのか分からなくなってしまったとはいえ、なんて大胆な事をしてしまったんだ！

おそるおそる振り返ると、ドアのところで兄様が笑って「僕もだよ」と手を振ってくれた。

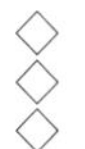

「マリー、きょうはアルにーさまが、ごほんをいっしょに、よんでくれるっていっていいました」

ベッドから起きての第一声に、マリーはクスクスと笑って口を開いた。

「おはようございます。エドワード様。まずは朝のご挨拶(あいさつ)ですよ」

「そうだった。マリー、おはよう」

「よくお休みになられましたか？」

「うん。このべっどは、すごくきもちいいの」

「それはようございました。ではお顔を洗って、御髪(おぐし)を整えて、お着替えをしましょう」

「はい」

コクンと頷いて僕はベッドを出た。そのタイミングで他のメイドたちが部屋に入ってくる。

侯爵家に来てから、僕の一日はこんな風に始まるんだ。最初は僕を驚かせないようにマリーだけ。

それから他のメイドたちが来て、僕の支度の手伝いをしてくれて、僕が食事に行っている間にお部屋が綺麗になっている。

毎日清潔なベッドで寝て、綺麗な服を着て、おいしい食事をとって、パティ母様とお菓子を食べて、父様も兄様も時間があると僕の所に来てくれる。

僕はもうすっかり元気になったつもりなんだけれど、みんなはもっと元気になってねって言う。

怪我は神殿で治してもらったし、その後もずっとゆっくりしていたし……

「マリー、ぼくはまえより、ずっとげんきだよね?」

お洋服を着せてもらってから、僕はマリーにそう尋ねた。

「そうでございますね。でも、もっと元気になる方が、もっと楽しいとマリーは思いますよ」

「もっとたのしくなるの?」

「はい。もっと元気になられたら、お庭のお散歩ももっと出来るかもしれませんし、どこかにお出かけに連れていってもらえるかもしれませんよ」

「お、おでかけ?」

「ええ、このフィンレー領は冬に大きなお祭りがあるそうです」

「おまつりって、なに?」

「神様に一年間の感謝をして、皆でお祝いをしたり、楽しい事をしたりするようですね」

「たのしいこと！　それは……すごくたのしみだね」

「そうですよ。でも今のエドワード様ではお祭りの途中で疲れて、お熱が出てしまうかもしれません」

「…………むぅ……」

それは確かにそうかもしれないな。僕は四歳なんだけど体力があまりなくて、すぐに疲れるし熱を出してしまう事が多い。前の家ではそれも面倒だと思われていたんだろう。

「それだけではありませんよ。もっともっと元気になったら、アルフレッド様と一緒に剣や魔法のお勉強が出来るかもしれません。一緒に乗馬なども出来るかもしれませんね」

「アルにーさまと、けんやまほう！　おうまさんも！　……っふ……けふ……」

マリーは僕のツボを心得ている。興奮して咳き込んでしまった僕の背中をゆっくりゆっくりさすりながら、マリーは「失礼いたします」と僕を抱き上げて部屋を出た。

「マ……リー……ぼく、あるけるよ」

「階段を下りるまでマリーにお任せくださいませ」

「うん……わかった。おねがい、する」

「はい」

マリーが歩くと少しだけ揺れて、気持ちがいい。

「マリー、ぼく、もっとげんきになるよ」

「はい。そのためには、もう少しお食事を召し上がらないとなりませんよ」

「えっと。げんきになるはなし」

「ウルフ？　おなか？」

「うるふのように、おなかがパーンって、ならないように、たべます」

そう言ってアル兄様は僕と手をつないでくれた。

「なんの話をしていたの？」

「おはようございます、アルにーさま。えっと、マリーとおはなしをしていたのです」

階段を下りた所でアル兄様が声をかけてきた。僕は抱っこをされている姿を見られてしまったのが恥ずかしくて、慌ててマリーに降ろしてもらった。

「おはよう、エディ。朝から甘えん坊さんになっているの？」

この前読んだ絵本の中の魔獣のウルフのように、食べ過ぎてお腹が破裂してしまったら怖いよ。

「ええ！　いっぱいはだめだよ！　ぼくのおなか、えほんのうるふみたいに、パーンってなっちゃうところまるよ！」

「ふふふ……ではこれから少しずつおなかを大きくしていきましょう」

「ちがうよ。マリーはわるくないの。ぼくのおなかがちいさいから」

マリーが何を言いたいのか、僕にはなんとなく分かる気がしたけれど、それはきっと普通の四歳児には分からない事なんだと思って、首を横に振った。

「分かっております。それはマリーの力不足のせいですから」

「いっぱいはたべられないの」

「……うん。よく分からないけどエディが元気になるなら嬉しいな」

「はい。ごほんたのしみです」

「そうだね。僕も楽しみだよ」

あちこちに話が飛んでしまったけれど、アル兄様はにっこり笑ってくれた。


その日、アル兄様が読んでくれた絵本は魔物と戦う騎士の話だった。

僕はマリーが読んでくれた、はらぺこウルフの話しか絵本を見た事がなかったからちょっとドキドキしてしまった。

『私一人が魔物のもとへ行って国が救われるならば参りましょう』

「そんなぁ……」

僕は思わず眉を八の字にして声を出してしまった。

『いいえ、姫様を魔物のもとへ行かせるわけにはまいりません。私が魔物を倒します』お姫様を守るために、騎士はたった一人で森の中に入っていきました』

「はわぁ……ひとりで」

どうして他の騎士たちは、一緒にいってあげなかったのかな。お城には沢山の騎士がいるんじゃないのかな。でも今はそんな事を言っている場合じゃないよね。どうなっちゃうんだろう。

『薄暗い森の中、とうとう、恐ろしい魔物が騎士の前に現れました』

「たたたたたいへんです！」

「エディ、落ち着いて。まだ出てきただけだから」

アル兄様は慌ててしまった僕の背中をトントンッてしてして続きを読む。

『青い顔をした、牙のある魔物は騎士に言いました。「お前を殺して、お姫様をもらおう」』

わぁぁ！　おひめさまが魔物にもらわれちゃうよ！　どうしよう！

『「そんな事はさせない。お姫様はお前の所へなど行かせない」騎士は王様からいただいた金色の剣を魔物に向かって振り下ろします』

すごいです。騎士様がんばってください。僕は心の中で一生懸命騎士様を応援した。

『魔物はひらりと飛んで剣をよけました』

「……とべるなんて！　まもの……」

「……っ！　『騎士は魔物めがけて何度も剣を振りました。そうしてどれくらいたったでしょう。疲れてきた騎士に魔物が爪をかけようとした瞬間、金色の剣が突然輝いたのです』

「えええええ！」

「エディ……大丈夫だよ。剣が光っただけ」

思わず背中をピンと伸ばして大声を上げてしまった僕の頭を、アル兄様がポンポンッてしてくれた。

「そそそうでした……」

ヨロヨロしながら座りなおした僕を見て、アル兄様は再び絵本の続きを読み始めた
『森の中がまるで昼間のように明るくなり、魔物はあまりの眩しさに目を閉じてしまいます。今だ！

騎士は金色の剣で今度こそ魔物を切りつけました。魔物は大きな声を上げて光の中に消えてしまいました』

「きしさますごいです……！」

『騎士はお城に帰って魔物を倒した事を王様とお姫様に伝えました。こうして騎士は国一番の英雄になり、お姫様と幸せに暮らしました』

「よかったです。おひめさまも、あおいまものに、もらわれないでよかった。アルにーさま、すごくドキドキして、たのしかったです。ありがとうございます」

僕はぺこりと深くお辞儀をした。

「そうだね。僕も『お姫様と騎士』がこんなに面白かったのは初めて」

兄様はなぜか目の縁をハンカチで拭いながら、読んでいた絵本をパタンと閉じた。

僕はこの日から兄様が読んでくれる絵本が大好きになった。

兄様は絵本を読んでくれるだけじゃなくて、剣の練習を見せてくれたり、美味しいお菓子を教えてくれたり、魔法でお水のボールを作って触らせてくれたりした。

僕は兄様と一緒にいるのが楽しくて仕方がなかった。

「お土産を買ってくるよ」

父様にそう言われて僕は少し涙目になりながら「はい」とだけ返事をした。

フィンレーに冬祭りがあるとマリーから聞いた後、父様に「行きたいなら連れていってあげようか？」と聞かれた。更に兄様も一緒に行くって分かった時は嬉しくて、嬉しくて、本当に楽しみにしていたんだ。だけど僕は冬祭りの三日前に熱を出した。そして、父様は出かけてしまったけれど僕のお熱はまだ出たり引いたりしている。

いっぱいは食べられないけど、ご飯も頑張って食べていたのに。どうして僕の身体は弱いんだろう？

「つよいからだが、ほしいなぁ」

ベッドの中で小さな声でそう言うと、マリーが「まずはお熱をしっかり下げましょう」と言った。

「さぁ、エドワード様、このお薬が上手に飲めたらご褒美(ほうび)がありますよ」

「ごほうび？」

「はい」

マリーがにっこりと笑う。

「……のむよ」

少し苦くて粉々のお薬は苦手だけど、ごほうびが気になって、僕は身体を起こしてもらってお薬を頑張って飲んだ。

「う〜〜〜！」

マリーはすぐに少し甘い果実水を飲ませてくれた。

「頑張りましたね」

「……ごほうびって、なに？」

「少々お待ちください」

マリーはドアを開けて何かお話をしていた。そして。

「アルフレッド様がお見舞いにいらっしゃいました」

「！　アルにーさまが？　え？」

どうして？　だって父様とお祭りに出かけたんじゃないの？　びっくりしている僕の前に、本当に兄様がやって来た。

「エディ、お熱はどう？　お薬が飲めて偉かったね」

兄様だ！　ほんとの、本物の、アル兄様だ。

「おまつりに、いかれたのでは、ないのですか？」

僕がそう言うと兄様はにっこり笑って首を横に振った。

「エディと一緒に行こうと思っていたからね。今年は残念だったけど、来年は一緒に行こう」

「は、はい！」

「早く治してまた一緒に本を読もう？　エディはどんなお話が好き？」

「アルにーさまの、おすきなおはなしが、すきです！」

僕がそう答えると、兄様は楽しそうに笑って「選んでおくね」と言った。そして。

「シェフがね、エディの熱が早く下がりますようにって、雪のお菓子を作ってくれたんだよ」

「ゆきの？」

「冷たくはないけれどね。上手にお薬が飲めたから、一つだけ先にあげるね」

そう言って兄様は白くてまあるい、本当に雪みたいなものをマリーから受け取った。

「はい、あ〜んして」

「え？　えっと……あ〜ん」

赤ちゃんみたいだなって思いつつ、言われた通りに口を開けると、コロンとしたものが入った。

（……！　あまくて、おいしい）

でもそれは口を閉じるとしゅーっと溶けてなくなってしまったんだ。

「！　しゅーって！　なくなりました！」

「うん。冷たくない雪みたいでしょ？　今日は一つだけね。治ったら沢山作ってもらおう」

「はい。ほんとに、ゆきみたいでした。あまいゆき！」

「うん、気に入ってくれてよかった。さぁ、じゃあ、お薬が効くように少し寝よう」

「はい。アルにーさま、おみまい、ありがとうございました」

僕はお礼を言って、ベッドに横になった。また雪のお菓子が食べられるといいなぁって思いながらゆっくりと目を閉じる。その途端。

「エディのお熱が早く下がりますように」

言葉と一緒に少しだけ冷たい何かがおでこに触れて……離れた。え？　何？　今の何!?

「おまじないだよ。おやすみ」

声の後でパタンと扉が閉まる音がして、僕はなぜだかドキドキする胸を押さえて、ギューッと目を閉じた。

　おまじないが効いて、もう一度雪のお菓子が食べられたのは、それから二日後だった。

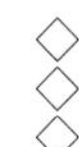

兄様も父様も母様も、皆が優しくしてくれる日々を過ごすうちに、僕がフィンレー侯爵家に来てからもうすぐ一年になろうとしていた。

ルフェリット王国は一の月から十二の月で一年。光、火、水、風、土、月の六日が一週間で、ひと月が五週間の三十日なんだ。そして少し前の十の月の十一日、僕は五歳になった。

　本当なら五歳になるとお披露目(ひろめ)会というのをするみたいだけれど、春になって暖かくなってから仲の良い人たちだけを招いてパーティーをしようねって父様と母様が言ったんだ。母様はどんなお洋服を作ろうかって今からはりきっている。

　でも春にした理由はそれだけじゃなくて、実は母様に赤ちゃんが出来たんだ。それで、春くらいになったら体調が落ち着くからっていう理由もある。夏が来る頃には僕はお兄ちゃんだ。

『記憶』の小説の中には、僕に弟や妹がいるなんて書かれていなかった筈だから、これも小説の展開とは違ってきている証拠なのかもしれないと思うと嬉しくなる。この調子でどんどん違う事が増えるといいな。

「おひろめかいもあるし、あかちゃんもうまれるし、がんばらなきゃ！」

僕の身体が小さめで、体力がなかったり、すぐにお熱が出たりするのは、伯爵家で食べるご飯が少なかったり、明るい時間にあまりお散歩などをしなかったからだってお医者様が言っていた。

大変な怪我とか病気は神殿に行って治癒魔法士様に治していただくけど、ちょっとお熱が出たりお咳が出たりするのは、お医者様に診てもらってお薬を飲むんだよ。

それでお医者様が言うには、赤ちゃんの時から三歳くらいまでの食事とか、身体を動かす事がとっても大切で、その間に足りなかったものを後から補っていくのは時間がかかるんだって。

僕は元気なつもりなんだけどなぁ。背だってちょっとは伸びたよ。

でも背丈よりも髪の毛の方が伸びたかもしれない。来た時には肩に触れるくらいだったふわふわの髪の毛は、今は背中の真ん中より少し上くらいまであって、ブルーのリボンで結んでいるんだ。このリボンはね、アル兄様がくださったの。

誕生日の前に、アル兄様が「何色が好き？」って聞いてきたから「アル兄様のお目目みたいな綺麗な青色がすきです」って言ったら、ちょっとびっくりして、それから嬉しそうに笑って、お誕生日にこのリボンをプレゼントしてくれたんだ。皆、似合うねって褒めてくれて嬉しかった。

「ほんとはかみのけもお目目も、兄様とおんなじお色だったら、よかったのに」

誰にも似ていないミルクティー色の髪とグリーンの瞳。僕はこの色があんまり好きじゃない。

ハーヴィンの父様も「似ていない」ってよく怒っていた。

生まれてくる赤ちゃんはどんな色の髪と瞳なのかな。ぼんやりとそんな事を考えていたら、コンコンコンとノックの音がして扉が開いた。

「エドワード様、メイソン先生がおみえになりました」

「はい」

五歳になってから、僕にも礼儀作法とお勉強の先生がつくようになった。

でも無理はしないようにって、一週間に一回ずつ。今日はお勉強の先生が来る日なんだ。

「エドワード様、こんにちは」

「ハワード先生、こんにちは。よろしくおねがいします」

入ってきたのは眼鏡をかけた青い髪の背が高い男の人で、瞳の色は綺麗なグレーでかっこいいんだよ。お名前はハワード・クレシス・メイソン。メイソン子爵家の次期当主で、父様のお友達だ。

ちなみにハワード先生の子供が、いずれ【愛し子】の仲間になるんだ。まさか敵対するかもしれなかった人のお父さんからお勉強を教わるなんて、びっくりだよ。

ここに来てからずっと平和だったので、ついつい『記憶』の小説の事を忘れてしまうけど、あんまり忘れていると『悪役令息』へ進んでしまうので、気を付けなければいけないな。

「お元気そうですね」

「はい、さいきんは、おねつもあんまりでなくなりました」

「なによりです」

「はい、このまえ先生からいただいたおかしも、パティ母様といっしょにいただきました。とてもおいしかったです。ありがとうございました」

「気に入っていただけて良かったです。今日は違うお菓子を持ってきたので、また召し上がってくださいね。それでは先週の続きの、この国の歴史と算術のお勉強を少しずついたしましょう」

「がんばります！」

歴史はちょっと苦手なんだ。同じような名前が沢山出てくると分からなくなるから。でも算術はちょっと得意。なぜかというと『記憶』の中にあったから。

『記憶』の人の世界では商人でなくても、とても難しい計算の勉強をしていたみたいなんだ。全部は分からないけれど、今やっている算術くらいなら大丈夫。ズルかもしれないけど、僕は『悪役令息』にならないように色々頑張らなくてはいけないから、こんなご褒美みたいな事が一つくらいあってもいいのかなって思う事にした。

「歴史は覚えるのが大変ですが、歴史の中から学べる事は沢山あるのですよ。忘れてしまった出来事の中に、答えが隠されているという事がいくつもあるからです」

「むずかしいです……」

「そうですね。たとえば今とても困った事が起きてしまって、どうしたらいいのか分からなくなったとします」

ハワード先生は眼鏡をちょっとだけ押し上げてそう言った。

「はい」

「その時に歴史の中で同じような事が起きなかったか調べて、その時はどんな風に解決したのか或いは何をして失敗したのか。それを知る事が出来れば、これからどうしたらいいのか考える手掛かりになるのです」

「はい」

「今は難しくても、そういえばこんな事を聞いたような気がするなと思い出せたら、出来る事が一つ増えるかもしれません」

「できることが、ふえたらうれしいです」

「ふふふ、エドワード様はとても素直で、頭が柔らかい」

「え！　僕のあたまはやわらかいのですか？」

そう言って頭を触った僕を見て、ハワード先生は楽しそうに笑った。


そしてもう一人の先生はフィンレー家の執事のテオドール。テオ先生と呼ぼうとしたら、テオでお願いしますと言われたよ。テオ、だけ。マリーと同じですと言われたので、僕は「分かった」って答えた。

テオはマナーという決まり事や、フィンレー家について教えてくれるんだって。

あとは言葉遣いとか文字も教えますって言っていた。

文字は『記憶』の中にあったアルファベットっていうのにちょっとだけ似ていたけど、よく分からなくて頑張って練習したんだよ。だって、王国の文字の方が難しかったんだもの。

でもだいぶ上手に書けるようになって、嬉しいなって思っていたら、テオが家族に手紙を書いてみましょうと言ったんだ。

「みんなにお手紙ですか？　いっしょにすんでいるのにお手紙を書くのですか？」

「さようでございます。まずは間違いがあったらすぐに教えていただける方に、お手紙を書いてみるのがよろしいかと思います。それに」

「それに？」

「一緒に住んでいるからこそ、普段はあまり口に出来ない事など、お手紙にしてみるのはいかがでしょうか？」

「ふだんは言えないこと？」

「そうですね。こんな事が嬉しかったとか、楽しかったとか、こんな事をしてみたいとか。あとはありがとうという気持ちとか」

「なるほど……」

それは素敵かもしれないなって思い始めた僕に、テオは更に言う。

「いざお顔を見て話そうとすると、ちょっと恥ずかしくなってしまって言えない事も、お手紙でしたら伝えられるかもしれませんよ？」

「わかりました、テオ。僕、父様と母様とアル兄様にお手紙を書いてみます」

「はい。次回の作法の時間にテオにお渡しくださいませ」

「がんばります」

僕はふんす！　と気合を入れて、テオから渡された便箋（びんせん）という綺麗な紙を見つめた。

そして一週間後――

「皆様、少々お時間をいただいてもよろしいでしょうか？」

夕食の後にテオがにっこりと笑って口を開いた。いよいよだ。

「ああ、いいよ。何かあったのかな」

「エドワード様が、筆記がお上手になられましたので、皆様にお手紙をお書きになりました。どうぞお受け取りください」

テオの言葉に僕はドキドキしながら椅子を降りて、皆にお手紙を渡しに行った。手紙は既にテオのチェックが入っていて、とても気持ちがこもった素敵なお手紙ですと言われたんだ。

「父様、お手紙です」

「ありがとう。大事に読んで、お返事を書こう」

「ありがとうございます」

「パティ母様、お手紙です」

「まぁありがとう。私もお返事を書きますね。今、読んでもいいのかしら？」

「はい」

「アル兄様、お手紙です」

「ありがとう、エディ。僕もお返事を書くね」

「ありがとうございます」

ちょっと恥ずかしかったけれど、皆は僕のお手紙を嬉しそうに読み始めた。

父様は「そうか！　うんうん」と、とても嬉しそう。

母様は「まぁまぁまぁ！」と、やっぱり楽しそうだった。

そして兄様は……

「…………」

どんどんどんどん兄様の顔が赤くなっていくのはなんで？　僕、変な事を書いたかな？　テオがちゃんと見て大丈夫って言ってくれたのに。

「アル兄様？」

「あ、うん……ありがとう、エディ、えっと、お返事書くね」

「あ、はい」

そう言って兄様はお手紙を丁寧に封筒に戻したんだ。

『アル兄さまへ
アル兄さまが、はじめてエディとよんでくださったとき、ぼくはとてもうれしかったです。

ぼくは、アル兄さまがだいすきです。

ごほんをいっしょによんでくださって、ありがとうございます。

この前、けんのれんしゅうをみせてくださって、ありがとうございました。とてもかっこよかったです。お水のまほうもすてきでした。

それから、アル兄さまのお目目とおなじあおいリボンのプレゼント。とてもとてもうれしかったです。いつもアル兄さまといっしょにいるみたいです。だいじにします。

エドワードより』

エディから手紙をもらった。文字が書けるようになってきたので、練習のために家族に手紙を書いてみたという事だった。

父上も母上も嬉しそうに手紙を読んでいた。僕も勿論嬉しかった。嬉しかったんだけど……

「なんて返事を書けばいいの？」

思わず漏れた声。

綺麗な薄いグリーンの便箋の、一生懸命書かれたのだろう文字にもう一度目を落とす。

『アル兄さまのお目目とおなじあおいリボンのプレゼント。とてもとてもうれしかったです。いつもアル兄さまといっしょにいるみたいです。だいじにします』

伸びてきていたふわふわの柔らかそうなミルクティー色の髪は、メイドが用意していたらしい緑色のリボンでまとめられていた。「そうだ。好きな色のリボンをプレゼントしよう」思いついたまま「何色が好き？」と尋ねると「アル兄様のお目目みたいな綺麗な青色がすきです」と言う。

自分の色を贈るのは、基本的には好きな相手にだ。エディは勿論そんな事は知らなかったのだろう。嬉しそうに答えた義弟に「それはちょっとちがうよ」とは僕にはどうしても言えなかった。

だから望んだ色のリボンを贈ったんだ。

エディはとても喜び、父と母は少し驚いていたけれど、仲良くなってよかったと喜んでいた。

ミルクティー色の髪に映（は）える明るめのブルーのリボンを見るたびに、僕もなんだか嬉しくなった。

でも………

「こうして文字になると、なんとも恥ずかしいというか、なんていうか」

う〜〜〜〜んと唸（うな）りながらペンを取る。

『エディへ
お手紙ありがとう。僕もエディの事が大好きです。リボン、とても似合っています。

エディが僕の色のリボンをつけてくれて、とても嬉しかった』

「じゃないだろう？　これじゃあ、これじゃあ……」

まるで恋文みたいじゃないか!!　違うよ、違う。そうじゃない。そうじゃなくて！

「リボンをもらってくれて……いやいや……青いリボンがとても似合って……あああぁぁぁ」

僕は頭を抱えた。

「リボンの事には触れないようにすればいいのかな？　ええっと、本？　本の事を書いたらいいのかな？　剣？　魔法の事を？　え？　かっこよかった？」

便箋（びんせん）をぐしゃぐしゃにして、僕は一つ大きなため息をつく。

「落ち着け。僕は何を焦っているんだ。まったく……」

自分を純粋に慕ってくれている義弟（おとうと）に何を考えているんだ！　父上だって言っていたではないか

淋しい環境にいたのだと。それは四歳にしては小さすぎる身体と、話し方の幼さと、そして時折見せる怯えたような瞳と一緒に出てくる「ごめんなさい」という言葉から容易に分かった。

だからこそ大事にしてやらなければならないのだ。

「ふぅ……」

もう一つ息をついて、僕はエディの嬉しそうな笑顔を思い出した。

『アル兄様！』

「……よし」

そうして、再び便箋に向かった。

『エディへ
おてがみありがとう。ぼくもエディのことがだいすきだよ。
エディがわらっていると、ぼくもうれしくなります。
これからもいっしょに本をよんだり、おいしいおかしをたべたり
たのしいことをたくさんしようね。
アル兄様より』

エディがこの手紙を読んでとても喜んでいたとマリーから聞いて、僕はすごく嬉しかった。

「アル兄様！」と嬉しそうにやって来るその笑顔を、ずっとずっと守ってやりたいと思ったんだ。

フィンレー領の冬は結構寒い。

僕が生まれたハーヴィン伯爵領はもう少し南の方で、冬でも雪が積もるような事はなかった。

でもフィンレー領は雪が積もる。その積もった雪で神様の像を作ったりして、一年間の感謝をするのが冬のお祭りだ。

昨年は熱を出して行けなかった冬祭りが近づいてきた。

「でみせって、どんなのですか？」

「色々だよ。おいしい食べ物や、手作りの可愛いおもちゃ、それから綺麗な装飾品とか洋服とかも売っているな」

「たたたたのしそうです！」

そう言うと父様が僕の頭をクシャリと撫（な）でた。

「うん。でも興奮しすぎるとまた熱を出すからね。今年はアルフレッドの友達が遊びに来るから仲良くするんだよ」

「はい。なかよくします。アル兄様たちのおじゃまにならないようにします」

僕の言葉に兄様は「誰もエディの事を邪魔になんてしないよ」と笑った。

今年は母様のお腹に赤ちゃんがいるから、父様はお祭りの事以外にも色々と忙しい。だからお祭りは行けないかなと思っていたら、連れていってくれると言われてすごく嬉しかった。

「父様が神様にかんしゃのことばをいって、お祭りがはじまるんですよね？」

「そうだよ。領主の大切な仕事だ」

「はい。すごいです。かっこいい父様を見るのがたのしみです」

「ははは、エドワードにとって初めての祭りが楽しいものであるように私も頑張らないといけないな」

父様の言葉にニコニコしてホットミルクを口にしながら、僕は母様と赤ちゃんにお土産(みやげ)を買ってこようと思っていた。何がいいかな。色々な出店を見て決められるといいな。

「兄様のお友達はたくさんいらっしゃるのですか？」

「三人かな。皆僕と同い年なんだ。ああ、エディの先生のおうちの子もいるよ」

「……ハワード先生のおうちの子ですか？」

「そう。ダニエル・クレシス・メイソン君」

……ああ、やっぱり。チーム愛し子の人だ。

「あとはジェイムズ・カーネル・スタンリー君。スタンリー侯爵様は近衛騎士団長でとてもお強いんだよ」

「そうなんですね」

うん。こっちも確かチーム愛し子の人だ。

「それから、マーティン・レイモンド君。レイモンド伯爵は代々大魔導師の称号を持っているんだ。

マーティン君の父上は素晴らしい魔法使いなんだよ」

「……まほうがとてもおじょうずなんですね」

いたよね？　マーティン君って。小説の中で僕の事、魔法でしばりつけた人？

「なかよくします。ぜったいに、なかよくしたいです」

だって、そうじゃなかったら困る。変な子だって思われたら、絶対に絶対に困る！

「大丈夫だよ。皆、小さな子をいじめたりするような人じゃないよ。僕がエディをとても可愛がっているって知って、会いたいって言ってるんだよ」

「僕も、みなさんに、お会いできるのがたのしみです」

僕は心の中でちょっと涙目になった。


「どんなことがあったのか、思いだせるだけ書きだしてみよう」

近づいてくる冬祭りに気持ちが落ち着かなくて、僕はなんでも書いていいよと渡された紙とペンを取り出した。この世界では紙は結構高級品だけれど、『記憶』の世界では割合気軽に手に入るようだった。こちらもそんな風になったらいいのになってちょっと思う。

えっと、まずはアル兄様。僕が学園に入る前に、殺してしまうんだよね。なんで兄様を殺しちゃうんだっけ？　何か言われたんだよ。兄様が邪魔を……なんの邪魔だっけ？

「う～～ん」

魔法で殺してしまうというのは分かっているけど、理由がなんだか思い出せないな。

とりあえず、また後で思い出したら書いておこう。

次は、ハワード先生の息子のダニエル・クレシス・メイソン君。

僕が学園に入る頃は、先生は子爵家の当主になっているんだ。ダニエル君はすごく頭が良くて、大きくなったら宰相府に入るんだよね。確か色々な作戦を立てるんだ。そして何を考えているのか分からない。ハワード先生にもお世話になっているし、ダニエル君とも仲良くしよう。

それからお父様が近衛騎士団の団長さんの、ジェイムズ・カーネル・スタンリー君。

この人も剣がものすごく強かった筈。赤い髪で怖く見えるの。僕はこの人にとても嫌われていた。アル兄様の事を親友って思っていて、殺したのが許せなかったみたいだ。

えっとそれからマーティン・レイモンド君。魔法使い。僕を魔法でぐるぐる巻きにして捕まえる人だ。この人はものすごく魔法が好きで、【愛し子】が特別な魔法を使う事を尊敬？　しているんだよね。だから【愛し子】の邪魔をする僕には容赦がないんだ。

ううう、やだよぅ、捕まって死にたくなんかないよ。兄様を殺すつもりもないし、悪い事をするつもりもないよ。今から仲良くしていたら、もし悪役令息になってしまいそうな時に、それはやめなさいって先に注意してくれるかもしれないから、頑張って皆と仲良くなろう。

あ、あとそうだ、偉い人がいるんだ。たしか王族の人。王子様。名前が出てこないな。

でもこの人は仲良くなる以前に、多分僕、関わらないと思う。だって王子様だもん。だから王子様とは仲良くじゃなくて関わらないようにしよう。

それであとは【愛し子】か。【愛し子】って僕と同い年。きっと物語で僕が色んな邪魔をしたりするから、違う学年だと都合が悪いんだよね。

光魔法とか、あと浄化の出来る特別な聖魔法とか、なんかそんな珍しい魔法を使うんだよ。確か。

うう〜ん、なんていうか記憶がはっきりする時と、そうじゃない時の差があるんだよね。

でもちゃんと思い出しちゃったら、僕が僕でなくなっちゃうような気がするから、これでいいかなって思ったりもしているんだ。

とにかく、僕は【愛し子】に意地悪も邪魔もする予定がないから、【愛し子】は好きに動いてほしい。もちろん他の人たちの邪魔もしないよ。嫌われないようにする。

そして僕は隅っこの方で、無事に世界が救われるようにひっそり応援する。それならいいかな？ 大丈夫かな？ 断罪されたりしないよね？ うん、とりあえずこれで。細かい所はまた思い出したら書いていこう。

ちゃんと思い出せなくても、『記憶』があるっていうだけで、変えられる可能性はあると思う。今だって僕とアル兄様は仲良しだし、母様に赤ちゃんだって出来ているし。それに小説には、僕と兄様と愛し子チームになる人たちが冬祭りに出かける話なんてなかった筈だ。

だから目をつけられないように、嫌われないように、いい子にしていればいいよね。『悪役令息』にならないために愛し子チームの人たちと仲良くする！ よし！ 準備と作戦出来た！

「はじめまして。エドワード・フィンレーです。五さいです。よろしくおねがいします」

初めにやって来たのは、ハワード先生の息子さんのダニエル君だった。

先生によく似た青い髪は、先生より少し銀色がかってキラキラしていた。背はアル兄様よりもやや高くて、切れ長の目は綺麗な藍色。ちょっと厳しい感じがして、とても緊張したけれど、テオの礼儀作法で教わったようにご挨拶出来たと思う。

「ご挨拶ありがとうございます。はじめまして、ダニエル・クレシス・メイソンです。父からエドワード君の事はとても優秀な教え子さんだと聞いています。お会い出来るのを楽しみにしていました」

ダニエル君がそう言ってにっこり笑ったので、僕も「ありがとうございます」ってにっこり笑った。テオが、小さい時は目上の人の褒め言葉は言葉通りに受け取った方が良いですと言っていたから、その通りに受け取ったよ。

「ハワード先生のおはなしは、むずかしいけれど、とてもだいじなことばかりなので、いっしょうけんめい、がんばります」

するとダニエル君は驚いたような顔をした。こういう顔になるときつい感じが薄まるんだなって思った。

「……すごいなぁ、エドワード君は。父の話を褒める五歳児なんて今までいなかったと思うよ。きっと父も喜びます」

「あり、ありがとうございます。あの、どうぞ僕のことはエドワードとかエディとよんでください」

「ああ。ありがとう。ではエディ君と呼ばせてもらいますね。私の事はダニエルと呼んでください」

「ダニエル様、よろしくおねがいします」

「……ねぇ、アルフレッド。エディ君は、君の事はなんて呼んでいるのかな?」

隣に立っていた兄様が僕の方を見て小さく笑ってくれた。

「アル兄様と呼ばれているよ」

「アル兄様かぁ……いいなぁ。うちは下がいないから、ちょっと憧れるんだよね。ねぇ、エディ君よかったら僕の事はダニー、いやダン兄様とお祭りの間だけでも呼んでくれないかな？」

「ダン兄様、ですか？　アル兄様のお友達なのに、しつれいになりませんか？」

「大丈夫。父上の教え子さんだもの」

ああ、にっこり笑うとダニエル君は目がちょっと垂れて、優しい感じになるんだな。

この前見た絵本の中の妖精さんみたいだ。

「はい。ダン兄様、とてもうれしいです！　よろしくおねがいします」

「こちらこそ。よろしくね、エディ君」

ほらね、大丈夫だったでしょう？　って兄様の目が言っている。父様の「大丈夫」も好きだけど兄様の「大丈夫」も好きだなって僕は思った。

「はい。お祭りたのしみです！」

よし、この調子でがんばるぞ！


冬祭りに出発する前の日は、とても寒くて雪が沢山降っていた。

今日はいよいよチーム愛し子のもう二人がやって来る。こんなに降ってお祭りは大丈夫なのかしらと心配していたら、パティ母様が「これくらいは毎年降るのよ」って教えてくれた。去年はこの頃にお熱を出して寝ていたから、よく覚えていなかった。

「そうなのですね。でもさむいので、パティ母様はちゃんとひざかけをかけていてください」

「ありがとう、エディ。優しい子ですね。エディの母様になれてとても嬉しいです。冬祭りは怪我をしたり風邪をひいたりしないように楽しんでくるのですよ」

頷いて「はい」って返事をすると、母様は僕の頭を優しく撫で(な)てくれた。本当はギュッとしたいけど、赤ちゃんが生まれるまではナデナデにしますって言われているんだ。

母様のお腹はまだ大きくはなっていなくて、見ただけだと赤ちゃんがいるって分からないけれど時々辛そうだったり、一緒にご飯を食べられなかったりするから、早く春になるといいなと思う。

そしてその日の午後、チームの愛し子二人の馬車が到着した。

「遠いところをようこそ。アルフレッドの父、デイヴィット・グランデス・フィンレーです。雪は大丈夫でしたか？」

「お招きいただきましてありがとうございます。マクスウェード・カーネル・スタンリーが嫡男、ジェイムズ・カーネル・スタンリーです。フィンレー侯爵領の冬祭りはとても有名ですので、ご招待いただけて光栄です。雪がひどくなる前に領内に入る事が出来たので楽しむ余裕もありました」

初めて会うのに分かる。兄様より頭半分以上背の高い少年は、近衛騎士団長の息子さんジェイムズ君。とても十歳とは思えないくらい身体がしっかりとしていて大きくて、きちんと整えられた赤い短髪とキリリとした意志の強そうな金色の瞳は、まだ少年の面影(おもかげ)を残してはいるものの『記憶』の中にあるジェイムズと同じだった。

「お招きいただきましてありがとうございます。ケネス・ラグラル・レイモンドが次男、マーティン・レイモンドです。私もお陰様で予定通りに進む事が出来ました。冬祭りは初めてなので楽しみにしております。よろしくお願いいたします」

こちらも初めて会うのに『記憶』の中で知っている。今は分からないけれど【愛し子】と出会う時には火、水、風、土の四属性魔法を自在に操り、光属性である治癒魔法も使えるようになるマーティン君。兄様と同じくらいの背丈で、濃い茶色の髪を背中の中央で緩く結んでいて、薄いブルーグリーンの瞳がとても綺麗。ちょっときつめな女の子のような雰囲気があるけれど、高等部の頃は薄く笑みを浮かべると本当にゾクリとするような冷たい色気？　があった……らしい？　うん。そんな『記憶』。

「アルフレッド、夕食までゆっくり過ごしていただきなさい」

「はい、父上」

「それから皆さんに紹介をさせていただきたいのですが、昨年より私の息子となりましたエドワードです。アルフレッド同様、仲良くしていただけるとありがたい。エドワード、皆さんにご挨拶を」

「はい、父上。はじめまして、エドワード・フィンレーです。五さいになりました。どうぞよろしくおねがいいたします」

僕の挨拶にジェイムズ君が先に口を開いた。ジェイムズ君のおうちも侯爵家だからね。

「はじめまして、エドワード様。ジェイムズ・カーネル・スタンリーです。アルフレッドから可愛らしい弟君が出来たと聞き、お会い出来るのを楽しみにしておりました。よろしくお願いいたします」

「ごあいさついただきましてありがとうございます、スタンリー様。冬祭りにごいっしょできてとてもうれしいです。よろしくおねがいいたします」

ううう、なんとか噛まずに言えました。僕がんばりました。

「はじめまして、エドワード様。マーティン・レイモンドです。私もアルフレッド様からエドワード様の事をお聞きして、お会い出来るのを楽しみにしておりました。よろしくお願いいたします」

「ごあいさついただきましてありがとうございます、レイモンド様。冬祭りにごいっしょできてとてもうれしいです。よろしくおねがいいたします」

ぺこりと頭を下げると、なぜか兄様の隣でダニエル君が楽しそうな顔をしていた。

「では皆さん、のちほど。失礼します」

「しつれいいたします」

部屋を出る父様に続いて、もう一度頭を下げて部屋を出ようとした僕に兄様が声をかけてきた。

「エディ、少し皆とお話をしないかい？」

「よ、よろしいのでしょうか？」

「皆もエディと話をしたいと思っていたんだよ。父上、エディも一緒に話をしてもよろしいでしょうか」

「かまわないよ。エドワード、いつもの通りで大丈夫だよ」

「はい」

僕が頷くと、父様も頷いて、部屋を出ていった。えっと僕はこれからどうしたらいいんだろう？

兄様の隣に行けばいいのかな。

「エディ、僕の隣においで」

「はい……アル兄さ……兄上」

「いつも通りでいいんだよ」

「そうそう。僕にもいつもの通りでね、エディ君」

ダニエル君も笑いながら言う。

「え？　あの、でも……」

「滞在中はお願いって、約束したよ？」

「ダニー、エディを困らせないでよ」

「困らせてなんかないよ。ね？　ほら、僕とアルの隣ならいいでしょう？　おいで」

ポンポンと叩かれた椅子。

「はい……ダン兄様」

僕は他の二人が驚いたような表情を浮かべる中、アル兄様とダニエル君の間の椅子に座った。

それを見た二人は向かい側の椅子に座る。

そしてそのタイミングを計ったように、僕たちの前にお茶とお菓子が運ばれてきて、付いてきたそれぞれの従者はもちろん壁際に待機。

「なに？　ダニーはもうエドワード君と仲がいいの？　しかも兄様って」

マーティン君がそう言って僕の方を見た。

「珍しいな。気難しいお前が」

紅茶を手にしたジェイムズ君もそう言って、僕とダニエル君を交互に見る。隣ではアル兄様が苦笑している。え？　ダニエル君ってほんとはそんなに気難しい人なの？

「ひどいなぁ、ジム。エディ君は僕の父の教え子なんだよ。とても素直で優秀なんだ」

「へぇ、ハワード様の。五歳ではハワード様の教えは難しいだろうに」

「ふふふ、エディ君は頑張り屋で可愛い。僕には弟がいないからね。滞在している間は兄様と呼んでもらうようお願いしたんだよ」

「ふーん。じゃあ、私も名前で呼んでもらおうかな。せっかくのお祭りにレイモンド様じゃねぇ」

ちらりと向けられた視線に、僕は小さく頭を下げて兄様を見た。

アル兄様、こういう時は、僕はなんと言えばいいのでしょう。駆け引きなど分からない五歳児でいて良いのでしょうか？　で、でも、ここでちょっとでも仲良くなっておいた方がいいんだよね？

そうだよね？

「よろしければ、ぼ……私のことはエディとよんでくださいませ」

にっこりと笑うと、一瞬間を置いてマーティン君はフッと笑った。

「では、エディ君と呼ばせていただくよ。私の事はマーティンと呼んでください」

「ありがとうございます。マーティン様」

お辞儀をして、僕はもう一度アル兄様を見て「うふふ」と照れたように笑った。だってもう、どうしていいのか分からないんだもの。

「よかったね、エディ」

「はい」

「では、私もジェイムズ君が自分からそう言ってくれた。良かった。

ジェイムズと」

「ありがとうございます。じぇいむず様。よろしくおねがいいたします」

ああ、でもちょっと言いづらいです。ジェイムズ君。頭の中で考えているのと声に出すのとではやっぱり違うなぁ。だいぶ滑舌(かつぜつ)も良くなってきたと思ったのに、普段出さないような音の並びは難しい。

「ふむ……言いづらそうだな。ジミーなら言いやすいか？」

「……ジミー様」

「うん。それでいい。幼少時の呼び名だ。まさかここで聞けるとは思わなかったな」

にこやかに笑ってジェイムズ君はまた紅茶に手を伸ばした。

「じゃあ、そういう事で、エディをよろしくお願いします。ほらね、エディ、皆良い人たちでしょう？　小さな子に何かするような友達なんて僕にはいないんだよ」

「はい、アル兄様。ありがとうございます。みなさまもどうぞよろしくおねがいいたします」

僕はもう一度頭を下げた。

「うん、緊張しているね」

「ガチガチだね」

アル兄様、ダニエル君、台無しです……

「まぁ、兄の友人たちに囲まれたら怖いよね？　でもきちんと挨拶出来て、話も出来て、安心しました。正直ぐずぐず泣いたり、祭りの途中で駄々をこねたりするような子供だったら、ちょっとだけ面倒くさいなと思っていたけど」

「マーティー。まだ会ったばかりの子供に容赦ないな、お前は」

「ええ？　だってエディ君は大丈夫みたいだからさ。褒めているんだよ。ねぇ、アル」

「ほどほどにしてね、マーティー。本当に可愛い弟なんだから」

兄様が助けてくれたあとは皆でお菓子を食べて紅茶を飲んだ。

意外な事にジェイムズ君が甘いものが好きだという事が分かった。そして僕はなぜかリスとかウサギみたいな小動物系で可愛いと褒められた。

みんなニコニコと笑って「冬祭りを一緒に楽しもう」って言ってくれたよ。とりあえず、悪い子には思われていないと思う。

お部屋を出る時に嬉しくて笑いながらバイバイって手を振ったのは、貴族的にはダメだったかもしれない。だけど、ドアが閉まって歩き出しながら、ちょっとだけふぅっと息をつくと、マリーが「頑張りました」と褒めてくれた。

「うわぁ……ほんとに雪でできています。すごいです！」

街の中に作られた大きな雪像。広い公園のような所には、所狭しと色とりどりの小さなお店が並んでいる。

「あれってゴーレムみたいに動くかな、エディ君」

大きな神様の雪像を指さしながらダニエル君が言う。

「え！　う、動く？　動きますか？　ほんとですか？　ダン兄様」

「ああ、夜になったら光って動くかもねぇ。本物みたいだもの」

「えええ？　動いて、光るのですか？　マーティン様」

そそれはちょっと怖いかもしれない。夜見るのはやめよう。

「動かないよ。光るのは魔道具で光を当てて、夜でもよく見えるようにするからだよ。お祭りは三日間昼夜関係なく続くからね。もう、ダニーも、マーティーも面白がって。ほら、エディ。そろそろ父様がご挨拶（あいさつ）をするよ」

「はい、アル兄様。そうですね。動いたり光ったりしてこわれたらこまるから、動かないでよかったです。あ、神様の像にふまれたりする人がいてもこまりますよね。お祭りなのに」

「うんうん。エディ君の視点はほんとに楽しいね」

ダニエル君が嬉しそうに頷いている。

「いいなぁ、うちにも一つほしいなぁ、こういう感じの子」

一つ？　マーティン君？　小動物の次は物？　ぬいぐるみみたいな感じ!?

「あげないよ」

そう言って兄様が僕をギュッとしてくれたので、僕はテレッとなりながら、もうすぐ父様が出てくる広場に作られた、舞台らしき所を見た。

フィンレー侯爵領の領都グランディスは、僕たちの屋敷から馬車で半日くらいの所にある大きな街だ。昨日の昼前に出発して、夕方に到着。グランディスにある領主の館にみんなで泊まって、翌朝、父様の宣言を見に大きな広場にやって来た。

フィンレー領は、昔は草原と石と森しかなかったけれど、今は麦や野菜や果物などの畑が広がり牧草地帯もあるので農業だけでなく畜産も盛んな、王国有数の豊かな領なのだ。

その年の刈り入れが終わり、一年の恵みに感謝をして神の像を作り、作物を奉納し、来年もまたよろしくお願いしますとお祈りをするのが冬祭りなんだよって、兄様がお祭りの前に教えてくれた。

広場には沢山の人がお祭り開始の宣言を待っていた。前の方には貴族とかの偉い人たちとその警護をする人。その後ろは領内の都市の偉い人とその警護をする人。その後ろが祭りの実質的な運営をした街の偉い人たちで、街を守る騎士たちがこの広場全体を守っている。そして街の人たちはさらにその周りで宣言を待っている感じなんだって。ややこしくて、むずかしい。

雪像は屋台や出店の出ている公園とか街のあちこちにあって、広場から公園への大通りがメインになっている。まだ全部は見ていないけれど、王国の神様の他にフィンレー領の特別な神様の像や、精霊や聖獣と呼ばれるものの像もある。

あと、神話の一幕を表現した雪像もあって、そこの前ではお芝居をするんだって聞いたよ。本当に大きいお祭りなんだね。なんだか嬉しくて、すごく楽しい。

すると、わっと歓声が上がった。

「あ、父様だ」

家とは違う領主の顔をした父様が壇上に現れた。金髪がキラキラしてとても綺麗で、ブルーグレイの瞳がチラリと僕たちの方を見て優しくなった。すごい、父様かっこいいです！

「今年も、無事この日を迎える事が出来た事を、心から嬉しく思う」

魔法で遠くまで響かせている声は、きっと街中に聞こえているんだろう。

「王国の神々と、我がフィンレーの偉大なる父、グランディス神に今年の実りを捧げる。新しい年がまた神のご加護があらん事を願って。ここに冬の祭りの開催を宣言する」

わぁぁぁ！　とまるで地鳴りのような歓声が響いた。

そして父様の後ろの方にある高い塔からいくつもの光の花が空に上がった。

「うわわわわ！　アル兄様、お空に光のお花がさきました！」

「花火っていうんだよ。領の魔導士が上げているんだ。終わりの日は夜にも上がるよ。星が零(こぼ)れてくるみたいに綺麗なんだ」

「見てみたいです！」

「よし、じゃあエディ君は頑張って起きていられるようにしないとな」

赤い髪のジェイムズ君が、ポンと僕の頭に手を置いた。

「がんばります！　たいりょくです」

「うん、体力は大事だな」

熱を出して兄様たちのお邪魔になってはいけない。なんとしても皆と仲良くしないとダメなんだ。

「はい！」

「脳筋……」

「うるせーぞ、マーティー」

「だめですよ。しゃべり方に気を付けないと。それにエディ君に怖がられますよ」

「ジミー様はこわくないです。ダン兄様」

「だよな～。え～、ほんとにうちの弟たちに見習わせたいわ。何このほよほよした可愛いの」

「ほよほよ……」

え？　どういう事？　リスとウサギの次がぬいぐるみで、その次はほよほよ？　それは何？

「言ったでしょう？　うちの弟は可愛いって。さぁ、今日は父様と一緒に回るのは無理だから、僕たちは護衛たちと一緒に回るよ。まずは石像を見てから公園の方に行ってみよう」

「……歩くのもいますか？」

「いないよ。エディ。信じないで」

「ほんとに飽きないねぇ」

「でしょう？　週一の家庭教師なんて、父上がちょっと羨ましい」

「ほら、行くぞ。迷子にならないようにしないとな」

「じゃあ、僕と手をつなごう。護衛たちからも離れたらダメだよ」

「はい、アル兄様」

やったー！　兄様と手をつないでお祭りだー！

「じゃあ、次は僕と手をつなごうね。エディ君」

「その次は私ね」

「ああ、じゃあ俺、じゃない。私とも」

ダニエル君、マーティン君、ジェイムズ君……。や、やったー！　仲良し計画、順調かな？

「みなさまありがとうございます。よろしくおねがいします。兄様、みんなやさしいです」

「良かったね。こんなに早く仲良くなれて。エディがいい子だからだね」

兄様の言葉に心の中で「必死だからです」と呟いて、僕は兄様の手をギュッと握り返した。


「あちらに祀られていらっしゃる神様が、ルフェリット王国の創造神、ルーフェリス様だ」

「一番えらい神様なのですね」

とても強そうな、神様。剣を腰に下げていてお話の騎士様みたい。あ、騎士様よりずっと偉いんだった。神様だもの。

「まぁ、そういう事かな。それでこちらに祀られていらっしゃるのが、フィンレー領の大地の神。グランディス様だよ」

「僕たちの領の神様ですね。大地の神様は強くてやさしそうです」

こちらの神様はおひげが生えていて、とても優しそう。手に何かの植物と、なんだろう、丸い玉のようなものを持っている。

雪像は広場の方から見た時よりもずっと大きかった。皆は初めての僕のために時々立ち止まってよく見せてくれたり、説明をしたりしてくれる。ちなみに神様の雪像のあるこの道は、それぞれの神様への奉納の台座があって、馬車は通行禁止。貴族もそうでない人もみんな歩いてお参りするから、魔法で雪を綺麗に溶かして、滑って転ぶ事がないようにしてあるんだよ。すごいな、魔法。

「麦や野菜や果物が沢山収穫出来るのは大地の神、グランディス様のお陰だね。こちらはお祭りのために作られた雪像だけど、神殿の奥にはちゃんとした銅像が祀（まつ）られているんだよ」

「神殿。前におけがをなおしていただきました」

「ああ、それはここどは違う神殿だね。神殿はそれぞれの領にあるからね」

「そうなのですね。神殿には行かなくてもいいのですか？」

「うん。お祭りの間はこちらの雪像にお祈りを捧げますって決まっているから大丈夫だよ。神殿の神様にもちゃんとエディの感謝のお祈りが届くよ」

「よかったです。イチゴも、ブドウも、リンゴも、クリもたくさんとれておいしかったです。かんしゃします」

「そうだね。美味しいお菓子になったものね」

「さて、じゃあ神様への感謝のお祈りもしたし、公園の方に行って屋台を見てみようか」

雪像の前から離れて、ダニエル君がそう言った。それを聞いて僕は思わず「やたい！」と声を出してしまった。

「おいおい！　興奮して転ぶなよ？」

「だだだだいじょうぶです！」

「……全然大丈夫な気がしないな」

ひどいです。ジェイムズ君。

「あの、やたいとでみせと、どうちがうのですか？」

「同じようなものだけど、屋台は食べ物を売っていて、出店は色々なお店が出しているお祭り用の小さなお店って感じかな」

兄様がそう言うとマーティン君がにっこりと笑って「うん。普段は買ってその場で食べるなんて事は許されないけど、こういう時は大目に見てもらえるから楽しみだね」と続ける。すると隣でジェイムズ君が「ガレットがあるといいな」って嬉しそうに呟いて、ダニエル君まで「フィンレー領は小麦が豊富だからね。珍しいものを試してみたいけど」と、そんな事を言っている。

皆が楽しそうなので、僕も嬉しくなって「おいしいのがあるといいですね」って言って、はぐれないように兄様の手をしっかりと握った。それに気付いて兄様がにっこり笑って僕の手を握り返してくれた。うふふ、手をつないで歩くのって嬉しくて楽しいな。

僕たちは護衛の人たちと一緒に公園の屋台をめざした。見えてきた沢山の屋台。どこからともなく聞こえてくる楽しげな音楽。そして、あちこちから漂ってくる美味しそうな匂い。

「うわわわわ！　アル兄様！　何か焼いています！　あっ！　あっちはお肉がつるされています！わぁ！　火が！　火がぼーって！　大きなおなべです！」

「落ち着いて、エディ」

兄様が慣れたように言って僕の背中をトントンってしてくれた。

「うん、楽しい！　見ていて全然飽きないよ」

「そうでしょう？」

マーティン君とダニエル君が頷き合っている。え？　何が楽しいんだろう。屋台かな？

「俺が抱っこしようか？」

ジェイムズ君が苦笑してそう言った。

「大丈夫。エディ、僕の手を離したらだめだよ」

「はい、アル兄様。もうだいじょうぶです。おちつきました。みなさま、しつれいしました」

「気になるものがあったら、遠慮なく言ってごらん。せっかく楽しみにしていたんだから、我慢していたらつまらないよ」

「はい、アル兄様。でも、僕はそんなにたくさん食べられないから……」

「じゃあ、僕と半分こしよう。それなら気になったものが色々食べられるよ」

「お、おぎょうぎわるいってテオに言われます」

「大丈夫。お祭りは特別だってテオも知っているよ」

するとジェイムズ君がニカッと笑って口を開いた。

「よし！　俺のも一口味見をすればいい」

「皆で色々なものを買って、エディ君は味見をすればいいよ。そんな事が出来るのはお祭りの時だけだからね。ほら、ダン兄様にも欲しいものを言ってごらん」

「そうそう、特別だよ、エディ君。さあ、気になるものは何？」

「………」

いいんですか？　本当にそんな事いいのでしょうか？

「にーさま……」

「ほら、皆待っているよ。エディ」

「はい！」

そうして僕たちは、皆で屋台を楽しんだ。


冬祭りは三日間。

一日目は雪像を見て、屋台を楽しんだ。二日目は神話の劇を見て、またちょっとだけ屋台に行った。トロトロに煮たお肉が美味しかった。一切れでお腹いっぱいだったけど。

そして今日はいよいよ最終日。出店とか、街の中のお店を見たりするんだ。それぞれ目的が異なるので、最初に少しだけ一緒に回って、あとは分かれての行動になった。だから護衛も少なくなるかと思ったら、領主である父様が同行しているから結局多くなった。

「でみせは見ているだけでもおもしろいです！」

「そうだね。それでエディは何を買いたいの？」

「パティ母様へのおみやげです。あと、赤ちゃんへも……」

「自分のものも何か買いなさい。初めての祭りだ。良い記念になる」

「はい、父様。今日はお仕事はだいじょうぶなのですか？」

「大丈夫。出店はエディがとても楽しみにしていたからね。一緒に回れて良かった」

えへへ、今日は特別に父様もエディって呼んでくれている。エドワードってお名前で呼ばれるのも嬉しいけど、皆と同じようにエディって呼ばれるのも嬉しいな。

父様は領主様なので、お祭りの間はとても忙しい。昨日の神話をモチーフにした雪像の前で披露(ひろう)される観劇にはいらしたけれど、その他はご一緒出来なかったんだ。

「しかたないです」って言ったら、ものすごく悲しそうな顔をされた。だから「あしたのでみせを見るのはちょっとでもごいっしょできるとうれしいです」って続けたら嬉しそうにして、朝からお仕事をして、お昼には合流出来たんだ。

「あ、きれい。これ、これはどうでしょうか？」

僕が見つけたのはお花をかたどった綺麗な髪飾りだった。母様の髪の毛は優しいクリームイエローで、瞳の色はピンクアメジストですごく可愛いの。初めて会った時もお花の髪飾りをしていた。

「母様のお目目の色のお花でかわいいです」

「ああ、本当だね。確かによく似合いそうだ。ふむ。どこかにブルーグレイが入ると良いのだが。まぁ地金が金色だから良いかな」

「この葉のモチーフの所に朝露の雫のように小さく埋め込みをするのも良いかもしれませんね」

アル兄様がそう言うと父様はうんうんと満足そうに頷いた。

「ああ、それはいいね。すぐに出来るかな」

「彫金師がいれば。店主に聞いてまいりましょう」

従者がさっと売り子の所へ行って話を始める。

「えっと。父様？」

「ああ、エディが選んでくれたこれに少しだけ青い石を足したいけどいいかな？」

「は、はい」

「デイヴィット様、石が小さな台座付きのままであれば、後ろの工房ですぐに埋め込みが出来るようです。石の配置のご確認だけお願いいたします」

「ちょっと行ってくるから他の物を見ていて」

そう言って父様はお店の後ろの方に行った。よく分からないけど決まったみたい。良かった。

「エディ、見て。この鳥さんの宝物入れ」

それは小さな鳥が葉っぱを咥えて飛んでいる模様の綺麗な箱だった。

「え？　うわぁ、かわいい！　アル兄様からいただいたリボンをしまっておけます」

「ふふふ、そうだね。それにこの鳥が咥えている葉っぱはエディの目と同じ色だ」

「ほんとうだ！　あっ！　鳥のお目目はブルーだからアル兄様と同じです！　これ！　僕これにします！　お祭りのきねん」

葉と鳥の目は描いてあるのではなく、小さな石がモザイクのように貼り付けられていて、キラキラしている。

「アル兄様、見つけてくださってありがとうございます」

「うん。気に入ってくれて良かった」

「はい。えっと、アル兄様はなにも買わないのですか？」

「う～ん、そうだなぁ。もう少し他の所も見てみよう」

兄様がそう言うので、他には何があるのかなってキョロキョロとしていたら「エディ、ちょっと見てごらん」と父様の呼ぶ声が聞こえた。僕たちがそちらへ行くと、ニコニコしながらさっきの髪飾りを見せてくれる。

「わわわ！　すてきです！　この石は父様のお目目とおなじ色ですね！　きっとパティ母様ににあうと思います！」

花の葉の模様の所に、ポツポツと綺麗な青い石がついていて、さっきよりもっとキラキラになっている！

「じゃあ、これはエディから母様にお土産って渡してね」

「いいのですか？」

「もちろん。エディが選んだものだからね」

父様にそう言われて、僕は綺麗に包んでもらった髪留めを持っていたバッグにそぉっとしまった。

そしてさっきの宝物箱と、他の出店で雪の模様と、花火みたいなお星さまの模様の便箋と封筒を自分のお土産として買った。それから、すごく暖かそうな毛糸の帽子も買ってもらったよ！　毛糸の帽子は父様と兄様のお目目のお色に似た、二種類の青色に、母様の髪の色のクリーム色と、僕のお目目のグリーンと、雪の白色がすごく不思議に編み込まれていて「みんなの色が入っています！」って言ったら父様も兄様もニコニコしていた。

赤ちゃんのお色は分からないので、雪みたいにまっしろな羊のぬいぐるみを買ったんだ。ふわふわでとても可愛いの。フィンレーには沢山の羊さんがいるから、赤ちゃんを守ってくれますように。

兄様は雪の魔法使いとか何冊かの絵本を買っていた。「一緒に読もうね」って言ってくれてすごくすごく嬉しかった。だって僕は兄様が絵本を読んでくれるのが本当に大好きなんだ。

「じゃあ、また夜にね。寒いから暖かくして来るんだよ」

「はい。父様、がんばってください」

残念ながら父様はお仕事に戻る時間。今日でお祭りは終わりなので忙しいし仕方ないね。終わりの宣言の後に綺麗な花火が上がるから、今日は特別に夜にお出かけするんだよ。

「さあ、そろそろ皆と待ち合わせの場所に行くよ」

合流したら、フィンレー家の大きな馬車が通れる道から皆で館に戻り、夕食を食べて夜の街にお出掛けだ。いよいよ、光る雪像とお星さまが零れる花火だね。

初めての夜の街はとても綺麗だった。

真っ白な雪の像が、兄様が教えてくれた通りに魔道具のランプで優しい光に照らされて、夜の中に浮かび上がっていた。でもそれは怖いものではなくて、なんて言うのかな。う～ん、あ、神々しい？うん。なんかね。そこにいてもらえると安心出来るっていうか、感謝の気持ちが自然と溢れてくる感じがしたよ。

「光っても、ぜんぜんこわくないです。グランディス様は、麦やおやさいやくだものをたくさんそだててくださって、やたいのごはんもすごくおいしかったです」

王国の神様も、皆を守ってくださっている事に勿論感謝だけれど、やっぱりフィンレー領を守って、沢山の美味しい恵みを与えてくださるグランディス様にはものすごく感謝だよね。僕は優しいお顔のおひげの神様の雪像に、これからもどうぞよろしくお願いしますってもう一度頭を下げてから、広場の決められた場所に向かった。

「もう何か買い忘れたものはない？」

「僕はだいじょうぶです。みなさまはいかがですか？」

「僕も頼まれた物は買えたかな」

「ああ、俺もだ」

ジェイムズ君の一人称はすっかり「俺」になった。

それにしてもマーティン君とジェイムズ君は頼まれていた物があったんだね。ちょっと気になる。

「エディ君は何を頼まれたのか気になるみたいだね」

「え？」

どどどどうしてマーティン君は考えている事が分かっちゃうんだろう。

「ふふふ、エディ君は素直だからね。すぐ分かっちゃうんだよ。フィンレーは畜産も盛んだし、羊毛の製品も多い。私の領はそれほど寒くはならないけれど薄くて暖かな織物は人気なんだよ。その帽子みたいな編み物もね。素敵な帽子を見つけたね」

マーティン君にそう言われて、僕は嬉しくなってえへへと笑った。

「父様と、母様と、兄様と、僕と、雪のお色がぜんぶ入っているのです」

それを聞いてみんながにっこりと笑ってくれた。

「俺はこれが気に入ってね。食べてみるかい？」

ジェイムズ君がそう言って金色の紙にくるまれた小さな物をくれた。これくらいの大きさならご飯の後だけど大丈夫かな。なんだろう？　考えているとジェイムズ君はくるくると金紙を剥いて中身をポイと僕の口に入れてしまった。

「あまい！　え？　なに？　……おいひぃれす」

「クルミとナッツのカラメリゼ」

「すごく、おいしい。あまいけど、ちょっとだけにがいかんじもあって、お、おとなのあじ？」

瞬間、四人が噴き出した。

「あっははは！　さすがだよ。エディ君。本当にいい。ずっとそのままの君でいてね」

「え？　ずっとこのまま？　マーティン様、僕、大きくなりますよ？」

だっていくら『悪役令息』が嫌だからって、ずっと子供のままじゃダメでしょう？

「本当に、素敵な弟君で羨ましいよ。アル」

「この斜め上をいく感じがツボにはまるね」

マーティン君もジェイムズ君もダニエル君もどうしちゃったんだろう？　こんな時はアル兄様だ。

「アル兄様」

「なんだい？　エディ」

「僕、ななめじゃないですよね？　ちゃんとまっすぐ立っていますよね？」

「大丈夫だよ。エディはいつもと変わりない、僕の大事な弟だよ」

「はい！　あり、ありがとうございます！」

やったー！　大事な弟だって。うふふ。

「ほら、父様が出てくるよ。お祭りのフィナーレだ」

開会宣言をした壇上に父様が出てきた。神官様も一緒だ。

「三日間の祭り、皆楽しめただろうか。神に感謝をして、来年も実り多き年になるよう、もう一度祈ろう」

広場に集まった人たちが皆、お空に向かってお祈りをする。僕も一生懸命ありがとうってお祈りをした。すると空から、ふわふわと白い雪が落ち始めた。

「……きれい」

雪はなぜかキラキラと輝いているように見えて、僕は思わずそう呟いていた。

雪って本当は冷たいのに、なんでこんなにすごく温かい気持ちになるんだろう。みんなのありがとうっていう気持ちが神様に通じたのかな。このキラキラの雪はもしかしたら神様からの贈り物なのかもしれないね。

「不思議な事だ、輝く雪か。来年も豊かな年になりそうだ。実はもう一つ吉報がある。神殿の聖水がキラキラと輝いていたそうだ。皆の感謝の気持ちが神に通じたのだろう。これからも皆でこの領を支えていってほしい。これで、今年の祭りを閉幕する。皆、息災で。また会おう」

父様の言葉と同時に、雪像を照らしていた光が広場の上に集まってグルグルと飛び回り、夜空に弾けるように消えた。そして一瞬だけ真っ暗になった広場の上でパーンと音がして、大きな大きな光の花が咲いた。

花は音と共に次々に夜空に咲いていく。そして、咲いた花はさっきの雪よりももっともっとキラキラと輝いて、やがて星が零れ落ちるように僕らの上に降ってきた。

「ふ、ふわわっ！　き、きれい！　にーさま！　きれい！　お花が、お星さまがふってきます！　キラキラ……すごいっ！　わあぁぁぁぁ！」

僕は背伸びをして空に向かって手を伸ばした。けれど光は指先に届く事なく、少しずつ、少しずつ、夜の闇の中に溶けて消えてゆく。それでも手を伸ばさずにはいられない。

咲いて、はらりと散って、星屑になる。夜だけの美しい光の魔法から僕は目が離せなくなっていた。そうしていくつも咲いた光の花の、最後の一つが弾けて散って星屑になって降ってきて、全ての光が消えると街の灯りが一斉に灯った。

「お……おわり…」

そう言って、目をシパシパとさせると兄様が笑いながら「うん。おしまい。綺麗だったね」と答えて、離れていた手をつなぎ直してくれた。

「はい！　すごくすごくきれいでした！　はじめて見ました。バーンってして、キラキラして、すごく……あ……」

大興奮していた僕はダニエル君たちだけでなく、周りの人たちまでもが僕を見ていた事に気が付いた。

あんまり綺麗で、大きな声を上げてしまっていたのだ。

「あの、あの……大きな声で、は……はしゃいでしまって……ごめ……」

お腹の中がすぅっと冷えてくる。ずっと使わずにいられた言葉が口に上（のぼ）った。

でもそれを全部言う前に兄様が口を開いた。

「子供ははしゃぐものだよ。エディ？」

「アル兄様……？」

「そうそう。皆エディ君が素直で、可愛くて、幸せな気持ちになれたよ？」

「ダン兄様」

「ふふふ、本当に綺麗だったね。いつか僕もこんなに綺麗で、エディ君が喜んでくれるような魔法を見せてあげたいな」

「マーティン様」

「さあ、風邪をひかないうちに帰ろう、とても素敵なお祭りだったね」

「はい、ジミー様……」

「エディ？　どうしたの？　泣いているの？　どこか痛いの？」

兄様の問いかけに、僕は首を横に振った。

「……うれしくて。みなさまが、やさしくて……あり、ありがとう、ございました」

零れそうになる涙を我慢しながらそう言うと、兄様は僕の事をパティ母様みたいにギュッとした。

そうして護衛の中にいるマリーを呼んだ。

「本当は僕が抱っこしてあげたかったけど。落として怪我をさせたら困るから。エディ。皆が優しいのは、エディが皆に優しくしたからだよ。さあ、帰って休もう。今日は出店を見て、夜の街を見て、花火も見て、大冒険だったね」

僕はマリーに抱っこをされつつ、兄様たちに泣き笑いの少し赤い顔で「はい」って返事をした。

楽しくて、綺麗で、優しい、素敵な一日だった。


「本当に、このまま帰ってしまわれるのですか？」

明るいペリドットグリーンの目をうるうるさせてそう言う僕に、三人は少しだけ困ったような顔をして笑った。

嫌われないように、殺されないようにするために仲良くする。その筈だったのに、色々な話をして、一緒に過ごして、すごく楽しかったから、お別れがとても悲しい。

「エドワード、皆さんを困らせてはいけないよ」

父様が苦笑しながら口を開いた。

「はい。父様……でも、フィンレーのおうちまではごいっしょできると思っていたから」

お祭りが終わった翌朝、皆はここから自分たちのお家に帰ると聞いて僕はびっくりしてしまった。

「これからの時期は、皆さん年越しや新年に向けて色々と忙しいからね。せっかく仲良くしていただいたんだ。そんな顔をしてはいけないよ」

「はい、父様。ジミー様、マーティン様、ダン兄様、ごいっしょできて、とてもたのしかったです。ありがとうございました」

「私もとても楽しかった。また会おう、エディ」

「はい、ジミー様！」

「私も楽しかったです。ご一緒出来て良かった。またね、エディ」

「はい、マーティン様！」

「私もとても楽しかった。本当の弟が出来たみたいで嬉しかった。父上の家庭教師の時にお邪魔をしてしまうかもしれないな。元気で、また会いましょう、エディ」

「ダン兄様！　たのしみにしています」

こんなの泣いちゃうでしょう？　だってみんながエディって呼んでくれたんだよ。僕の心の声が聞こえたかのように、三人はふふふって笑ってから僕の事をギュッとしてくれた。そして。

「エディ、これはね三人から。仲良く出来た冬祭りの記念に。昨日見つけてね、これだねって皆で決めたんだよ。開けてみて？」

手渡された小さな緑色の箱。かけられた金色のリボンを解いて現れたのは……

「か、かわいい！　僕とおなじ色だ！」

それは僕の髪の毛の色に近い、ミルクティー色の小さなクマのぬいぐるみだった。

クマが抱えているバスケットには昨日ジェイムズ君がくれた、大人の味？　のカラメリゼのお菓子の袋が入っている。

「私の領では大切な子供たちに、元気で大きくなるように願いを込めてクマのぬいぐるみを贈る習慣があったのを思い出したんだ」

ちょっと恥ずかしそうにジェイムズ君が言った。

「ありがとうございます。大切にします。みなさま、どうぞおげんきで。また、なかよくしてください」

もらったクマをぎゅぅぅっとして、涙を必死に我慢して、僕は次々に出ていく馬車を見送った。

沢山、沢山手を振った。なんだかもう『記憶』の小説の事も忘れて、嬉しくて、淋しくて……

「さぁ、僕たちも帰ろう」

「はい、兄様」

ポンポンと頭に手を置かれて、目の端の涙を手で拭(ぬぐ)って笑うと「手でこすったらだめだよ」と兄様がハンカチで拭いてくれた。

「あり、ありがとう、ございました」

「うん。ほら、馬車に乗るよ」

いただいたクマのぬいぐるみを持って僕は兄様と一緒に馬車に乗った。僕たちの馬車にはマリーともう一人護衛が乗る。父様と家令は前の馬車。他の荷物やお土産(みやげ)は、みんながもう積み込み済だ。

「素敵なプレゼントをいただいたね」

「はい。僕の髪とおなじ色です。うれしい」

だって、僕と同じ色の人はいなかったから。ちょっとだけ、ほんとにちょっとだけ淋しかったんだ。

「うん。綺麗な色だよね。茶色ともクリーム色とも違う、少しピンクがかっていて優しい色。エディに合っている」

え？　綺麗？　優しい色？　僕の髪の毛の色が？　ほんとに？

「そうだ！　リボンをつけます」

「リボン？」

「はい、この首の所に。僕も髪にリボンをつけているから、クマさんにもおそろいのリボンをつけます！」

「そう。それは、きっと似合うね。じゃあ帰ったらクマさんの分のリボンをプレゼントするよ」

「ありがとうございます。アル兄様！」

馬車はゆっくりと僕たちのおうちに向かって走り出した。

途中で寝てしまった僕は、夢の中でクマのぬいぐるみとおそろいのブルーのリボンをつけて、すごく嬉しかった。

お屋敷に着いて、パティ母様に髪飾りのお土産を渡すと、とても喜んでくれた。

赤ちゃんのお土産も渡したら、ほんとはまだ駄目なのに母様は僕の事をギュッとした。久しぶりの母様のギュッはすごく優しくて、やっぱり大好きだなって思った。

そして、アル兄様は約束通りにクマのリボンを持ってきてくれた。

その後は買った物を棚に並べたり、しまったりした。お茶の時間には、お祭りに行けなかったパティ母様に屋台や花火など沢山のお話をしたよ。父様がいつの間にか買っていたお土産のお菓子を食べたり、僕は帰ってきてからも、とてもとても楽しかった。

だけど次の日——

「ごめんなさい」

僕は久しぶりに熱を出した。

「エドワード、すぐに謝ってはいけないよ。貴族が謝るという事はとても大変な事なんだ。簡単に口にしてはいけない。それにエドワードはちゃんと冬祭りで皆と仲良くなれたのだろう？　きちんと役目を果たした。疲れが出たのだろう。しっかり休みなさい」

父様の言葉に僕は「はい」と頷いた。

「念のために母様とアルフレッドには見舞いに行かないように言ってある。風邪かもしれないからね」

「はい」

それは当然だ。母様や兄様にお熱が感染ると困るから、お会いするのは我慢します。

「父様は、だいじょうぶなのですか？」

「ふふ、私はそんなに簡単に熱は出ないんだよ。もともと水と氷の属性があるからね」

「水と氷！」

知らなかった！　父様かっこいいです！

「……こんどまほーみせてください。こおりのまほー……」

「分かったよ。薬が効いてきたようだ。おやすみ、エドワード」

「……あと……」

「うん？」

「おねつでたから、らいねん……つれていかないって、いわないで、ください」

「言わないよ。来年も一緒に行こう」

その答えに安心して、僕は目を閉じた。

次の日になると僕のお熱は下がってきた。一日で下がってくるなんてすごい。まだみんなと一緒にごはんを食べる事は出来ないけど、ちゃんとごはんも食べてお薬も飲んだよ。

ベッドに横になったまま、お土産(みやげ)を並べた棚を見るとなんだか嬉しくなった。ブルーのリボンをしたクマのぬいぐるみと、保存魔法をかけた雪のうさぎが並んでいて、その隣には小鳥の宝物箱がある。

「ふふふ、マーティン君のまほう、すごかったなぁ。ギュッとして、くるくるってしたらうさぎができちゃったんだもの」

僕がどうやってこんな大きな雪像を作るんだろうって聞いたら、手の上であっという間に小さなうさぎの雪像を作っちゃったんだ。最初は怖かったけど、すごくいい人だった。

「クマもやっぱりブルーのリボンがにあうなぁ。鳥さんの宝物箱にはほかに何を入れようかな」

宝物箱には、今はアル兄様からいただいたブルーのリボンの予備を入れている。でも他にも何か入れられるといいな。宝物が増えていくのはとても嬉しい事だと思うから。

そんな事を考えているとマリーがやって来た。

「エドワード様、アルフレッド様がお見舞いにいらっしゃいました」

「え？　だって父様はおみまいには行かないように言ったって」

「熱が下がったなら大丈夫とおっしゃって」

「……会いたいけど……」

ほんとは冬祭り楽しかったねってお話ししたい。でも、でも、でも……

「……兄様にうつるとこまるから……お会いするのはがまんします」

ううう、かなしいよぉ。せっかく兄様がいらしてくださったのに。

「そんな淋しい事を言われると悲しいな、エディ」

「アル兄様！」

聞こえた声に半身を起こすと、マリーがすかさず小さな毛布をかけてくれた。

「熱は下がったんだって？　すぐに帰るからちょっとだけね」

「……す、すぐですか」

それはそれですごく悲しい。しょんぼりしてしまった僕に、兄様はクスリと笑って部屋の中に入ってきた。

「これを渡したかったんだ。早く治りますようにって」

兄様の手の中には、沢山の色でお星様やお花の絵が描いてある丸い蓋のついた入れ物があった。

「砂糖のお菓子なんだって。グランディスで見つけて買っておいたんだ。食べすぎないようにね。

じゃあ、エディが心配しちゃうから帰るよ。早く良くなって一緒に本を読もう。約束した新しい本も」

「でみせで見ていた絵本ですね？　たのしみです。はやくなおします」

「うん。じゃあね。お大事にね」

兄様はそう言って部屋を出ていった。本当は淋しいけど、仕方がない。早く治そう。そう思って僕は兄様がくださった入れ物の蓋をそっと開けて中を見た。

「わぁ、きれい……かわいい……」

入っていたのは蓋に描かれていたような星や花の形をした、色とりどりの小さなお菓子だった。ピンク、黄色、緑、白、橙、そして……

「兄様のお色だ！」

優しいブルーの綺麗な星の花。

「一つだけですよ」

マリーの言葉に頷いて、僕はそれをパクリと口の中に入れた。とても、甘かった。その優しい甘さを味わいながら僕は来年もまた冬祭りに行けるといいなと思った。そしてやっぱり体力は大事だなって考え、そっと目を閉じた。

翌日、僕の熱はすっかり下がった。僕は母様と一緒にカラメリゼを食べつつ紅茶を飲んでいた。母様と二人だけのお茶会は久しぶりだ。

「長引かずにすぐに治って良かったわ。それにしても光る雪が降ったなんて、素敵ね」

「はい。父様が来年もゆたかな年になりそうだとおっしゃっていて、よかったなぁと思いました」

「ふふ、そうね。来年はエディもお兄ちゃんですからね。良い年になるといいなと母様も思っていますよ」

「はい！　僕もアル兄様みたいにすてきな兄様になれるようにがんばります」

そう答えると母様はにっこり笑って「よろしくね」って言ったんだ。

十二の月も半分が過ぎた。

「エディ、今日はお勉強の予定はある？」

朝食の後、兄様が突然そう尋ねてきた。どうしたんだろう？

「今日はおべんきょうはありません」

お熱がいつ下がるか分からなかったから、お勉強は来週からなんだ。

でももうすぐ今年が終わるので、来週のお勉強で年内はおしまい。次は来年になる。

「そう。じゃあ、午後に剣の稽古（けいこ）を見に来ない？　今日はそれだけで終わりだから、その後お茶を一緒に飲んで、絵本を読もう」

「剣とお茶と絵本！　すすすすてきです！」

「うん。じゃあ、剣の稽古（けいこ）は部屋の中の見学だけど、マリー、暖かい恰好をさせてね」

「畏（かしこ）まりました」

いい子で寝ていたからご褒美かな。お昼からずっと兄様とご一緒なんて嬉しいな。

兄様に言われた通りに暖かい恰好をして、僕は練習場にやって来た。剣の稽古の見学は前にもさせていただいているけれど、今は雪が積もっているから室内の練習場でお稽古をしているんだって。

でももう少し大きくなったら、雪があってもお外でお稽古するんだって言っていたから、すごいなぁって思った。雪の中で剣の練習なんかしたらすぐにお熱が出そうだよ。

「うわぁ、みんなすごいです。兄様もすごいです」

筋肉をつけるために走ったり、色々な運動をしたりしていてとても大変そう。練習場の中は暖炉もなくて寒いのに、先生も、兄様も、それから護衛の人たちも、みんな汗をかいて頑張っている。

兄様の剣のお稽古は、兄様と一緒に護衛の人たちも鍛えるんだよ。

ほら、剣での打ち合いが始まった。兄様は先生と打ち合っている。ガキンガキンって聞こえてくる音はちょっと怖い。練習は本物の剣ではなくて切れるところを潰してある模造剣を使っているって聞いた。切れないかもしれないけど当たったら痛そう。

「あ！　あたった人がいる！」

思ったそばから剣に当たった人が見えた。その人は少しだけ痛そうな顔をしながら、落とした剣を拾って、何事もなかったかのように練習に戻った。

「マリー」

「はい。なんでございますか？」

「剣のおけいこは六さいからだよね？」

「そのようです」

「……兄様はとってもかっこいいけど、僕にもできるかなぁ」

「何かご心配な事がございますか？」

「……わからないけど、僕もやりたい！　ってあんまり思わないの。騎士様の絵本とかはすきだけどやりたいのはどうだろう、ふつうはかっこいいってあこがれるんだよね？」

「エドワード様は剣の練習をやりたくないのですか？」

「………」

「こわい、ですか？」

「………よわむし、だよね」

マリーは僕が何を思っているのか、すぐに分かっちゃうんだよね。

「どうして、やりたくないなと思ったのか、マリーに教えていただけますか？」

「うん……僕がもてるような剣があるかなぁとか」

「はい」

「僕がやっても、かっこいいのかなぁとか」

「はい」

「父様や兄様ならかっこいいと思う」

「エドワード様はなぜご自分がかっこいいと思われないのでしょう？」

「……だって、僕は小さいし、六さいになっても大きくなれないかもしれないし、それに……剣はたたかうものでしょう？　たたかったら相手はけがをしたり、しんじゃったりするでしょう？」

「ああ……そうですね」

マリーはそう言って優しく笑った。

「エドワード様はなぜ、皆さまが剣の練習をするか分かりますか？」

「え？　強くなりたいから？」

「そうですね。ではなぜ強くなりたいのでしょう？」

「……強いほうが、かっこいいから？」

「確かにそれもあるかもしれませんが、マリーはそれだけではないと思います。強くなりたいのは守りたいからです」

「守る？」

「そう。弱いままでは、自分も大切な人も守れません。自分が死んでしまったら、守りたい人を守れなくなってしまいます。守りたい人を守れる強さが欲しいから、強くなりたいと願うのです。だって、自分以外の誰かに大切な人を守らせるなんて悔しいし、悲しいから」

どうしてなのか分からないけれど、悲しそうな顔をするマリーに、僕は「マリー？」って名前を呼んで、お洋服をギュッと握ってしまった。

「失礼いたしました。エドワード様の、お相手を傷つけたくないというお気持ちも分かります。傷つける事を怖いというお気持ちも。ですから、戦う剣ではなく、守る剣と思えば良いのではないでしょうか？　エドワード様ご自身とエドワード様が大切なものを傷つけられないように守る。まだ難しいかもしれませんが、傷つける事を恐れる気持ちは忘れずに、守る強さを持っていただければと思います。ほら、アルフレッド様が心配そうにこちらを見ていらっしゃいますよ」

休憩をとったのか、打ち合いをやめた兄様がこちらへやって来た。

「どうしたの？　何かあった？　具合が悪くなったのかな？」

「だいじょうぶです。ガキンガキンってすごかったです。いたくなかったですか？」

「ああ、音がちょっと怖かった？　室内だと響くからね。大丈夫だよ。どこも痛くない」

「みんなすごくがんばっていました」

「そうだね。護衛の人は僕たちを守るのが仕事だし、僕たちも護衛ばかりに任せていては、いざという時に困るからね」

「いざという時？」

「まぁ、あんまりないけど魔獣とか、魔物とかが出たら、やっつけないといけないでしょう？」

「……絵本のようにですか？」

僕がそう尋ねると兄様はコクンと頷いた。

「うん。練習して、強くなって、皆を守れるようにならないとね」

「守るのですか？」

「そう。エディの事も守るよ。もしも傷つけるような何かが出てきたら、僕がエディを守る。だから強くなる」

「僕も！　僕も、兄様を守ります！」

「ふふ、そう？　じゃあ二人で母様たちを守れるように強くなろうね。さて、じゃあもう少し練習してくるね。疲れたら無理はダメだよ」

「はい。がんばってください」

そう言うと兄様は小さく手を挙げて戻っていった。

「……マリー。強くなりたいっていういみが、ちょっとだけわかったような気がするよ？」

「はい、エドワード様」

僕の言葉にマリーが嬉しそうに笑った。そうだよね。怖がらずに、強くなるんだ。本当は『悪役令息』になりたくないから、人を傷つけるような練習をする剣術はしたくない気持ちがあった。でも違うんだね。強くなるのは誰かを傷つけるためじゃない。兄様を殺さないように。そして、兄様の事も、自分の事も守れるように強くなるというのも大事なんだ。そのために剣も他の事も、色んな事を勉強しなきゃいけないね。

僕は兄様の練習を最後まで見て、グランディスで買ってきたストロベリーティーという紅茶を兄様と一緒にいただいて、この前の雪のお菓子も食べて、それから絵本を読んでもらって……

「『雪の魔法使いはどうしたらいいのか考えました。そして……』……エディ？」

ゆらゆらと頭が揺れている僕を見て、兄様は小さく笑って絵本を閉じた。

「疲れちゃったんだね。寝かせてあげてくれる？　本はまた別の時にって言ってあげて」

「畏(かしこ)まりました」

「剣の稽古、前に喜んでいたから誘ったんだけど、今日はなんだか怖がらせてしまったみたいだね」

「はい。ですが、強くなりたい意味が分かった気がするとおっしゃっていました」

「そう？　それなら良かった。僕を守るって言っていたものね。なんだか嬉しかったな。おやすみエディ。また夕食で会おう」

いつの間にか眠ってしまった夢の中で、僕は絵本の騎士様のように剣を持ち、大きな雪の魔物と戦っていた。そして……

「……あ……れ？」

なぜか、ベッドで起きて、しばらくぼんやりしてしまった。雪の魔物はどこに行ったんだろう？

「僕、やっつけちゃったのかな？」

声に出してそう言ってみた。剣が、少しだけ怖くなくなったような気がした。

新しい年になった！
だからと言って何が変わったわけじゃないけれど、新しいって何かわくわくするよね。
母様のお腹はまだそんなに大きくはなっていないんだ。でも気持ちが悪くなるのはちょっとずつ少なくなってきたって。良かった。だけどまだまだ無理はいけないって父様が注意をしていたよ。
今年は僕のミニお披露目会もあるし、赤ちゃんも生まれるし、色々大変なんだ。

あ、それから僕が十の月に六歳になるから、魔法鑑定があるって前に父様が言っていた。ルフェリット王国では六歳になると、皆それぞれの領の神殿で魔法鑑定を受けるんだって。だから僕も冬祭りの時に行ったグランディスの街にある神殿で鑑定をしてもらうんだ。

父様は魔力量が多くて、火と風と水の属性を持っていて、あとは水の派生の氷魔法、風の派生の雷魔法も使えるんだって。すごいよね！　兄様は火と水の属性。僕はどんな魔法かな。

確か『記憶』の小説の中に書いてあったのは火と、えっと闇？　え？　闇の魔法ってあったっけ？

こういう時は『記憶』がもっとはっきりしているといいのになって思うんだけれど、でもはっきりしちゃうとやっぱり怖い気持ちもある。だって、僕が僕じゃなくなってしまったら嫌だもの。

ある日突然、二十一歳の人の『記憶』が出てきたのだってわけが分からなかったのに、僕の心が僕じゃない誰かになってしまったら、なりたくない筈の『悪役令息』になって、兄様を殺してしまうかもしれないでしょう？　そんなの絶対に嫌だ。

「そうだ！　これも書いておこう。忘れないように」

前に書いた紙を机の引き出しの奥から取り出して、僕はペンを握った。

「どこかに闇魔法の事が分かるものがないかな」

どんな魔法なのか、分かれば対応出来る筈だ。だってハワード先生が言っていた。気付けたら出来る事が増えるかもしれないって。

でも魔法の先生は六歳の鑑定が終わってからじゃないと決まらないから、どうやって調べたらいいのかな。兄様の魔法の先生に聞いてみようかな？　だけど、どうしてそんな事を聞くのかって言われたらなんて答えればいいんだろう？　闇魔法の属性を持っているかもしれないから調べたいっていうのはおかしいよね。ああ、もう、なんだかいっぱい浮かんできちゃったな。

とりあえず、闇魔法の事は頭の中にちゃんと忘れないように置いておこう。それで、本当に鑑定で闇魔法って言われたら、どんな魔法なのか聞いて、人を傷つける事がないように気を付けなきゃ。それと、前に書いたものの他に思い出した『記憶』があったら書き足しておくのも忘れないようにしないといけない。

「わぁ、沢山あって、なんだかドキドキしてきちゃった」

まだ先の事ばかりだけど、僕は『悪役令息』にならないように、兄様を殺さないように、そして断罪もされないように、色々注意をしておかないといけないからね。

まずは、春のお披露目会で悪い子だと思われないようにする事。そして、赤ちゃんを可愛がって優しいお兄さんになる事。それから、魔法を調べて人を傷つけないようにして。あ、六歳になったら剣のお稽古も始まるから、守るための剣術を教えてもらって。あとは……

「ななななんだかすごくいそがしそうだよ」

やる事がどんどん増えていくし、注意する事も沢山ある！

「エディ？　お茶の時間だよ。部屋から出てこないってマリーから聞いたけど、どうしたの？」

コンコンコンとノックの音がして、アル兄様の声がした。

「開けてもいい？」

「はい！　すぐに行きます」

僕は書いていた紙を引き出しの奥にしまうと、座っていた椅子から下りてドアを開けた。

「ごめんなさい。なんか考えていたら、えっと……」

「新年から何をそんなに考えていたの？　心配な事があるの？」

「えっと、あの、新しい年だなって思って、どんなことがあるかなって考えて、それでおひろめかいとか、赤ちゃんがうまれてお兄ちゃんになるとか、あと、六さいになったら魔法かんていがあるなって思って、どんな魔法かなって。それでえっと、そういえば剣のおけいこも始まるなって。そうしたら頭の中が大いそがしになっちゃって……」

僕が慌てながらそう言うと、兄様はおかしそうに笑い出した。

「エディってば、年が明けたばかりなのに。ほら、落ち着いて。お披露目会は春で、赤ちゃんが生まれてくるのは夏の頃だし、魔法鑑定はクリのお菓子が食べられる時期だよ？　そんなに急いでどうするの？」

「……そうでした。いそぎすぎでした」

「そう。そんなに急いでいたら、僕と遊ぶ時間もなくなっちゃうよ？」

「……！　それはこまります！」

「そうだね。だからゆっくり。今日はまず、お茶を飲んでお菓子を食べよう。皆待っているよ」

「はい、アル兄様」

差し出された手をそっと掴んで、僕は兄様の顔を見た。優しい青い瞳が僕を見つめている。

「アル兄様の手、あったかいです」

「暖炉のそばにいたからかな。エディの手は冷たいよ？　暖かくしていないとね」

「はい」

　そうして僕たちは手をつないで歩き出した。


　新年早々なんだかバタバタドキドキしちゃったけど、小説が大きく動き出すのは僕が学園に入る前なのは確かだから、少なくとも十一歳まではそんなに重要な出来事はなかった筈なんだ。

　大体僕は『悪役令息』なので、小説の中にもそんなに詳しくは書かれていない。だって敵の事ばかり書いてある小説なんてないでしょう？

　あれから何度も考えて思い出したのは、僕が父様に保護されてフィンレー家に来た事と皆に馴染めなかった事。虫とか小さな動物を殺しちゃう残忍な様子の話。六歳の魔法鑑定で闇？　の魔法属性だった事。そして学園に入る前に兄様を殺してしまう事。それは書かれていたと思う。

　あともう一つ何か書かれていたように思うんだけど、なぜか思い出せない。魔法が関係している気がするんだけどな。でも小説の本編は多分学園に入ってからなんだもの。その前の事なんてそんなに詳しく書かれていなかったと思うんだ。すでに小説とは色々違っている所もあるしね。

　だって僕はフィンレーの家でとても大事にされているし、皆の事が大好きだもん。それに、虫とか動物とか殺さないよ。いやだよ。かわいそうでしょう？　絶対に出来ないよ。

　そんな事を思いながら廊下を歩いていると。

「エディ！　どこに行っていたの？」

「パティ母様？　えっと、書庫に絵本を見に行こうかなって」

「まぁまぁ、お勉強なの？　偉いわね。でも今日は母様に付き合ってちょうだい。そろそろ用意をしないと間に合わないのよ」

「え？　何がまにあわないのですか？」

「お洋服よ！」

パティ母様は勢いをつけてそう言った。

「おようふく？　えっと、僕はおようふくはちゃんともっていますよ？」

「ちがうわ！　エディ、お披露目会のお洋服よ。うふふ、今日はとても調子がいいから仕立て屋を呼んだの。早くいらっしゃい。ほら、ほら」

「パティ母様！　僕行きますから、あぶ、あぶな、母様があぶないです！」

母様は僕の手を引いてどんどん進んでいく。

「大丈夫よ～。ほら、こっちこっち。はい、ここよ。連れてきました。次男のエドワードですわ」

「エドワード様、初めまして。グランディスでテーラーを営んでおります、ブルームと申します。よろしくお願いいたします」

「エドワードです。よろしくお願いします」

「はい。それでは採寸から始めさせていただきます」

ソファに座ってニコニコとしている母様の前で、僕はどんどんメジャーを当てられていった。

「生地の色は伝えていた通りにブルーグレイでね。中は合わせて決めたいの。予備用に少し地模様が入っているものも作ってちょうだい。華やかな優しい感じでね。かといってあまりフリルがありすぎると着られているという感じがするでしょう？　その辺りの塩梅をね」

「畏まりました」

「あとは一緒にお茶会用のものも何着かお願い。こちらはあれの仮縫いの時にでも生地を見せてちょうだい。爽やかで優しい印象がいいわ。とりあえず四の月くらいから初秋くらいまでのものを数着作ります。秋から冬用の生地はまた改めて持ってきて。ブルー、ベージュ、グリーン系、あとは流行りのもので似合いそうなものを」

「ありがとうございます。揃えてまいります」

「…………」

僕は声も出せなかった。母様はいったい何を言っていたのだろう？

そして僕のお洋服はいったい何着出来るのだろう？

「エディ？　この中のデザイン画で気になるものがあったら教えて？」

そう言われても何がなんだかまったく分からないです、パティ母様。

「エドワード様はお優しいお顔立ちですので、こういった中間系のお色や、こちらの柔らかなお色もよくお似合いになられますよ。ハーフ丈のものも人気です」

パラパラとめくられた冊子の中で、綺麗な緑色の服と薄いラベンダー色の服が目についた。

「綺麗な色ですね」

「あら、ペールグリーンね。このお色も似合いそうね。そっちは？　うふふ……母様のお色ね？

これも可愛い感じになりそうだわ。今度生地を当ててみましょう。楽しみだわ」

母様が嬉しそうに笑った。

その後、父様のお色のブルーグレイの生地をいくつも当てて、母様が納得するものを選んで、中に着るものの生地も選んで、合わせるベストの色は共布にするのか別のものにするのかとか……くたくたになった僕に仕立て屋さんは「では仮縫いが出来ましたらまたご連絡をいたします。その時には他の生地をお持ちいたします」と、にっこり笑って帰っていった。

「エディ、似合うものが出来そうね。仮縫いが出来てきたら父様にも見ていただきましょう。楽しみだわ」

母様はまったく疲れていないらしい。すごい。

「パティ母様、ありがとうございました。僕、おひろめかいがんばります」

僕はそう言うのが精いっぱいだった。でも僕のお披露目会は確かそんなに大きくなく、仲の良い人たちだけを招いてパーティーをしようねってお話だったと思ったんだけどなぁ……

結局お披露目会のブルーグレイのスーツは予備を含めて二着。お袖と襟の所にフリフリがついているのと、燕尾服みたいな感じでフリフリもあって、ベストがあるのを作った。

それから春からのお茶会用の服も沢山作った。次々に試着をして、母様はとても満足げだったけど、僕はそんなに沢山お茶会をするのかなって、ちょっと倒れそうだった。

「エディ、お茶会だけでなく母様と一緒にお出かけもすれば良いのですよ。だって、そろそろ安定期ですもの！」

楽しそうにそう言う母様に父様の顔が引きつっていて、そばにいた兄様は「懐かしいなぁ」と遠い目をしていた。やっぱり兄様も大変だったみたい。

三の月に入ると、屋敷の中は大忙しになっていた。

お客様が滞在されるお部屋の準備や、会を開くサロンの準備をしたり、お庭を整えたり、お出しする食事の内容とか、使う食器にカトラリーとか、お花とかとかとか……

えっとミニお披露目会だったよね？　って僕はちょっと心配になった。

そして慌ただしく毎日が過ぎていって、いよいよ、明日はお披露目会。五歳のお披露目会なので夜会ではなく、お昼くらいから始まるので、前日からいらっしゃる方もいるんだって聞いたよ。

「マリー、僕はどうしたらいいのかしら？」

周りの様子に目が回りそうになって、お部屋から出られないまま、僕はマリーに聞いてみた。

「侯爵様の仰る通りに、いらっしゃるお客様にご挨拶をすればよろしいのですよ。ご心配でしたらテオにもう一度練習をしてもらいましょう」

「ううん。テオもすっごくたいへんみたいだから」

「では、マリーと練習をしてみますか？」

「うん……そうしてみようかな」

なんとなく何かをしていないと落ち着かない。そう思って頷いた途端、ノックの音がした。

「エディ、お昼ご飯も食べずに閉じこもっているって聞いたよ？」

アル兄様の声だ！　そうなんだ。だってなんだかあんまりみんなが忙しそうで、食べるのが嫌になっちゃったんだ。でもフルーツは一つ食べたんだけどな。

僕が慌ててドアに駆け寄ると、マリーが「お開けいたします」と部屋のドアを開く。

「大丈夫？　何をしていたのかな？」

「アル兄様、あの……」

どうして来てくださったんだろう？　もしかしたら心配してくださったのかな？

「緊張しちゃったかな？　まぁこの空気じゃ仕方ないけどね。軽食を持ってきたよ。甘いおやつも。僕もここで一緒に食べてもいいかな？」

「え！　よろしいのですか？」

「勿論。いいから持ってきたんだよ。じゃあ、準備して」

兄様がそう言うと、一緒に来ていた人たちが僕の部屋の中に入って食事の準備を始める。

え？　その小さいお椅子はどこから持ってきたの？　ええ？　テーブルも？

「お庭で広げる簡単なセットを持ってきたんだよ。今日は特別ね。さあ、座って。デザートはチーズのスフレがシェフのおすすめだって。ちゃんと食べておかないと明日困るからね」

持ち込まれた椅子に腰かけて、僕は兄様と一緒に昼食とおやつが一緒になったものをいただいた。

「ひとくちのサンドウィッチおいしいです」

「そうだね。スープも少しでも飲んでね」

「はい」

四歳の時と比べたらずいぶん沢山食べられるようになったんだけど、それでも少ないと父様と兄様は言う。でも前に絵本で見たウルフみたいにお腹が破裂したら困るでしょう？

「明日のお客様は大サロンに入るくらいだから、そんなに緊張しないでも大丈夫だよ」

「え！　こ、これでもやっぱり少ないのですか？」

ミニお披露目会というのを疑っていたのに、本当だったのか。

「う～ん、まぁ、僕の時の半分よりも少ないかなぁ」

「ににに兄様はすごいです！」

「ははは、初めての子だったから父様も母様も張り切っちゃっただけだよ。今日は父様の父上と母上、つまりエディのお祖父様とお祖母様が夕食をご一緒する予定だから、その時にご挨拶しようね」

「おじいさまとおばあさまですか？」

「そう。優しい方だから安心して」

「……はい。頑張ります」

「明日は母様の方のお祖父様とお祖母様もいらっしゃるよ。母様に似てとても楽しい方たちだよ」

「はい……頑張っていい子にします」

僕がそう言うと兄様はふわっと笑って僕の頭をポンポンとした。

「頑張らなくてもエディはいい子だよ。心配しないで。ほら、スフレを食べないとシェフがガッカリしちゃうよ」

「はい」

本当はスフレどころの騒ぎではなくて「わぁぁぁぁぁぁ！」って逃げたいような気持ちだったけれど、僕はスプーンをとって、シェフ自慢の新作、チーズスフレを口に入れた。

「ふんわりだ……」

「おいしい？」

「兄様も、兄様もめしあがってください！　ふんわりで、あまくて、やさしくて、おいしいです！」

「ふふふ良かった。やっといつものエディだ。今日と明日は父様も僕もエディに『大丈夫』って沢山言わないといけないな。エディはいい子だから、大丈夫。ね？」

にっこりの笑顔に僕は少しだけお顔が熱くなって、テレッとなってしまった。

「明日はジムやマーティーやダニーも来るんだよ」

「おひさしぶりです！」

「エディが元気がないと皆が心配しちゃうからね」

「元気にします！」

「うん。きっと皆もエディに会えるのを楽しみにしているよ」

本当にそうだったら嬉しいな。冬祭りはとても楽しかったから。みんな優しくて、愛し子チームの人たちなのにすごく良くしてくれた。仲良くなれて本当に良かったって思う。

「さあ、それを食べたら少しお昼寝をしよう。そうしたらお夕食の準備だ」

「ええ⁉　おなかがすきません」

「ああ、じゃあ、起きたら……そうだな……」

「あの……兄様。れんしゅうしてもいいですか？　ごあいさつの。マリーとしようかなって」

「ああ、そうだね。お祖父様たちへのご挨拶と明日の皆さんへのご挨拶を、エディさえよかったら僕と一緒に練習してみよう。僕が父様の役をするよ」

「うふふ！　アル父様ですか？」

「そう。笑ったらだめだよ」

「分かりました！　ではのちほど、よろしくおねがいいたします」

兄様は笑って「ではのちほど」と言って部屋を出ていった。そして来た時と同じように、テーブルやお椅子はあっという間に片付けられた。

「ねぇ、マリー。僕、頑張るね」

マリーはにっこりと笑って「はい」って頷いてくれた。


お昼寝から起きると、兄様がもう一度お部屋に来てくださった。

「最初にお祖父様とお祖母様が簡単にご挨拶をしてくださる筈だから、エディは父様から言われたらご挨拶をするんだよ？　じゃあ、やってみるね。……エドワード、ご挨拶を」

アル父様が僕に向かって声をかける。ちょっとドキドキしながら僕はぺこりとお辞儀をした。

「はじめてお目にかかります。エドワードです。このたびは私の五さいのおひろめ会のためにいらしてくださり、ありがとうございました。おじいさま、おばあさま、こんごともどうぞよろしくお願いいたします」

そう言って、ぺこりとお辞儀をすると「はい。大丈夫です」って兄様が笑った。

「言えました、アル兄様。ありがとうございます」

「うん。上手だったよ。じゃあ、次は明日の練習だね。明日は個別にご挨拶をしてくる人もいるけれど、その時は『本日はお越しいただきありがとうございます』って言うだけで大丈夫だからね。うちは侯爵家の中でも上位だから、よほどの事がない限りは下からは挨拶できないし父様のそばにいればいいよ。もし離れちゃったら僕のそばにおいで」

「はい。よろしくお願いします」

大丈夫って言われたけれど、やっぱり怖い。絶対父様のそばにいよう。あと兄様がどこにいるのかも分かっているようにしよう。僕はこくこくと首を縦に振った。

「ご挨拶はテオから教わったでしょう？　その通りにね。途中で分からなくなったら、名前とよろしくお願いいたしますだけで大丈夫。じゃあ、やってみるね。父様が皆さんに『五歳になった次男のエドワードです』って言ってから『エドワード、皆さんへご挨拶を』」

「はい。デイヴィット・グランデス・フィンレーが次男、エドワード・フィンレーです。本日は私の五さいのおひろめかいにいらしてくださり、ありがとうございました。沢山のお祝いのお言葉をいただき、とてもうれしく思います。これからもどうぞよろしくお願いいたします」

そうしてぺこりとお辞儀をすると兄様がパチパチと拍手をして「上手に出来ました。明日も大丈夫です」って言ってくださったので、僕はまたテレッと赤くなってしまった。

「れんしゅうをしてくださって、ありがとうございました」

「うん。これでエディのドキドキがちょっと減るといいね。ちゃんと出来るんだから、自信を持ってね」

「頑張ります！」

僕がそう答えると兄様はうんうんと頷いて「じゃあ、そろそろ食事の所へ行ってみようか」と言った。うっ！　今練習したのに、やっぱりドキドキするよ。

「あの、おじいさまとおばあさまは、どんな方ですか？　父様ににていらっしゃいますか？」

「ああ、僕もエディくらいの時に会ったのが最後だからなぁ。父様に……似ている、かなぁ？」

え？　似てないのかな？　僕が不思議そうな顔をしていると兄様が再び話し出した。

「父様の方がお話が上手かな。でもお祖父様は言葉は少なくて、お顔も少し怖い感じがするけれど優しいよ。お祖母様はニコニコしていておっとりした感じかな。父様に爵位をお譲りになってからはフィンレーの南の方に移られてしまってね。それほど雪が積もらない所で植物の研究をなさっているんだよ。土魔法の属性でとても有名な方なんだ」

「土魔法……」

そうなんだ。グランディス様みたいに沢山の実りを与えるような事が出来るのかな。僕の頭の中に雪像の優しそうなグランディス様のお顔が浮かんだ。

「さあ、行くよ。エディ」

「はい。アル兄様」

中には母様がいらした。そして僕たちの後に、父様もいらっしゃった。

「エドワード、明日は一緒にがんばろう。もう何名かの方が別棟の方に滞在されていて、冬祭りで一緒に回ったレイモンド卿のご子息もいらしているよ。挨拶は明日になる」

マーティン君だ！　僕は「はい」と返事をした。

「今日は私の父と母がいらしているんだ。一緒に夕食をと思っている」

父様がそう言うと、まるでタイミングを計ったかのようにテオが祖父母の到着を告げた。

僕はドキドキとしながら立ち上がってお二人が来られるのを待った。そして扉が開いて頭を下げると、扉の方で父様が「ようこそおいでくださいました」と挨拶をしているのが聞こえてくる。

「うむ。みな息災のようで何よりだ」

「はい。まずはおかけになっていただきまして、紹介をいたしたく思います」

夫妻は案内された席に腰を下ろした。

「皆様もどうぞお座りになって。ねぇ、あなた。そんなにかしこまらなくてもいいでしょう？」

「そうだな」

「お久しぶりね、パトリシアさん。大切な身体ですからね。無理はいけませんよ」

「お義母様、お気遣いいただきましてありがとうございます。この度は無理を申し上げました。お越しいただきまして本当に嬉しく思っております」

「無理だなんて、可愛い孫の成長を見るのはいつだって楽しみですよ」

「ありがとうございます。アルフレッド、ご挨拶を」

「はい。お祖父様、お祖母様、ご無沙汰いたしております。嫡男のアルフレッドです。十歳になりました。お会いできてとても嬉しいです」

「まぁまぁ、立派になりましたね、ねぇ、あなた」

「うむ。披露目の時以来か。元気で何よりだ」

「ありがとうございます」

「父上、隣が次男のエドワードです。明日、五歳のお披露目会をいたします。エドワード、私の父上のカルロス・グランデス・フィンレー元侯爵と母上のオルフィナ・メルトス・フィンレー元侯爵夫人だ。ご挨拶を」

「はい。はじめてお目にかかります。エドワードです。このたびは私の五さいのおひろめかいのためにいらしてくださり、ありがとうございました。おじいさま、おばあさま、こんごともどうぞよろしくお願いいたします」

「うむ。……『精霊樹の色』か。明日はしっかり務めよ」

「はい。ありがとうございます」

え？　今なんて言ったの？　色？　よく聞こえなかったけど僕の事だよね？　なに？

そんな僕の不安をよそにお祖母様がふんわりと笑って口を開いた。

「上手にご挨拶が出来ましたね。エドワード。ふふ……こちらに来てよくお顔を見せて？」

「はい」

僕はお祖母様の所に行った。

「面影がありますね……。大変な思いをしたと聞いています」

うっすらと涙ぐんだお祖母様に、お祖父様が「フィナ……」と声をかけた。

「……幸せになるのですよ。明日は皆様にフィンレーの次男をしっかり見ていただきましょうね」

「はい。ありがとうございます、おばあさま」

僕はもう一度お祖父様とお祖母様にお辞儀をして、席に戻った。

金色の髪と髭のお祖父様は、深い茶色と緑色を混ぜたような濃いオリーブ色の瞳だった。

兄様が言っていたように言葉がとても少ない。でも土魔法について聞いていたお陰か、なんとなくグランディス様の事を思い出す。背も高くて、がっしりとしていて父様とよく似ていた。

そして、栗色の髪のお祖母様は兄様に近いブルーの瞳だった。母様より少しだけ背丈が低いくらいだと思うけれど、大きなお祖父様が隣にいるせいか、小柄な感じに見えた。お祖母様は優しいお顔の時の父様に似ている気がした。

皆で食事をして、ちょっとお話をして、僕と兄様は先に自分の部屋に戻る事になった。

「お先に失礼いたします。おやすみなさいませ」

「お先にしつれいいたします。おやすみなさいませ」

「おやすみなさい。ゆっくり休んで、明日は頑張りましょうね」

「はい。頑張ります」

お祖母(ばあ)様の言葉にもう一度頭を下げて、僕は兄様と一緒に部屋を出た。

「上手にご挨拶(あいさつ)が出来たね、エディ」

兄様が僕の方を見てにっこりと笑ってくれた。

「はい、アル兄様がれんしゅうをしてくださったからです！」

「きっと明日も上手に出来るよ」

「はい。兄様のれんしゅうは魔法みたいです」

繋いでもらった手をギュッとして、僕は「えへへ」と笑った。

でも、お祖父(じい)様がなんて言ったのか気になる。なんだろう？　何か僕の事で気になる事があったのかしら。この誰にも似ていないミルクティー色の髪の毛かな。それともお祖父(じい)様のオリーブ色とも違うこの緑色の瞳かな。

兄様と別れてお部屋に入って、僕はフゥと息をついた。

せっかく父様たちが頑張って用意をしてくれたお披露目(ひろめ)会。兄様もご挨拶(あいさつ)の練習をしてくれたんだ。だから、頑張らないといけない。気にしたらいけない。

だけど………

「やっぱり、僕の色と同じ人はいない……」

胸の奥に何かがチクンと棘(とげ)のように刺さった。

「うわわわ……沢山です」

仲の良い人だけって言っていたのに、屋敷には沢山の知らない人がいた。

一生懸命思い出した小説には『悪役令息』のお披露目会の事なんて書かれていなかったから、何もないと思うけど、油断は禁物だ！

入口の所でお客様に頭を下げて、お祝いの言葉に「ありがとうございます」だけ言って、あとはニコニコしている。でも本当はそれで精いっぱいだった。

そうしているうちに見知った顔が見えて、僕はホッと息をついた。ジェイムズ君だ！

難しいご挨拶は父様とジェイムズ君のお父さんがしていたので、僕はジェイムズ君に冬祭りのお礼を言った。少しするとマーティン君も見えた。一緒にいるのはマーティン君のお父様かな？

ジェイムズ君の時と同じように難しいご挨拶は父様たちがして、僕は「おめでとうございます」の言葉に「ありがとうございます」と笑顔でお返事をする。そしてマーティン君にも冬祭りの時のお礼を言ったよ。僕より一つ下の弟さんを紹介された。でも四歳なのに僕よりちょっと大きい。

ちょっぴりガッカリしながらまた後でと言ったその時に、マーティン君のお父さんが僕の顔を覗き込むようにして見つめてきた。そして……

「ペリドットアイか……」

呟きは、僕と父様には聞こえた。

「……え？」

ドクンと胸が鳴る。

「レイモンド卿、また改めて」

「ああ、そうだね。エドワード君、失礼したね。この子たちとも仲良くしてやってほしい。では」

「は、はい」

「エディ、後でね」

「はい。マーティン様」

マーティン君たちは何事もなかったかのようにサロンの中に入ってしまった。僕は今の言葉はなんなのかと父様にも聞けないまま、ひたすら「ありがとうございました」と繰り返す。

そしてハワード先生とダニエル君ともご挨拶をして、あともう少し。

やっと挨拶が終わった頃にはちょっと疲れてしまったけれど、それよりも何よりも、僕はマーティン君のお父様の言葉が気になって仕方がなかった。

『ペリドットアイか』

マーティン君のお父さんは確か、代々大魔導師の称号を持っているおうちの人だ。マーティン君のお父さんも大魔導師なのかな。そんな人がわざわざ言うくらい、僕の目の色はおかしいの？

それとも、僕だけが皆と違うって言いたいのかな？　胸の中にモヤモヤが湧き上がる。

「エディ？　どうしたの？　少し何か飲む？」

いつの間にか兄様が近くに来てくれていた。父様はご挨拶の用意をしている。

「緊張しちゃったかな？」

「大丈夫です。兄様とお話ししたら平気になりました」

「そう？　じゃあ、おまじない。エディが昨日みたいに上手にご挨拶できますように」

兄様はパティ母様みたいに僕をギュッとしてくれた。

「あり、ありがとうございます！」

「ふふ、顔色が戻ってきたかな。さあ、父様が呼んでいるよ。ここで見ているからね」

「はい」

サロンの中に作られたひな壇で父様が皆さんにご挨拶をしている。

そして僕の方に顔を向けてにっこりと笑った。

「エドワード、ご挨拶を」

「はい」

僕は転ばないように気を付けながら壇上に上がってサロンの中を見た。沢山の人が僕を見ている。

「デイヴィット・グランデス・フィンレーが次男、エドワード・フィンレーです。本日は私の五さいのおひろめかいにいらしてくださり、ありがとうございました。沢山のお祝いのお言葉をいただき、とてもうれしく思います。これからもどうぞよろしくお願いいたします」

拍手が聞こえてきた。

お祖父さまが乾杯の短いご挨拶をして、和やかにお食事が始まる。夜会ではないし、主役が五歳の僕なので、ダンスもない。

「エドワード、よく頑張りましたね」

「本当にとても立派でしたよ」

母様とお祖母様が褒めてくださった。

「ありがとうございます。兄様がドキドキがとまるおまじないをしてくださったのです」

「まぁ、そうだったの。良かったわね。ああ、エディ、ちょうど良かったわ。紹介をさせてね。私の父と母よ」

パティ母様はやって来た二人を見ながらそう言った。

「もう、パティったら相変わらずなんだから。侯爵夫人なんですからね。もう少し……」

「おい」

「あら。ふふふ」

「まったく。驚かせてすまなかったね。パトリシアの父、ニコラス・グレゴリー・ランドールです。こちらは妻のキャサリン・ドーラ・ランドール。立派なご挨拶でしたね、エドワード君」

「ありがとうございます。ランドールはくしゃく」

「あら、エディ。お祖父様とお祖母様でしょう？」

「パティ母様……」

僕はちょっと困ったように母様を見た。すると母様のお母様がふわりと笑って口を開いた。

「ふふふ、そう呼んでもらえると嬉しいわ。私たちもエディと呼んでもよろしくて？」

「は、はい。よろしくお願いします。おじいさま、おばあさま」

「まぁまぁまぁ、こんなに可愛らしい孫が出来てとても嬉しいわ。今度私たちの所にも遊びにきてね。エディ」

伯爵夫人の瞳は母様と同じ色だった。そして話し方もよく似ていたので、僕は思わず笑ってしまった。

「あ、すみません。か……母上と同じお話のしかただったので」

「まぁ似ていた？　ふふふ親子ですもの。エディもきっと似てくるわよ」

「エディは私と好きなお菓子が同じなのよ。マカロンも、雪のお菓子も、甘くてほろ苦いナッツのカラメリゼもね？」

「はい。パティ母様」

似ている、その言葉が嬉しくて僕は少しだけ顔を赤くして頷いた。

ランドール伯爵夫妻はもう一度「五歳のお誕生日、少し遅くなったけれどおめでとう」と言って母様がお好きだったというアーモンドのドラジェというお菓子をくださった。おめでたい時に贈るお菓子なのだとか。

「パティ母様、明日いっしょにいただきませんか？」

「まぁ！　エディからお茶会の招待？　嬉しいわ。よろこんで」

母様が笑う。そうして改めてサロンの中を見回して、僕はほぅっと息をついた。

色とりどりの花で飾られた室内。食事は立食だけど、そこここにテーブルと椅子があり、座って食べられるようになっているし、天気も良かったのでお庭にもテーブルと椅子が出されている。そして、緩やかに流れている音楽は今日のために呼ばれた楽団が奏(かな)でていた。

「すごいなぁ……」

これだけの人が集まってくれて、テオたちや、他の人たちも、沢山、沢山、準備をしてくれた。

勿論、父様も母様もお祖父様たちも……

これで僕はフィンレー侯爵家の次男として正式に紹介をされたのだ。

五歳のお披露目会からが社交界の始まりなんだって母様が言っていた。これからは同じ年頃のお友達も作っていく。だからなのか、マーティン君のお家のほかにも何人か、僕と同じくらいの子供が一緒に来ていた。

「エディ」

「あ、じぇいむず様、マーティン様、ダニエル様」

皆が僕の所に来てくれた。勿論、兄様も一緒だ。

「お披露目会、おめでとう。挨拶がんばったな」

最初に口を開いたのはジェイムズ君だった。

「ありがとうございます。じぇいむず様」

「ああ、ジミーでいいよ。そっちの方が俺もしっくりくる」

「ありがとうございます。ジミー様。またお会いできてうれしいです」

「変わりなさそうで良かった。大変だっただろう?」

「僕はあいさつのれんしゅうくらいでしたから。父様や、やしきのみんなはたいへんだったと思います」

「相変わらずだね、エディは」

横にいたマーティン君がやれやれというように口を開く。

「マーティン様もまたお会いできてうれしいです。雪のうさぎもげんきです」

「ははは、融けていないって事だね。ちゃんと保存魔法が効いていてよかった。ところで少しだけ背が伸びたかな？」

「ほんとうですか？　うれしいです」

「うん。ちょっとね。でもちゃんと食べないと縦にも横にも伸びないからね」

マーティン君は相変わらずマリーみたいな事を言う。

「たてはいいけど、よこはあんまりのびたくないです」

「いやいや、もう少しお肉つけないと、筋肉もできないよ。ねぇ、アル」

ダニエル君が口をはさんだ。

「だいぶ食べられるようになったよね。エディ」

そう言って助けてくれるのはやっぱり兄様だ。

「はい。頑張っています」

「ふふふ、相変わらず甘やかしているな。ところでエディ、今日は何か食べたの？」

「ええと、朝は食べました」

「このホールでは食べていないの？　まぁ挨拶が多いから仕方ないけど」

「じゃあ、こうやって話をしている間にちょっとでも食べておいた方がいい。水分も」

そう言うと、あれよあれよと言う間に僕の前には食べ物と果実水が置かれた。兄とその友人に囲まれている弟。これで少しの間は声をかけられる事はないだろう。

「はい。食べて、食べて」

一口大のパンの上に色とりどりの具材が載ってピックでとめられているもの。肉を揚げたものや煮込んだもの、可愛いお菓子や果物が次々にお皿の上に載せられた。こんなに食べられないとびっくりしていたら、食べられるだけでも食べておけと言われた。

「おいひぃです。でもお口がいっぱいです」

もぐもぐしながらそう言ったら皆が笑った。

「お水も飲むんだよ。よし、これくらいかな。あんまり引き留めていると怒られてしまうからね」

「友人候補も来ているしな。でもマーティの所はエディと同い年だったか？」

「うちはまだ四歳。でも年齢的には同じくらいでしょう？　はい、ラストはお肉」

「……お肉、大きいです」

そう呟くとあっという間に小さくされた肉を口の中に入れられた。みんなすごい。

「まぁ食べないよりはマシかな。さぁ、そろそろかな、アル」

「うん。エディ、父様の所へ行きなさい」

「はい、兄様。みなさま今日はありがとうございました。お話しできてうれしかったです」

「うん。今度はゆっくり話が出来るといいね」

僕は一口果実水を飲んでから、もう一度お辞儀をして父様の所へ向かった。

「この前のお礼を言えたのかな？」

「はい、父様」

「うん。では、こちらへ」

待っていたのは先ほど『ペリドットアイ』と言ったマーティン君のお父さんと、マーティン君の弟さんだった。

「お待たせいたしました」

「いやいや、こちらこそ。マーティンが引き留めていたようですね。冬祭りがとても楽しかったようです。お誘いいただきましてありがとうございました」

「こちらこそ、ご子息にはアルフレッドだけでなく、エドワードとも仲良くしていただき感謝いたします。エドワード」

「はい。本日は私のおひろめかいにおこしいただきありがとうございます。冬祭りではマーティン様に沢山おせわになりました」

「ご挨拶（あいさつ）ありがとうございます。改めまして五歳のお披露（ひろ）目（め）会おめでとうございます。今日はエドワード様の友人候補とさせていただきたく、息子を連れてまいりました。ミッチェル」

「…………」

えっと、どうしてじっと見ているんだろう？　あ、あれ？　これは僕の方から口を開かないといけないのかな。侯爵と伯爵だから？

「は、はじめまして。エドワード・フィンレーです。よろしくお願いします」

「……ミッチェル・レイモンドです。よろしくおねがいします」

う〜ん、あんまりよろしくしたくなさそうな雰囲気なんだけど、僕がじゃなくて、お相手が。

こういう時は何をお話ししたらいいのかな。お菓子の話？　絵本の話？　いきなり何が好きですかって聞いてもおかしくないのかな？

「あ、あの、マカロン食べましたか？」

「いいえ」

「……そうですか。おいしかったから、今度食べてみてください」

「はい」

終了です。お話終了です。

「お互いに緊張しているようですね、またお茶会などお誘いいたしますので、よろしくお願いします」

「はい、よろしくお願いいたします」

その後も何人かの大人とお友達候補の子供たちと挨拶をして「今度お茶会をしましょう」という話をして、僕の五歳のお披露目会は終わった。僕、頑張りました。

お披露目会が終わってしばらくは魂が抜けたみたいになっていた。
でもそんな事は言っていられなかった。お披露目会で紹介された子たちとのお茶会が早々に行われる事になったからだ。ゆっくりでいいのになって思うけれど、そういうわけにもいかないらしい。

元々は十の月の僕のお誕生日にお披露目会の予定だったけど、僕の身体が五歳にしては小さい事や母様に赤ちゃんが出来た事。その他にも麦の収穫や冬祭りの準備とか色々重なって遅れたからね。

五歳のお披露目会からが社交界の始まり。だからちょっと急がないといけないんだ。それでお披露目会の翌月の四の月に僕の初めてのお茶会が決まって、屋敷の中はまたしても忙しい。

そして、僕はというと……

「……むずかしいです」

ボソリとそう言うと、後ろから小さな笑い声が聞こえてきた。

「アル兄様!?」

「珍しく外にエディの姿が見えたからね。何が難しいの？」

そうなんだ。僕は珍しくお外の四阿でちょっとしょんぼりしていた。

まさかそれを兄様に見つかるなんて思ってもいなかった。

「いっしょに考えたら答えが出るかもしれないよ？」

そう言って兄様は僕の隣に腰かける。

「兄様は、今日はお勉強やおけいこはないのですか？」

「ああ、今日はお昼からなんだよ。エディは？」

「あさってが、ハワード先生のお勉強です」

「今は何を習っているの？」

「今は……王国のことです。いろんな領のこととか領主様たちのこと」

「へぇ、おもしろい？」

「おもしろいことをしている領主様とかもいました。ぼうけんをしている領主様です」

「……どこの領だろう？」

「百年くらい前だそうです」

「……ハワード先生のお勉強は楽しそうだね」

「はい」

風が吹いて、小さな花びらをさぁっと巻き上げた。

「少し風が出てきたね。まだ外で考え事をするには早いかもしれない。四の月の半ばくらいになると暖かくなって、色々な花が沢山咲くよ？　その頃にお散歩をしながら考えるのはどう？」

「でも、それだと、おそいのです」

「遅い？」

そう聞き返してきた兄様に、僕は胸の中で一つため息を落とした。これ以上考えていてもいい考えは浮かびそうにない。それならば兄様に相談した方がいい。だって、兄様はそれがもう出来ているんだもの。

「……あの、アル兄様はどうやってお友達をつくったのですか？」

「え？」

「はじめて会う人と何をお話ししたらいいのでしょう？」

「ご挨拶をしたら、なんとなくお話し出来るよ？」

「ジミー様やマーティン様やダン兄様とは、はじめましての時にどんなお話をしましたか？」

「え？　ええっと……」

「僕、このままお話ししようと思ったけど、すぐにおわりでした」

「お、おわり？」

兄様はビックリしたような顔をした。

「何をお話ししていいのか分からなくて、その子もなんにもお話ししてくれないから。マ、マカロンの話とかしてみたんだけど」

「マカロンの話？」

「はい。食べたことがありますか？　って聞いたら、食べたことがないって。それで今度食べてみてって言ったら、はいってお返事があっておわりでした。マカロンが、だめなのかもしれないなと思って、ほかの子にも、何が好きですかって聞いたら、いろいろって。……僕はお友達をつくれないかもしれません」

ああ、僕の中には二十一歳の誰かの『記憶』がある筈なのに、お友達の作り方やお話の仕方も分からないなんて！　ちょっぴり涙目になってしまった僕に兄様は小さく笑って、背中をトントンってしてくれた。

「大丈夫だよ、エディ。すぐにお友達にならなくてもいいんだ。そのうちにお互いものすごく気になる事が出来るかもしれないよ？」

「兄様たちはなんのお話で仲良くなりましたか？」

「う～ん。それぞれに話をしていて、あ、それ知っているって感じだったかなぁ。勉強の話とか」

「ハワード先生の勉強のお話をするのは、ちょっとむずかしいです」

「う、うん。そうだね。百年前のお話はやめた方がいいね」

「…………兄様となら沢山お話しできるのに」

僕がそう呟くと兄様は嬉しそうな顔をして「でも僕はエディのお友達じゃなくて、エディの兄様がいいな」って言った。

「僕も、アル兄様は兄様がいいです！」

「じゃあ、お部屋に行って、温かい紅茶でも飲んでお話ししよう。お友達とどんなお話がしたいかなって一緒に考えてみよう？　ほら、おいで」

そう言って兄様が手をつないでくれた途端、僕は悲しくなっていた気持ちがすぅっと消えてなくなっていくような気がした。兄様はすごい。やっぱりすごい。アル兄様が兄様で本当に良かった。

「だ……」

「だ？」

「大好き！　アル兄様！」

「ふふふ、僕もエディが大好きだよ」

嬉しくて、嬉しくて、僕は手をつないだまま初めましての日みたいに兄様にギュッてしがみついた。そうしたら兄様はそっと手を離し、笑いながらギュッて抱きしめてくれたんだ。

そしてその翌日。父様からお話があった。

「お茶会に招いたり、招かれたりしながら、貴族のお友達を作るのはとても大切な事なんだよ。でもね、それは急がなくてもいいんだ。近くの領の同じ年頃の子で様子を見たり、父様や母様の知り合いで年頃の合う子を招いたりしていくから心配いらないよ。それに何をお話しするかっていうのも、この前のマカロンの話でも大丈夫なんだよ。お菓子が好きな子もいるだろうし、本が好きな子もいるだろうし、お勉強が好きな子だっているだろうからね。勿論すぐにお友達を作らないと駄目なわけじゃない。アルフレッドのように、エドワードにもいいお友達が出来るといいね」

「分かりました。ありがとうございます」

僕がそう答えると、父様も隣で聞いていた母様と兄様もみんな「エディなら大丈夫」って言ってくれたから、僕も頑張ろうって思う。だって、やらないって言っていたら、きっと『悪役令息』になっちゃうよ。それは絶対にダメだもの。


三の月から四の月まではすぐに過ぎて、兄様とお話の練習をしているうちにお茶会の日になった。

「エディ、そんなに頑張らなくていいんだよ。大丈夫」

「はい、アル兄様、いってきます！」

僕はお茶会の会場になる小さいサロンに向かった。

そして、やって来てくれた五人の子となんとか無事にお友達になって、皆が帰る時に「またね」って手を振ってお別れ出来た。

「楽しい時間をすごせたようだね、エドワード」

「はい、父様」

父様と一緒にサロンから出ると兄様がいた。心配してくれたのかなって嬉しくなった。

「その顔だと、お茶会は成功だったのかな、エディ。良かったね」

「はい。ミッチェル君はお父様が魔物をやっつけた話を聞かせてくれました。あと剣術が好きな子と、ご本が好きな子と、算術と綺麗なものが好きな子と……。モンブランが好きな子はちょっとお兄さんで、みんなが話さなくて困っていたら助けてくれました！」

ものすごい勢いで話をすると兄様は少し驚いた顔をしてから、嬉しそうに笑った。

「エディが楽しかったなら良かった」

「はい」

返事をして、ふふふって笑って、いつもみたいに手をつないでもらった。

「兄様が沢山いっしょに考えてくださったお陰です。あ、父様も」

「……エドワード、父様はちょっと淋しいよ」

「え？　どうしてですか？　えっと、父様もお手手つなぎますか？」

「……じゃあ、お願いしようかな」

父様がそう言って手を出してきたので、僕は父様とも手をつないだ。

三人で手をつないで歩いていたら、父様がいきなり手をゆらゆらさせ始めて、兄様も同じように揺らし始める。

「わわわわ！　ぶーんってなりますよ！」

「大丈夫。ほら、エディ！」

父様が冬祭りの時みたいに「エディ」って呼んで、二人は僕の身体を大きく揺らした。

「わぁ！　鳥みたい。あははは！」

なんだかホッとしたのと同時に、すごく嬉しい気持ちになって僕は大きな声で笑ってしまった。

そういえば今日のお茶会にも僕と同じ髪や瞳の色の子はいなかった。やっぱり僕の色は珍しいのかな。悪い色じゃないといいな。

お祖父（じい）様が言っていた事と、マーティン君のお父様が『ペリドットアイ』って言っていた事がやっぱり気になって何度も考えたけれど、僕にはよく分からなかった。

廊下で騒いでいたら、同じくお茶会の心配をしていたらしい母様がやって来た。

お手手をつないでブンブンして鳥みたいになっている僕を見て、母様がちょっと怖い顔になった。

「そんなに振り回して腕が抜けたらどうするんですか！」

そしてみんなで怒られた。僕の頭から色の事が吹っ飛んで消えた。

こうして僕の初めてのお茶会は無事に終わった。

四の月が終わって五の月になった。お空は兄様のお目目のような綺麗な青空で、吹く風もとても

気持ちがいい。

「ふわ〜、いい風だなぁ」

普通なら麦は二期作が出来ないけれど、フィンレー領はグランディス神の加護を受けた土地だから、麦が一年に二回収穫出来るんだってテオから教わった。

その他の作物も同じで、麦よりも成長の早い作物を植えてうまく回せば、一年で何かしらの作物が何度も収穫出来る。このためフィンレーは王国の食料庫の役割もしている重要な土地なんだ。

今は一の月から二の月に種をまいた麦の収穫期だ。黄金色に輝く麦畑を爽やかな風が渡る。

そんな五の月は、僕にとって、とってもとっても大切な月。兄様のお誕生日があるんだもの！

明日は兄様の十一歳のお誕生日。

五歳の時みたいな大きなお披露目会はないから、皆でおめでとうってするだけなんだけど、それでもやっぱり大切な日だよ。

王都にある貴族の子供が通う王立学園は、年の初めに十二歳になっている貴族の子が六年間学ぶから、兄様が王都に行ってしまうのは再来年の一の月の初め。

「あと、一年半とすこしだ……」

考えるだけでも涙が出そうになる。でも……

「大丈夫。今じゃないから。まだ一年より沢山先だから。赤ちゃんもこれから生まれるし、あ、六歳になったら剣術が始まるから、そうしたらアル兄様にも教えていただこう。いっしょに出来たらうれしいな。そうだ！　前にマリーが言っていたお馬とかも！　それに冬祭りだってまたあるし！」

楽しい事をかき集めて僕はすくっと立ち上がった。よし、復活だ！　今考えなきゃいけないのは明日のプレゼントだもの！

母様に相談したら、温室に素敵なお花が咲いたのよって教えてくれた。

マリーがマーティン君と同じ保存魔法が使えるっていうから、そのお花に保存魔法をかけてプレゼントしようと思うんだ。

あとは昨日シェフと一緒に作った薄いブルーのドラジェ。コロコロ焼いたアーモンドに粉砂糖を溶かしたトロトロの甘いのを絡めて乾かしてっていうのを何度か繰り返して作ったんだよ。

シェフと、特別に母様にも味見をしてもらったから大丈夫。それを可愛い箱に入れて、金色のリボンで結わえた。

温室では庭師のマークが待っていてくれた。

「こんにちは。エドワードです。母様から青いお星さまのお花があるって聞きました。兄様にプレゼントしたいので一本ください」

「はい、畏まりました。どうぞ、中に入ってどれにするか選んでください」

マークはにこにこと笑いながら温室を案内してくれた。

「いろんな花や葉っぱがありますね」

「そうですね。パーティーの時に飾ったり、贈り物にしたりしますよ。ああ、エドワード坊ちゃまこちらです。ブルースターという花です。青い星という意味です」

「青い星。すごくかわいい」

緑の葉っぱの間からぴょこぴょこと飛び出して咲いている、綺麗な空色の星の花。

「最初は薄い水色なんですけど、咲き続けているとだんだん濃い青色になっていくんですよ。ほらこっちの色と違うでしょう？」

「ほんとだ！」

すごく、すごく、すてき。

「あ、あの！　こっちの水色と、こっちの青くなったのと二本いただけますか？　保存の魔法をかけてもらうんです。どっちもすてきで両方兄様に見せてあげたいから」

「分かりました。では、こちらと、こちらを」

パチンパチンと鋏（はさみ）が鳴って、二色の青い星の花が僕の手に渡された。

「アルフレッド様に喜んでいただけますように」

「はい。ありがとうございました」

僕はお辞儀をして、温室を出た。


そして翌日。兄様の十一歳のお誕生日がやって来た！

朝一番に「お誕生日おめでとうございます！」って言いたかったけど、皆でお昼にお祝いをしようって決めていたから我慢したんだ。お陰で兄様から「エディ、どこか具合が悪いの？」って聞かれちゃった。えへへ。あともう少し。我慢、我慢。

でも、お昼にダイニングにやって来た兄様を見て、僕は思わず固まってしまった。

「アル、アル兄様、髪の毛が……」

「ああ、ふふふ、似合うかな？」

にっこり笑った兄様に僕は「お誕生日おめでとう」って言う事も忘れて、ただただ呆然としてしまった。だって！　だって、兄様の肩よりも長かった髪の毛がバッサリと切られていたんだ。

「どどどどどうされたのですか？　どうして、どう……」

兄様の髪は本当に綺麗な金色の糸みたいで、それを肩の辺りで細いリボンでスッキリと結んでいて、すごく、すごく素敵だったんだ。

僕の髪はちょっとふわっとしているから兄様みたいになりたいなって思っていた。それなのに。

「似合わないかな？」

「そ、そんな事はないです。髪の短い兄様もカッコいいです」

襟足がスッキリとして、なんだかすごく大人になった感じがする。

「エディにカッコいいって言ってもらえて良かった」

そう言って兄様は嬉しそうに笑った。うん。慣れたら大丈夫。短い髪の兄様もカッコいい。

胸の中で自分に言い聞かせるように「大丈夫」と「カッコいい」を繰り返し呟いていたら、後ろから小さな声で「エドワード」と呼ばれてハッとした。

そうだった。兄様のお誕生日だ！

「えっと、アル兄様、十一歳のお誕生日おめでとうございます！」

綺麗に飾りつけされたテーブルの上に並べられた、色々なお料理やお菓子やケーキ。

ちょっと想定外の事があったけれど、父様も母様もニコニコして、髪の毛を切った兄様とものすごく張り切っている僕を見ていた。

「ありがとうございます」

兄様が少し照れたように答えると、母様が笑いながら口を開いた。

「ふふふ、お誕生日おめでとう。アル。エディが皆でおめでとうって言いましょうって、一生懸命に準備をしたんですよ」

そう言った母様のお腹はだいぶ大きくなっていて、父様がちょっと心配していた。

「ありがとう、エディ」

兄様が嬉しそうに笑ってくれたので、僕もすごく嬉しくなった。

それからみんなで食事をして、ケーキも食べて……

「アル兄様、いつも仲良くしてくださってありがとうございます。これは僕からのプレゼントです。お誕生日のプレゼント」

差し出したのは金色のリボンの箱と、保存魔法がかかった青い星の花。

花はマリーが綺麗なグリーンのリボンを結んでくれたんだ。

「ブルースターっていうお花です。母様がおしえてくれました。前に兄様からいただいたお菓子みたいでしょう？　マリーが保存魔法をかけてくれたんです。こっちは僕がシェフに教えてもらってつくったドラジェっていうお菓子です。甘くておいしいです」

兄様は大事そうにプレゼントを受け取ってくれた。そして。

「ありがとう。エディ。すごく、素敵な誕生日だ！」

「わぁ！」

髪の毛が短くなって、今までよりももっともっと、とってもカッコよくなった兄様に、今までで一番ギュッとされて、僕は思わず声を上げてしまった。

父様も母様もそれを見て嬉しそうに笑っていた。

僕も、素敵な誕生日って言ってもらえたのが嬉しくて、ギュッとしてくれた兄様にしがみつくようにギュッとした。

六の月の終わりくらいから、屋敷の中がなんとなくそわそわ、というか、どうしようっていう感じになってきた。

母様が僕たちと一緒にお食事をしなくなってしまったんだ。少し前には、赤ちゃんが動いているよってお腹にお手手を当てさせてくれたのに。

『エディお兄ちゃんって言っているのよ。仲良くしてね』

そう言って笑っていたのに。

どこか具合が悪いのかなってマリーに聞いたけど、大丈夫ですよって。でも、いつも元気な母様がいないとなんだか淋しくなるよ。

「お顔を見に行ってもいいかな」って聞いたら「もうすぐ赤ちゃんが生まれそうなので、皆ドキドキしているのですよ。だからもう少し我慢しましょう」って。

マリーにそう言われて僕は「うん」と頷いた。邪魔になってはいけないものね。

早く元気な赤ちゃんが生まれてきますように。元気な母様に早く会えますように。

僕は一生懸命、屋敷の中にある神様の像にお願いをした。

それからしばらくした日の朝、屋敷の中がものすごくバタバタしていて目が覚めた。

何が起こったのかと僕はパジャマのままそっと部屋のドアを開けてみた。そうしたら誰かが大きな声を出しているのが聞こえて……

「パトリシア！」

父様が母様を呼ぶ声がした。

いやだ、何が起きているの？　なんでこんなにドキドキするの？　どうしてこんなに怖いの？

どうしていいのか分からなくて、でもこのまま部屋の中に戻ってしまう事も出来なくて、階段の方に歩いていくと「エディ！」って兄様の声がした。

「アルにーさま……」

兄様の顔を見た途端、僕はへにゃって泣きそうになった。すると兄様は階段を上がってきて僕をパッと抱き上げた。

「どうしたの？　エディ。裸足（はだし）のままじゃ風邪をひいてしまうよ」

「かあさま……母様はどうしたのですか？　父様は？」

僕の言葉に兄様は少しだけ眉根を寄せて、ゆっくりと口を開いた。

「……うん。あのね、エディ、よく聞いて。母様のお腹の中には赤ちゃんがいるよね？　夕べ遅くに赤ちゃんが生まれそうになってお医者様が来てくださったんだけど、母様とお医者様の力だけでは赤ちゃんが出てこられなくなってしまって、母様と父様は神殿に行ったんだ」

「神殿？」

「そう。この屋敷の中にはね、神殿へ繋がる緊急の魔法陣があるんだ。それで母様を神殿に連れていったんだよ」

神殿はとても具合の悪い人や大きな怪我をした人を治してくれる。そこに母様が連れていかれた。

「……っ……かあさま……うぇっ」

「泣かないで。母様が頑張っているのに、エディが泣いていちゃだめでしょう？　少し早い時間だけど僕と一緒に何か温かいものを飲もう。着替えておいで」

初夏と言っても、早朝はまだ肌寒い。

「は……い」

零れ落ちそうな涙を必死に我慢して、僕は駆けつけてきたマリーと一緒に部屋に戻って支度をした。兄様は廊下で待っていてくれた。

「着替えられたかな。じゃあ、下に行こう。椅子だとちょっと間が遠くなっちゃうから、今日は小さいお部屋に行こうね」

小さい部屋というのは、食事の後にゆっくりするために作られたローソファが置いてある、さほど広くはない部屋の事だ。あまり使われる機会はないけれど、物が少ないので小さな子供のプレイルームのような使い方も出来る。

魔道具の温度調整機が置かれていて、火の魔石をはめると薪（たきぎ）をくべなくとも暖かな空気を出してくれるから、少し肌寒いような日は重宝（ちょうほう）する。そして氷の魔石をはめると涼しい風も出るんだ。

「ほら、座って」

低めのソファに腰を下ろすとマリーが温かいミルクを持ってきてくれた。兄様には紅茶だ。

「あったかいです」

「うん。今日は雨が降っているから、いつもよりも気温が低いんだ。夏の前にはこんな日が何度かあるから気を付けないといけないよ」

「はい」

口にしたミルクは熱すぎず、ぬるすぎず、ちょうどよくて、喉をゆっくり落ちていく。

「……母様は、ずっと、ぐあいがわるかったのですか？」

「よくは分からないけれど、エディだけでなく、僕もお会い出来なかったよ。男性は赤ちゃんが生まれるまではあまりお部屋に行く事は出来ないからね」

「そうなのですね」

「昨日の夜中にね、父様が突然いらして、もしかしたら神殿に連れていくかもしれないって。とても力の強い聖魔法を使える神官様がいらっしゃるんだよ」

「聖魔法？」

「そう。怪我や病気を治したりするだけでなく、守って助けてくださる力。だって母様も赤ちゃんも怪我や病気ではないから、普通の治癒魔法では難しいからね」

「聖魔法の神官様なら、きっと母様と赤ちゃんを守ってくださるのですね」

「うん。そのために神殿に了解をとって、連れていったんだ。だから大丈夫」

兄様の「大丈夫」を聞いて、僕は我慢をしていた涙がボロボロと溢れ出してしまった。

「エディ、泣かないで。ほら、ミルクが零れちゃうよ？」

「……っふぇ……っ」

「エディ、大丈夫。父様も、母様も、赤ちゃんも皆ここに元気で帰ってくるよ」

僕の手からミルクのカップをとって、兄様がそっとローテーブルの上に置いた。そしてそのまま背中をトントンとしながら胸の中に抱き寄せてくれた。

「はいっ……うぇ……は……い……」

「毎日お祈りしよう。皆が早く、元気で帰ってきますようにって」

「おい……のり、し……ます」

「うん。大丈夫。泣かないで。目が溶けちゃいそうだよ」

「とけ、とけま……せん」

兄様は少しだけ笑って、ハンカチで僕の顔を拭いてくれた。

「あ、ありが……とうござ……ま」

それでも後から後から涙が零れてくる。僕のお目目はあんまりびっくりして壊れちゃったのかもしれない。そう言うと、兄様は……

「壊れちゃったのか。困ったな。じゃあ、エディの目も早く治りますように」

「！」

兄様が僕の瞼にそっと唇を落とした。

「あ、止まった」

「にににに兄様」

「あ、赤くなった」

「はわわわわわ……」

「エディ、赤いマカロンより赤くなっているよ」

「まかろん……あぅ……」

どうしていいのか分からなくて、僕はそのまま兄様にしがみつくように俯いてしまった。その間も兄様は背中を優しくトントンしてくれる。

「エディが泣くと、なんだか僕もすごく悲しくなるよ？」

「…………」

「エディは笑っていた方がいいな」

「…………」

「父様たちが戻るまで、一緒にお留守番をしてお家を守ろう」

「守る……ですか？」

「そうだよ。皆が帰ってくるおうちを守るのが僕たちの役目だよ」

「……はい」

「お祈りして、お家を守って、ご飯もちゃんと食べて。泣いている暇なんかないよ？」

兄様はそう言って僕を抱っこしたままふんわりと優しく笑ってくれた。

だから僕は毎日、屋敷の中にある神様の像にお祈りをした。

母様が元気になりますように。赤ちゃんが元気で生まれますように。そして、皆が早く帰ってきてくれますようにって、毎日お花を一本ずつマークからもらってきて、神様の像に捧げて、一生懸命に祈った。そして、三日後。父様から魔法のお知らせが届いた。

『母様も赤ちゃんたちも元気です』

ん？　赤ちゃんたち？　んんん!?

七の月に入ってすぐ、僕はお兄ちゃんになった。
生まれたのは双子の赤ちゃん。どっちも男の子。でも少し小さく生まれたので、もうちょっと神殿にいる事になったから、まだ会えていない。
母様も体力が戻るまでは赤ちゃんと一緒に神殿にいる事になった。

「毎日神様にお花を捧げてお祈りをしてくれていたとテオから聞いたよ。ありがとうエドワード」

一度帰ってきた父様はそう言って僕を抱き上げ、ギュッとしてくれた。

そしてここでなければ出来ない仕事だけをして、またすぐに戻ってしまった。淋しいけど仕方がない。帰りは山のようなお仕事の紙を持っていったよ。

僕はてっきりグランディスの神殿だと思っていたけど、王都の神殿にいるんだって。

そんな所まですぐに行けちゃうなんて、魔法ってすごいなぁ。でも本当に良かった。母様と赤ちゃんたちが帰ってくるまで毎日お祈りをしよう。

僕は庭師のマークとすっかり顔なじみになって、毎日一本ずつその日に咲いたお花をわけてもらった。そうしてそれが両手の指じゃ足らなくなった頃、母様たちが帰ってきた。

赤ちゃんは初めての魔法陣での移動だったので、今日はゆっくりお休みして、明日会わせてもらえる事になった。

「パティ母様、お帰りなさい。赤ちゃんも母様も、お元気で良かったです」

「ありがとう、エディ。エディがアルと毎日お祈りをしてくれていたって聞いて、とても嬉しかったの。ありがとう」

母様はそう言って兄様と僕の二人をギュッとした。それから、少しだけなら飲んでもいいのよって紅茶を手にしながらゆっくりした母様は「お土産(みやげ)よ」と王都のお菓子を僕たちにくださった。

『チョコレート』といって、最近流行(はや)っているんだって。食べ過ぎてはいけないって言われたから小さなかけらを一つだけ食べてみた。

「甘いです！　ふしぎな味がします！　兄様も早く食べてみてください！」

「ああ、なんだか家に帰ってきた！　って感じだわ。これこれ、これよ。ねぇ、アル？」

「ふふふ、そうですね」

兄様と母様がとても嬉しそうにお話ししているので、僕もすごく嬉しくなった。

「エディ？　これも大人の味？」

ふふふと笑いながら母様が聞いてきた。

「ふぇ？　そうですね。でも苦くないので、子供も大丈夫です！」

「あら、ビターを食べさせてみれば良かったかしら」

「……母様、帰ってきて早々エディで遊ぶのはやめてください。本当に可哀想になるくらい泣いていたのですから」

兄様がそう言うと母様は僕の方を見てもう一度にっこりと笑った。

「心配をかけたのね。ごめんなさい、エディ。これからは弟が増えるけれど、よろしくね」

「はい！　いいお兄ちゃんになります！」

「そうね。エディならきっと素敵なお兄ちゃんになってくれるわね」

父様がやって来て、母様も少しお休みさせるねと言ってお部屋に連れていった。僕と兄様は母様たちにお辞儀をしてもう一度ソファに腰かける。母様がお元気そうで良かった。

「良かったね、エディ。皆元気にお家に帰ってきて」

「はい。沢山お祈りしたからですね」

「そうだね。明日は赤ちゃんに会えるよ」

「楽しみです！」

僕と兄様はにっこり笑った。

そして翌日の昼。

僕はお着替えをして、手を洗って、更にクリーンの魔法をかけて赤ちゃんのお部屋に行った。

部屋の中には二つの小さなベッドがあった。兄様と一緒にそっと覗き込んでみると、一人はすやすや眠っていて、一人は手足を動かしている。

「赤ちゃんだ……」

すごく小さいのにお手手もあんよも僕と同じ形だ。

「ちっちゃい……」

なんだか不思議だなって思った。でもすごく、すごく可愛い。

手足を動かしている子はまだ髪の毛が薄いけれど、金髪だと分かった。そして瞳の色はブルー。

もう一人の子は少し茶色がかった髪だった。目は開けてないから分からない。

「この子は兄様と同じお色ですね。こっちの子はこの前お会いしたお祖母様に似た髪の色をしています」

「そうねぇ。髪の毛はあんまり変わらないから多分このままだと思うけれど、目の色はこれから変わってくる子が多いのよ」

「そうなのですか？」

母様の言葉を聞いて、僕はびっくりして顔を上げた。え？　瞳の色って変わるの？

「ええ、ルフェリット王国の人は大体始めは皆ブルーの瞳なの。それから少しずつ魔力が落ち着いてきて色が変わってくるのよ。そのままブルーの子もいるし、違う色になる子もいるの」

「そうなんですね」

僕はなぜかホッとしてしまった。

だって、もしかしたらこの子たちが僕と同じ色になるかもしれない。

「ふふふ……」

小さく笑ってもう一度赤ちゃんたちの顔を覗き込んだ僕に、兄様が声をかけてきた。

「どうしたの、エディ。なんだか嬉しそうだよ？」

「お兄ちゃんになったからですよ。それに」

「それに？」

その瞬間、僕はドキンとしてしまった。それに…………

『僕と同じ色の子になるかもしれないと思って』

そう言ったら兄様と母様はどう思うかな。

もしかしたら僕がすごく自分の色を気にしていると思うかもしれない。もしも……そんな事は言わないと思うけれど、もしも僕と同じ色なんて嫌だって思われたらどうしよう。

だってお祖父（じい）様も何か色の事をおっしゃっていたもの。マーティン君のお父様だって『ペリドットアイ』って言っていた。

お外にほとんど出た経験がないからよく分からないけれど、僕は今までに僕と同じ色の人を見た事がない。

それにハーヴィンの父様も時々怒って僕の事を叩きながら言っていた。誰にも似ていないって。俺の子じゃないかもしれないって。

「…………」

父様も母様も何も言わない。でも、もしかしたら本当に、僕の色はあんまり良くない色なのかもしれない。だって僕は『悪役令息』になっちゃう子だから！

「……なんでも、ないです」

僕は小さく首を横に振った。僕が考えた事を兄様たちに知られたらいけないって思った。

「エディ？」

「なんでもないです。赤ちゃん可愛いです。僕、優しいお兄ちゃんになります」

「うん。そうだね。でも」

「ほんとにいい子で、優しいお兄ちゃんになります。ちゃんとなります」

「エディ？　何を言っているの？」

「エディが優しくていい子なのは皆知っているわよ。どうしたの？」

兄様と母様が不思議そうな顔をしている。嫌だ。怖い。見ないで。だって知られると困るから。僕が同じ色になるといいなって思った事や、『悪役令息』になるかもしれないって事、そして……

「エディ？　具合でも悪くなったのかな？」

違うよ、兄様。僕、いい子にするって言っているの。だからそんな風に見るのはやめて。ちゃんと、優しいお兄ちゃんになるって言っているから、だから、もう僕を見ないで、なんにも言わないで。怖い、いや、怖い。もう思わないから。同じになるといいなんて思わないから。

「……なんでもないです。ほんとになんでもないです。赤ちゃん、見せてくださってありがとうございます。いっしょにあそべるのが楽しみです」

ここにいたらいけない。僕が色の事を気にしているって知られないうちに、お部屋に戻らないといけない。同じ色になるといいなって思った事を知られたらいけない。いい子でいないといけない。ちゃんとしたお兄ちゃんにならないといけない。だって、そうじゃないと、僕は……

「ふた、ふたりも弟がいてうれしいから、だから……ちゃんと……」

「エディ、ちょっとおかしいよ、どうし」

「いや！」

手を掴まれそうになって僕は思わず兄様の手を振り払ってしまった。

目の前で兄様が信じられないというような顔をしている。でも一番信じられないのは僕だ。兄様にそんな事をするなんて！

「ごめ、ごめんなさい！　ごめんなさい！」

どうしたらいいのか分からずに僕は部屋から逃げ出した。

びっくりしたマリーが後からついてくる。

「エドワード様⁉」

「こないで！」

僕は必死に走って自分の部屋に逃げ込んだ。大人の足だったらすぐに捕まえられるのに、マリーはそうしなかった。それでも扉を開けられるのが怖くて、どうしたの？　って言われるのが嫌で、僕は部屋の鍵をしめた。

「はぁ、はぁ、はぁ……」

息が切れて、胸が苦しい。

「つふ……ぇ……うぇ……ぇぇぇぇ……！」

涙が溢れ出した。今までずっといい子でいられたのに、どうしてこんな事になっちゃったんだろう。きっとみんな驚いている。呆れているかもしれない。こんな子だと思わなかったって、嫌われてしまったかもしれない！

「うぅぅぅぅ……」

コンコンってドアを叩く音がした。

「エディ……？」

兄様の声だ。

でも僕は泣くのをやめる事も、ドアを開ける事も出来なかった。だって兄様にひどい事をしてしまったから、兄様の顔を見られないんだ。

僕はおやつの時間も、夕食の時間も部屋を出る事が出来なかった。兄様にも、母様にも、マリーにも、何かを聞かれる事が嫌だった。だって聞かれても、なんて答えたらいいのか分からなかったから誰にも会いたくなかった。

それに、呆れられて、嫌われてしまったかもしれないと思うと、怖くて、悲しくて、どうしてもどうしても、時間が経てば経つほどドアを開けられなくなった。

怖い。悲しい。苦しい。

どれくらい経ったのだろう。僕は自分の身体がふわりと浮き上がるのを感じた。

「エドワード、お水くらい飲まないとね。今度はエドワードが神殿送りになってしまうよ」

「……とう……さま？」

隣の控えのお部屋からやって来た父様は怒っても、呆れてもいなかった。

そしてドアの所でうずくまって動けなくなっていた僕を抱き上げて、ゆっくりと歩いて、そっとベッドに下ろした。

「悲しくなってしまったのかい？」

「…………」

「赤ちゃんが来たから悲しくなったの？」

「っ！　ちが！　ちがいます」

「うん。父様はちゃんとそうじゃないって知っているよ。だってエドワードはずっとずっと母様と赤ちゃんが帰ってくるのを待っていてくれたんだから」

「…………」

「お話し出来ないなら今は聞かないよ。でも明日、父様とお出かけしてみないかい？　エドワードに見せたいものがあるんだ」

「見せたい、もの？」

「そう。エドワードと一緒に見たかった所があるんだよ。父様と二人で行ってみないかい？」

「……父様は、おこっていないのですか？」

「なぜだい？　ご飯を食べなかったのは心配したけれど、怒ってはいないよ。たまにはそんな気分になる事もあるさ。マリーに飲み物と簡単な食事を用意させたから、何か食べたくなったら食べなさい。でも飲み物は必ず何か飲みなさい」

「……はい」

「よし。では明日お迎えに来るからね。エドワードとのお出かけを楽しみにしているよ。おやすみ」

「おやすみ、なさい」

父様と入れ違いにマリーが部屋に入ってきた。マリーも何も聞かなかった。

でも果実水を飲んで、涙でガビガビだった顔を温かいタオルで拭いてもらって、身体も拭いてもらってさっぱりしたら「ありがとう」と「おやすみなさい」はちゃんと言えた。


翌朝はマリーに起こされて支度をしたら、ご飯も食べないうちに父様が迎えに来た。

どこに行くのだろうと思っているうちに、馬に乗せられた。

「ええ？」

「大丈夫、落ちたりしないから。ほら行くよ」

父様はそう言って僕をマントの中に包み込むようにして前に抱き込んだまま出発してしまった。

朝の光の中、父様の馬はカポカポと進んでいく。

少しお尻が痛いなぁと思った頃、父様は「もうすぐだよ」と坂を一気に上(のぼ)った。

「わぁぁぁぁ！」

今までとは違って周りの景色がビュンビュンと飛んでいくような感じだった。そして。

「ほら、着いたよ。下りてみよう」

そこは小高い丘の上だった。

そして見渡す限り、緑色の麦が揺れているのが見えた。フィンレーの美しい麦畑だ。

「綺麗だろう？　ここは私のお気に入りの場所なんだ。黄金に輝く麦の穂が風に揺れる景色もいいが、この瑞々(みずみず)しい緑に風が渡る景色が好きでね。エドワードのグリーンの瞳も綺麗だけど、この麦の葉の緑も綺麗だろう？」

僕は何も言えなかった。でも、もしかしたら父様は僕が何を考えていたのか分かっているのかもしれないって思った。だって、父様は僕のグリーンの目を綺麗って言ったから。

「歴史の勉強をしているのだろう？　我が領の事は？」

「テオから今のフィンレーのことは聞いています」

「そうか。では少し昔話をしよう。ルフェリット王国の国王から領地を賜(たまわ)り、フィンレー伯爵として最初にこの地へやって来たのはオリヴァー・エルラード・フィンレー。私の遥(はる)か昔の先祖で、王国が出来てまもなく、もう四百年以上も前の事になる。その頃の事はあまり記録に残っていなくてね。まるでお伽話のように語られているんだ。王国の北の端に位置しているフィンレー領は、森も多く土地は草や石ばかりで、冬も長くて雪も降る。決して豊かな土地ではなかったんだよ。それを領主と家来たちと、ここに元から暮らしていた者たちが少しずつ農地を増やし、人を増やし、道を作り、町を作っていったんだ。それからしばらく経って、オリヴァーのひ孫にあたる男が狩りに出た時に一人の娘を助けた。そして二人はたちまち恋に落ちてしまったんだ」

父様の話はまるで本当にお伽話のようだった。

初代領主のひ孫アレンと恋に落ちたのは、フィンレーの深い森に棲んでいた精霊王の娘エンディーヌだった。

最初は反対されたけれど、子供が生まれると少しずつ周囲も精霊王も認めるようになってきた。それというのも生まれた子供が精霊の祝福を持っていたからだ。

【緑の手】と言われるその祝福は、枯れた大地に命を吹き込む事が出来る力だった。草が生い茂り石がごろごろして作物が育たない痩せた土地に麦が育つようになった。

祝福を持ったその子供は、魔力量が多大だった父アレンと共に、遠くの川から水を引き、地をならし、フィンレーの地を大きく、豊かにしていった。そしていつしかフィンレーの神と呼ばれるようになった。

「それがグランディス様だ」

「グランディス様は、フィンレーの人とせいれいのお姫様の子供だったのですね？」

「そう言われているね。もっともそれが本当の事なのかは分からないのだけれどね」

父様の話はさらに続く。

「グランディス様はその後二人の子供を残された。お亡くなりになられた時は、母・エンディーヌ様と一緒に、父アレンが眠る事を許された精霊の棲む森に帰ったとされている。そしてそこから私たちの祖先は、人から神となられたグランディス様に感謝し、この地を大切にする事を約束して当主がグランデスを名乗るようになった。神の名をそのまま名乗るわけにはいかないから、少しだけ変えてね」

僕は冬祭りで雪像として祀られていたグランディス様を思い出していた。おひげが立派な、とても優しそうなお姿だった。

「あの森……」

父様は遠くのお山のふもとに広がる深い緑の森を指さした。

「あそこに、精霊王と、神になったグランディス様と、母である精霊王の娘エンディーヌ様がいらっしゃる。そして、妻を愛し、子供であるグランディス様を愛し、フィンレーを愛して、その森に入る事を許されたアレンが眠っていると言われている。あそこは決して人の手を加えてはならない聖地なんだ。そこには精霊樹という不思議な樹があってね、この地を守っているとされている。もっとも誰も見た事はないのだけど、代々グランデスを名乗るフィンレーの当主にだけは伝えられているんだ。優しいブラウンベージュにピンク色の光を纏ったようなミルクティー色の幹に、ペリドットの色の明るい鮮やかな枯れない葉を茂らせているとね」

「…………」

父様は何を言っているんだろう。それじゃあまるで……

「エドワードと同じだね。フィンレーには時々、明るいペリドットの瞳を持つ子が生まれるんだよ。そしてその子が生まれた年は稀に見る豊作になると言われている」

僕の目から涙が零れた。

僕は……僕の瞳と髪の色は、決して嫌われるものではなかったんだ。

「昨日、エドワードは何が悲しかったんだい？」

「………」

「違うな。何が怖くなったのかな？」

「………」

「何があっても、エドワードは父様の子だよ。あの部屋で見た瞬間に、幸せにしようと誓ったんだ。何色だとか、そんなものはなんの心配もないんだよ」

「………！」

僕は、泣きながら話していた。

赤ちゃんを見た時に、母様から瞳の色が変わると聞いて、僕と同じ色の子になるかもしれないと思った事。

でもそう言ったら、僕がすごく自分の色を気にしていると兄様たちが思うかもしれないと考えた事。

今まで僕は僕と同じ色の人を見た事がなくて、一人だけ違うって思っていた事。

この前、お祖父様も何か色について言っていたのが気になっていた事。

マーティン君のお父様が『ペリドットアイ』って言っていた事。

もしかしたら僕の色はあんまり良くない色なのかもしれないと感じていた事…………

「……っうぇ……ぇぇ……」

『悪役令息』については言えなかった。

でも代わりに、ずっと心の中に引っかかっていた事は口に出せた。

「だって、僕は……いらなくなった子……だった……から……」

「エドワード！」

父様は僕をギュッと強く抱きしめた。

「いらなくなった子なんて言うんじゃない。エドワードは父様にとっても母様にとってもアルフレッドにとっても、大事な大事な家族なんだよ。それだけじゃない。他の皆もエドワードの事が大好きだよ。エドワードの瞳の色は特別な色だ。忌み嫌われる色ではない。それがどんなものなのかはいずれ分かるけれど『ペリドットアイ』と言われるその瞳は、フィンレーにとって特別な、愛されるべき色なんだよ」

「愛される……べき？」

「そう。でもエドワードが皆に愛されているのはその瞳だからではない。エドワードが皆に優しくて、一生懸命だからだ。可愛くて、愛おしくて、皆がエドワードを好きになる」

「…………好きに」

「ああ。だから自分が一人きりだなんて思ってはいけないよ。いらないなんて決して思ってはいけない。自分の色を愛してあげなさい」

「は……い」

自分の色を愛する。それはなんだかすごく新鮮な事に思えた。

僕が、僕の色を、好きになる。そうしてもいいんだ。やっと、そう思えた。

「母様も、アルフレッドも心配しているよ。特にアルフレッドは昨日の夕食の時に『父様はエディが心配ではないのですか！』と私を怒っていた。あんなアルフレッドは初めてだったな」

思い出したように言って父様が笑った。

「……兄様、僕、兄様の手をはらってしまったのに……」

「エドワードがそんな事をするなんて、何があったのか心配だったんだろう。家族の心配をするのは当然だ」

「家族……」

胸の中にその言葉がストンと落ちた。家族。僕の家族。

「そう。大切な、愛おしい、家族だ。幸せになってほしいと願っているよ」

「あり……ありがとう、ございます。とうさ……ま」

「エドワードにとっても、私たちはちゃんと家族だろう？　そうじゃないと悲しいな」

父様がそう言って僕の顔を見つめてきた。だから僕もポロポロと涙を零したまま頷いた。

「はい。大事な……大事な、大好きな……家族です！」

「よし。では帰ろう。きっと皆何も食べずに待っているよ」

「ええ!?」

父様の言葉に僕は本気で驚いてしまった。そんな、何も食べずに待っているなんて。

「はや、はやく帰りましょう。母様と兄様がお腹が空いたらかわいそうです！」

「ははは、父様もね」

「と、父様もお腹が空くのをがまんしていたのですか？　たいへんです！」

僕がそう言うと父様は楽しそうに口を開いた。

「エドワードも食べるんだよ？　今日は特別に王都で流行り出したというスコーンというものを焼くとシェフが言っていた。昨日エドワードに食事をしてもらえなかったから、張り切るそうだ。エドワードは本当に皆に愛されている」

愛されている。その言葉が胸の中に広がって温かくなっていくような気がした。

特別な色。愛されるべき色。でもどんな色でも、もういいのだと僕は思った。

僕が皆を好きで、皆が僕を好きでいてくれるのだから。


屋敷の入口の所で兄様が待っているのが見えた。

「エディ！」

大きな声で僕の名前を呼んでくれた。僕はそれだけでなんだか胸がいっぱいになり、自分の足で少しでも早く兄様の所に行きたくて、父様に少し手前で馬から下ろしてもらうと、兄様に向かって駆け出した。

「アル兄様！」

きっと馬でそのまま行った方が速かったと思う。でもそれじゃ足りなかった。ううん、兄様の前で馬から下りているのがもどかしくて、どうしていいのか分からなくなっちゃうと思ったんだ。だから走って、その気持ちを乗せて手を伸ばした。

「エディ！」

そして兄様も、僕の名前を呼んで、走って、手を伸ばす。

だけど兄様の手が僕の手を掴もうとしてくれたその手前で、僕はハッとしてピタリと足を止めた。

「……エディ？」

「きのうはごめんなさい！　お手手、痛かったですか？」

「……っ！」

その瞬間、兄様が泣き出しそうな顔をした。

「痛くない……痛くないよ……大丈夫だよ」

兄様は泣き笑いみたいな表情で、首を横に振る。

「父様が、家族って言ってくださったんです。僕はみんなが、兄様が大好きです」

「うん。家族だね。僕もエディが大好きだよ？」

その言葉を聞いて僕は飛びつくように兄様にしがみついた。

「ごめんなさい！　アル兄様、ごめんなさい！　大好き！　アル兄様、大好き！」

「うん。僕も大好きだよ。エディに嫌われていなくて良かった」

兄様はしがみついたまま泣き出してしまった僕をギュッとしてくれた。

「僕も、兄様にきらわれていなくて良かったです」

「エディの事を嫌いになんてならないよ」

「ぼ、僕も、兄様のことをきらいになんてなりません」

そして死なせない。殺したりなんてしないよ。

父様が言ったように、僕の色が、フィンレーにとって愛されるべき色なのであれば、僕もフィンレーを、みんなを大切に思い続けるから。だから僕は絶対に『悪役令息』になんてならない！


僕たちは手をつないで屋敷に入った。

涙でベショベショになってしまった顔は、兄様がハンカチで綺麗に拭いてくれた。

父様は後ろで微笑みながらそんな僕たちを見ていた。

兄様と一緒に僕を待っていてくれたマリーも、そしてハーヴィンで父様と一緒に僕を助けてくれた家令のチェスターも、テオもみんなが「おかえりなさい」と言ってくれた。

それから僕たちはダイニングで待っていてくれた母様と一緒に、シェフのおすすめの温かいスコーンを食べた。特別にイチゴのジャムと生クリームがついていた。

母様が「美味しいわね」って笑っている。

父様も嬉しそうにしている。

兄様は僕の方を見て「ちょっとポロポロするね」って言って、僕は口の端に生クリームとジャムをつけたまま「甘いです！」って答えて、みんなが笑った。

初めて食べたスコーンはとても、とても、美味しくて、僕は早く赤ちゃんたちも食べられるようになったらいいなって思った。

弟たちが生まれて、本格的な夏が来て、秋になってクリを使ったお菓子を食べたりしているうちに、僕は誕生日を迎えて六歳になった。

その間に何度かお茶会をしたり、一度だけ招かれたりして、お友達も増えた。

「エドワード様、お祝いのお品が届いておりますよ」

「ええ？　どなたから？」

マリーの言葉に僕はびっくりして振り向いた。

「カルロス・グランデス・フィンレー元侯爵様と奥様から」

「わあ！　お祖父様とお祖母様からだ！」

「それから、メイソン先生と」

「ええ！　ハワード先生も！」

「まだですよ。ジェイムズ・カーネル・スタンリー侯爵子息様、マーティン・レイモンド伯爵子息様と同じくミッチェル・レイモンド伯爵子息様、ダニエル・クレシス・メイソン子爵子息様」

「たたたたた大変！」

「まだまだあります。お茶会にいらしてくださったお友達からも届いています」

「まままま待って！　なんで？　どうしてそんなにプレゼントが来るの？」

「お披露目会が終わってお茶会が始まりましたからね。お誕生日などにきちんと贈り物をするのは大事な事です」

「僕はした事なかったよ？」

僕がそう言うと、マリーは頷いて「フィンレー家からエドワード様のお名前でお贈りしております」と言う。

「そ、そうなんだ。じゃあ、これからは誰に何をおくったのかもお知らせして？　いきなりプレゼントありがとうって言われたらこまるよ。それに仲の良い友達は僕もプレゼントを何にするか、選ぶようにしたいから」

「畏まりました。では今後はそのようにいたします。今日までに届いたものはこちらに置かせていただきますね」

マリーがそう言うと、部屋の中に沢山のプレゼントがメイドたちによって運び込まれてきた。

「こちらがリストでございます。それから、申し訳ございませんが中身は一度確認をさせていただいております。万が一の事を考えてです。フィンレーは高位の侯爵家ですので、ご勘弁くださいませ」

そうだよね。中を確認するのは仕方ない事だよね。

「うん。分かったよ。ありがとう。それにしても本当にすごいね。こんなに沢山のプレゼントをいただいたのは初めてだよ」

僕の言葉にマリーは小さく笑って頷いて、他のメイドたちと一緒にお辞儀をして部屋を出ていった。

するとすぐにコンコンコンとノックの音が聞こえてくる。どうしたのかな。何か忘れものかしら。

「はい」

「エディ？　僕だよ。ちょっといいかな？」

「アル兄様！　大丈夫です」

僕が急いでドアを開けると、そこにはニコニコしているアル兄様が立っていた。

「ありがとう、エディ。急にごめんね……うわぁ、すごいな」

兄様はプレゼントの山を見てそう言った。

「マリーたちがもってきてくれたんです。びっくりしました」

「うん。社交界の始まりの年だから特にね。じゃあ僕からも。エディ、六歳のお誕生日おめでとう」

「ありがとうございます！　アル兄様」

兄様から手渡された金色の箱を僕はギュッと抱きしめた。

「開けてもいいですか？」

「もちろん」

答えを聞いて丁寧にリボンを解き、包みを外して箱を開く。

「ガラスペン!!」

「お勉強を頑張っているみたいだからね。インクは黒と紺色を用意したよ」

ガラスペンはグリーンとブルーの軸の二本。嬉しい。すごく嬉しい。

「ありがとうございます！　だいじにします」

「うん。気に入ってもらえてよかった。それから、少しくたびれてきているみたいだったから」

そう言って手渡されたのはいつものブルーのリボンだった。

「違う色が良ければ……」

「これがいいです！　この色がいいです。ありがとうございます」

「うん。じゃあ、使って」

ふわりと兄様が笑う。

「はい。ありがとうございます」

僕はいただいたペンと一緒にブルーのリボンを抱えてお辞儀をした。

「すごく、うれしい誕生日になりました。これからみんなのプレゼントも開けます」

「うん、じゃあ僕は戻るね」

そう言った兄様に僕は「あの」と声をかける。兄様は「どうしたの？」って振り返った。

「あの、六さいになっても、時々は一緒に絵本を読んでもらえますか？」

駄目だろうか？　兄様が読んでくださる絵本が僕はとても好きなんだ。絵本を読んでもらえるのが五歳までだったら悲しいな。

「もちろん。僕もエディと一緒に本を読むのは楽しいよ。じゃあ、今日は後で一緒に本を読もう。何がいいかな」

「ありがとうございます！　兄様の、お好きな絵本を！」

「ふふふ、六歳になってもそういう所は変わらないね。とても可愛い」

ニコニコと笑う兄様に僕は顔を赤くして口を開いた。

「……少し背も伸びましたよ？」

変わってない事はないと思うんだ。

「うん。伸びたね、でも縦も横ももう少し頑張ろうね」

「……横は、いいです」

前にもこんな事を言っていたような気がする。

「じゃあ、本を選んでおくね。夕食の後にでもゆっくり読もう」

「はい。お願いします」

わくわくとしながら、僕はプレゼントの山に挑み始めた。

いただいたプレゼントは本当に色々なものがあった。お勉強に使うものや、珍しい本。チョコレートやクッキーなどのお菓子。そして珍しくて、とても立派なル・レクチェという果物もあった。シェフに相談をして夕食のデザートとして出してもらう事にした。

父様からは護身用の短剣を、母様からは冬のお洋服をいただいた。

そして、誕生日の特別な食事の後で、兄様が読んでくださったのはドラゴンという大きくてすごく強い魔物と戦う勇者の話だった。

炎を吐くドラゴンはとても恐ろしくて、僕は何度も背中を伸ばして立ち上がってしまったけれど兄様は「大丈夫だよ」って言いながら最後まで読んでくれた。

ドラゴンを倒した勇者は、兄様みたいにすごくかっこよかった。

最高のお誕生日だった。

◇◇◇

ルフェリット王国では六歳になると、それぞれの領の神殿で魔法鑑定を行う。

お誕生日の二日後、僕は父様と一緒に馬車に乗ってグランディスの街の神殿に向かっていた。

闇魔法の事はあれから書庫の本を色々見てみたけれど、魔法書自体が子供には読めないようになっていて結局分からないままだった。でも、もしも本当に僕が闇魔法の属性だったらすぐに調べよう。自分の属性だもの、調べたっておかしくないよね。

「父様は火と風と水の属性で、氷の魔法と雷の魔法も使えるんですよね？」

「ああ、そうだね」

「兄様は火と水ですね」

「うん。エドワードはどんな魔法を使いたいんだい？」

「え？　えっと、う〜ん、火とか急にとび出してきたらちょっと怖いです。お水なら怖くないかな。

何か、みんなのお役に立てる魔法が使えたらうれしいです」

「役に立つ魔法か。そうだね。エドワードらしい」

父様がにっこり笑ったので、僕もえへへと笑う。エドワードらしいってなんだか嬉しいな。

そう思いながら窓の外を見た。色の事で泣いたあの日に見た麦畑は、今は黄金色(こがねいろ)の穂を揺らしている。もちろん麦だけではなく他のお野菜とかも色々植えてあるのが分かる。グランディス様はすごいな。作物が育たなかったフィンレーをこんなにも豊かな所にしてくださった。

もしも僕が闇魔法なんてなんだか分からないものじゃなくて、父様や兄様のように水の魔法が使えたら、お庭の水まきをお手伝いしよう。きっと庭師のマークが喜ぶよ。

そうだ、前に見た絵本の魔女みたいに、お空を飛べる魔法なんてないのかな。そうしたら鳥みたいに飛んでみるのもいいかもしれない。

どうか、どうか、僕の魔法が怖い魔法じゃありませんように。


馬車はグランディスの街に到着した。

冬祭りの時は領主のお家に行ったけれど、今日はそのまま神殿に向かう。冬祭りでは雪像の神様にお祈りしたから、神殿の神様にお会いするのは初めてなんだ。

「ようこそいらっしゃいました。ご領主フィンレー侯爵様、エドワード様」

白に金糸の綺麗な刺繍(ししゅう)をした、すとんとした感じのお洋服を着た神官様？　が僕たちを出迎えてくださった。

「ああ、今日はよろしく頼むよ」

「はい。本日は大神官の私が鑑定を務めさせていただきます」

「よろしくお願いします」

僕が頭を下げると大神官様はにっこりと笑って、「どうぞこちらへ」と歩き出した。

「エドワード様はこちらの神殿は初めてでいらっしゃいますか？」

「はい。冬祭りの時はお外の雪像の神様にお祈りをすると神殿の神様に届くと聞いたので」

「冬祭りにいらしたのですね」

「去年はじめてきました。とても楽しかったです」

「それはようございました。昨年は神の祝福と思われる吉事が色々ありましたので」

「光る雪の事ですか？　素敵でした！　あ、すみません。大きな声をだして」

「いえ、大丈夫ですよ。そうです。あのように輝く雪は私も初めてでした。では、こちらでまずは神へお祈りを」

「はい」

僕は神様の像の前で父様と同じように膝を折り、頭を下げた。

（いつもありがとうございます。今日はよろしくおねがいします。どうかみんなの役に立つような魔法が使えますように）

「これは……！」

「まさか……」

父様と大神官様の声が聞こえて、僕は目を開けた。

「どうしたのですか？」

「……いや、きちんとお祈り出来ていたよ。大丈夫だ」

良かった。何か間違っちゃったかと思った。

「それではエドワード様、こちらにおかけになって、この水晶に手を当ててください」

「はい」

言われた通り、僕は大神官様の目の前に置かれている大きな丸い水晶の前の椅子に腰かけて、台の上の水晶に手を当てた。

「そのままですよ」

そう言うと大神官様は何か呟いて、聖水を銀色の棒のようなものにつけてから、僕の両手と頭にトントンと当てた。少し冷たかった。

けれどその次の瞬間、水晶の玉がキラキラとして僕の瞳と同じ色に輝いた。

「わぁぁ……」

あまりに綺麗で僕は思わず小さく声を出してしまった。

光はやがて収まって、横に置かれていたセピア色の羊皮紙に焼き付けられたような文字がぶわっと浮かび上がった。

「……す、すごい！」

「鑑定が終了いたしました。どうぞ侯爵様のお隣に」

僕は水晶の前の椅子から父様の隣の席に移った。ドキドキする。どうか怖い魔法ではありませんように。『悪役令息』になりませんように！

「エドワード・フィンレー様。六歳。魔法属性は土、水。スキルに鑑定魔法と空間魔法があるようです。魔力量はとても多い。幼いうちは魔力の扱いに慣れていらっしゃらないので、制御の方法など、早めに師をつける事をお勧めいたします。それから……」

大神官様はいったん言葉を切って父様を見た。

何？　なんなの？　怖い事？　怖い事なの？　まさか『悪役令息』になるとか書かれちゃったの!?

「構わない、続けてくれ」

父様がそう言うと、大神官様はゆっくりと頭を下げた。

「畏(かしこ)まりました。続けさせていただきます。エドワード様には珍しい『スキル』というギフトの他に、何か『ご加護』があるように思われます」

「ごかご？」

それって何？　悪い事なのかな？　どうしよう……

「とうさま……」

「エドワード、そんな顔をするんじゃないよ。『加護』というのは神や精霊から与えられる、特別な力の事だ」

「さようでございます、エドワード様。先ほどエドワード様が祈りを捧げられた時に、あちらの聖水がキラキラと輝きました。吉兆でございます。ご加護についてはこちらの神殿ではきちんとした鑑定が出来ません。王都の聖神殿へ行かれる事をお勧めいたします」

「おうとのせいしんでん……」

呆然と繰り返した僕に、父様が小さく笑った。

「王都の方に行く用事があった時に調べればいいよ。とりあえずエドワードは土魔法と水魔法の属性だという事が分かった。これからは魔法のお勉強も始めないとね。大神官、鑑定ありがとうございました」

「いいえ、こちらこそ素晴らしい瞬間に立ち会えました事を心より感謝いたします。エドワード様、どうぞお健やかにお過ごしくださいませ」

「ありがとうございます」

「王都の方には私から時が来たら鑑定を行っていただくように手配をするため、今日の事は」

「畏まりましてございます。グランディス、いえ、フィンレーの繁栄を心よりお祈り申し上げます」

深く頭を下げた大神官様に一礼して、僕と父様は神殿を後にした。


魔法鑑定からの帰り道。行きは怖い魔法だったらどうしようってドキドキしていたけど、今は加護ってなんだろうって、またちょっとドキドキしている。小説の【愛し子】は【光の愛し子】っていう加護があったと思う。でも聖魔法の癒しとか浄化とか使っているのは覚えているけど、何が加護の力なのかはよく覚えていないんだ。僕の加護はなんだろう。どんな力が使えるのかな。父様も大神官様も加護は悪いものではないって言っていたから、よく分からないままだけど今は良かったって思う事にしよう。

「土と水かぁ……」

闇魔法じゃなくて良かった。

あと何かスキルとか言っていたけど、それもよく分からないな。魔法の先生が決まったら聞いてみよう。

そんな風に考えていると少し落ち着いて、僕はまた外の景色に目を移した。相変わらず綺麗な畑が続いている。十一の月中にはこれを刈って、十二の月には奉納。そうしたら冬祭りだ。もうすぐ一年経っちゃうんだな。早いなぁ。今年もお祭りに行けるのかな。

「……あれ？」

「どうした？」

僕の声に父様が振り向いた。

「えっと、あそこ。どうしてあそこだけ黒くなって、麦がなくなっているのかなって」

そう、美しく続く畑にぽっかりと、刈り取られたというよりは枯れた？　ううん、違う。なんだろう。行きには気付かなかったけれど結構目立つよね。

「ああ、魔獣が出てね。強い魔素に当たってしまったんだよ。穢れてしまったものは仕方なく刈り取って燃やしたんだ。ここはしばらく作物を植える事は出来ない。多分うまくは育たないからね」

「え？　魔獣？　フィンレーには、あんまりそういうのは出ないってお友達が言っていましたけど」

「まったく出ないわけじゃないよ。でも確かにこんな街道沿いの畑に出たのは珍しい。出るにしても、もう少し森や山に近い場所が多いからね。歩いて旅をする者もいるから、ここは少し調査をしているんだよ。万が一を考えて領の騎士団に交代で見回りもさせている」

「騎士団がいるのですか？」

「ああ、ちょうどあそこに。そうだな。少し話を聞いていこうか。大丈夫かい？」

「はい」

父様はそうして馬車を止めるように指示をした。

「僕も外に出ていいですか？」

「少しだけね。ちょっと声をかけるだけだから」

「はい」って頷くと、父様は馬車の方にやって来た騎士たちに声をかけた。僕は麦が刈り取られた上、何かに黒く染まってしまったような畑を見つめた。

「……あともう少しで収穫できたのに」

風に揺れていた緑の麦畑も、黄金色に染まる麦畑も、僕はとても好きだ。それなのにこんな風に収穫前に刈り取られて、しばらく作物を植える事も出来なくなってしまうなんて。

僕は畑の脇にしゃがみ込んで、刈り込まれたそこを見た。確かに普通の土とは違っているように思える。

「坊ちゃま、触ってはなりませんよ。魔素で穢れた土地は元に戻るまで時間がかかります」

馬車の護衛がそう言った。

「そうなんですね。でも農家の人もせっかく育てたのにがっかりですね。しかもしばらく使えないなんて。とれる麦がへっちゃいます。神殿の神官様にたのんでなおしてもらう事はできないのですか？」

「ああ。それは難しいです。人と違って植物や土なんていうのは治癒魔法が効かないですからね」

「そうなんだ。昔のグランディス様みたいに土も、麦もみんな元気にできたらいいのにね」

僕は穢れてしまった畑に向かって「元気な畑にもどりますように」と目をつぶり、神殿の時みたいにお祈りをした。

途端、身体の中から何かがごそっと抜けた気がした。

「……え？　うわぁ……！」

そのまま力が抜けて、僕は土の上に手をついてしまった。するとそこからパァッと光が舞い上がる。

「エドワード！」

異変に気付いた父様が駆けてきた。そばにいた護衛が慌てて僕を抱き起こす。

「何があったんだ！」

「も、申し訳ございません。よく分からな……」

護衛は言葉を失った。

「これ、は……」

父様も言葉を失った。

「とう……さま…？」

僕は何がなんだか分からなくて、ただ怠くて、ユラユラするような身体が気持ち悪くて目を瞑る。

「……エドワード、こちらへおいで」

父様は僕を護衛の手から引き取って、抱き寄せた。

「今見た事、起きた事は他言無用だ。私が魔素を消すという試薬を手に入れて試した。いいな」

「は！」

「後で全員に魔導誓約書を書いてもらう。もう一度言う、決して漏らすな。騎士団の方もだ」

「畏まりました」

「エドワード、馬車に戻ろう」

僕は父様に抱きかかえられたまま馬車に乗り込んだ。

ユラユラが治まって振り返ると、僕が手をついたその一角は綺麗な土の上に小さな緑の芽が生えているのが見えた。一体何が起きたのだろう、僕は一体何をしてしまったのかしら。分からないまま僕たちの乗った馬車は急いで走り出した。


「身体は大丈夫かい？」

「は……い、父様、僕……」

僕は今、父様のお膝の上にいる。馬車に乗った時からずっと抱っこのままなんだ。

「うん。屋敷に着くまでこうさせておくれ」

「はい……」

ユラユラはないけど、身体も怠いし、馬車は揺れる時もあるから、この方がいいんだよね。きっと。

僕がそう考えていると、父様が僕の顔を覗き込むようにして口を開いた。

「エドワード、一つだけ確認をするよ。あの時、何をしたのか思い出せるかい？」

「……よく、分かりません。護衛の人から、魔素でけがれた土地は、元にもどるまで時間がかかるから、さわらないようにって言われて、それで『元気な畑にもどりますように』ってお祈りをしたら力がぬけて、地面に手をついたら光ったんです」

「分かった。もういいよ。しゃべらなくていい。そんなに不安そうな顔をしなくてもいい」

父様は困ったような顔をして一度言葉を切った。そうして僕を見て、再びゆっくりと口を開く。

「……ああ、今日魔法の鑑定をしてきただろう？　エドワードの魔力は多いと大神官様から言われたのは覚えているかい？」

「はい……」

「エドワードは土魔法の属性を持っていたね？　きっと無意識にお祈りした事を叶えようとその魔力が一度に沢山出てしまったんだろう。でも神殿でも言われた通り、魔力の扱いはまだ難しい。きちんとした先生にやり方を教えていただかないといけないね」

僕が小さく頷いたのを見て、父様はさらに言葉を続ける。

「急に魔力を使いすぎると魔力がなくなってしまう事もあるんだ。小さな子の魔法の扱いには注意をしなくてはならないんだよ。さっきのエドワードの魔法はとても難しい魔法だった。沢山の魔力を使ったからね。大人たちも子供がこんなにすごい魔法を使ったのかと驚いてしまうかもしれないし、それが出来るならもっとやってほしいと思う人もいるだろう。でもいつもそんな事をしていたらエドワードが病気になってしまうよ？　それは分かるかな？」

「はい」

そうか。だから父様は騎士たちや護衛たちに僕が魔法を使った事を内緒にするよう言ったんだ。

そうだよね。だって一回使っただけでこんなに疲れちゃうんだもの。父様のおっしゃる通り、頼まれて何度も使ったら本当に病気になってしまうかもしれない。

「今日の事は父様との秘密だ。魔法鑑定をしてすぐに難しい魔法を使ったなんて分かったら、母様もアルフレッドも心配してしまうからね」

「分かりました。急に魔法をつかってごめんなさい」

「分かってくれればいいんだよ。自分できちんと魔法が扱えるようになるまでは、お祈りもやめておこうね」

うん。そうしよう。さっきみたいに身体の中から急にごそっと魔力？　がなくなったら困るもの。

「はい。そうします。ちょっとびっくりしました」

「そうだね。父様もびっくりしたよ。お家に帰ったら少しお昼寝をしないといけないよ？」

「分かりました。でも父様」

「なんだい？」

「魔法鑑定の前にもお祈りをした事は沢山あったのに、どうして今日だけ魔法が出てしまったのでしょう？」

そうなんだ。僕は色々な所で今までだってお祈りをしているよ。それなのにどうして今日に限ってこんな風になったんだろう。

「聖水を通して魔法の鑑定をすると、きちんと属性が決まるからね。勿論使ううちに属性は増えていく事もあるけれど、身体の中に元からあった属性が……そうだな、目が覚めたっていう感じかな。起こされたばかりだから無理をしたらいけないんだよ」

「なるほど……。よく分かりました。気を付けます」

「なるべく早く良い先生を見つけるからね。それまで一人で魔法を使ってはいけないよ」

「はい」

「いい子だ」

父様はお屋敷に着くまで僕を抱っこしたままだった。

馬車の揺れと、父様の温かさで、僕はお家に着く前にすっかり眠ってしまった。

「貴方、本当なの？」
「ああ、とにかく早めに手を打つ。先ほどレイモンド卿とメイソン様には魔法書簡を送った。直(じき)にこちらに来られるだろう。人の口には戸が立てられないからね。今日の事は騎士と護衛たちとは誓約を交わしたが、それでもどこからかいずれ漏(も)れるだろう。とりあえず加護の鑑定は時期を引き延ばしてその間に守りを固める。あの子が学園に通う前まで引き延ばしてもいいだろう」

「ええ……」

「あの子を人の思惑と欲望の中で潰してしまうような事は絶対にさせない」

「当たり前です！　なんとしても守らなければ」

眦に涙を滲ませる妻をデイヴィットはそっと抱き寄せた。

「嬉しい筈の鑑定の日に……」

「ああ、でも早めに分かって良かったよ」

そう言ってため息をついた途端、ノックの音がした。

「失礼いたします。レイモンド様は転移で、メイソン様は魔法陣をお使いになって来られました。お二方とも別棟のお部屋にお通ししております」

「すぐに行く」

「貴方、よろしくお願いします」

「ああ。もちろん」

髪にそっと口づけを落として、デイヴィットは部屋を出た。


「急な事で申し訳ない。ああ、掛けたままで」

部屋に入るとすぐにデイヴィットはそう言って頭を下げた。

「いや、早い方がいい。うるさい連中に目をつけられると面倒だからね。念には念を入れてこの部屋には遮音の魔法を使わせてもらったよ」

ケネス・ラグラル・レイモンド伯爵が口を開いた。

「ああ、その方がいいね。それにしても今日の鑑定で、それが分かったっていうのは僥倖だね」

ハワード・クレシス・メイソン子爵家の次期当主が眼鏡を上げながら言う。

「【緑の手】というのはほぼ間違いなさそうか」

ケネスの問いかけにデイヴィットは苦い表情を浮かべて頷いた。

「おそらく。浄化が出来る聖魔法の鑑定は出ていないし、だいたい魔素で穢れた土を浄化してしまうだけでなく、そこに新たな植物を芽吹かせるという魔法は見た事がない。しかも浄化だけでもかなりの魔力を使う筈だ。それが鑑定を受けたばかりの子供となると」

「けれど【緑の手】のきちんとした文献があるわけではないからね。今回の件がそうだと言い切れるわけではない。万が一、何かを言ってくるような者がいればうやむやに出来る可能性はあるよ」

ハワードがそう言うとケネスは眉間に皺を寄せたまま溜息をつく。

「それは遅かれ早かれというものだろう？　加護持ちの可能性は神殿で示唆されているんだ。しかも彼は『ペリドットアイ』も持っている」

「ケネス、加護の鑑定は強制ではないよ」

「だが、王家から横やりが入れば無視するのも難しいだろう。分かっている筈だ、デイブ」

「グランディス様の加護だ。グランディスに在るべきだろう！」

「加護が何かはまだ決定ではないよ。それに【緑の手】にしても『ペリドットアイ』にしても、どちらもフィンレーのお伽話だ。実際にその力を見た者は、現在は存在しない」

ハワードのその言葉にデイヴィットは苦い表情を浮かべて悔しげな声を出した。

「ああ、そうさ。『ペリドットアイ』も【緑の手】も皆、お伽話のようなものさ。それでも、信じる者はいる」

「そうだな。その力がなんと呼ばれるかなど関係ない。魔素で穢れた土を浄化して新たな植物を芽吹かせる。更には鑑定と空間魔法のギフトを持つ。囲い込みたい人間は山ほどいるだろう。もっとも『ペリドットアイ』を持っているという時点で、多かれ少なかれ特別な子である可能性は高かった。この前のお披露目にフィンレーのお伽話を知る者がどれくらいいたかだな」

ケネスがそう言うとデイヴィットは力なく首を横に振った。

「私は、あの子の瞳がペリドットだったから保護したわけじゃない。隠された部屋で、傷だらけで死んだように横たわっていたあの子を見た時に、必ず幸せにすると誓ったんだ。欲にまみれた大人たちに潰させるわけにはいかない」

フィンレーに関係する者の中に、時折『ペリドットアイ』と呼ばれる、精霊樹の葉の色をした瞳を持つ者が生まれる事がある。グランディス様が使った【緑の手】と呼ばれる、枯れた大地に命を吹き込む力とは異なり、『ペリドットアイ』の子供は幸運を運ぶと言われていた。しかし幸運がどういうものなのかはっきりと伝わっていない事もあり、その一つである「生まれた年が豊作になる」という言い伝えが【緑の手】と混同されて、『ペリドットアイ』を持つ者が【緑の手】の力を持つと思われていた事もあったようだった。

だが、エドワードは確実に【緑の手】の力を持つ『ペリドットアイ』だ。

「分かっているよ。デイブ。エドワード君をそんな風にさせるつもりはない。そのためにここに来たんだ。何しろ私も息子も彼のファンだからね」

「ああ、うちの坊主たちもよく話をしている。あのマーティンが他人の世話を焼いているところを見た時は卒倒しそうだった」

「うちはもう屋敷中の人間がメロメロだよ」

三人はそう言って、ふふふと声を立てて笑った。

ここに来た時のエドワードは何かに怯えているような、それでいて何かを必死に掴もうとしているような、痛々しさがあった。けれどいつしかその影は消え、瞳は見違えるほど美しいペリドットになったのだ。あんなに美しい色になったのはアルフレッドのお陰かもしれないなとデイヴィットは思っていた。

いつか、その長男にも話をしなければならない。特別な加護がある弟。それを知った時に兄である彼はなんと言うだろう。だが、父として、領主として、フィンレーの嫡男に盾になれとは言えない。

「アル兄様！」と嬉しそうに兄を呼ぶエドワードも、「エディ」と慈しむように弟を呼ぶアルフレッドも、どちらも守ってやりたいのだ。

「……いざとなれば、王国の中に独立国を立ち上げる。それだけの価値がフィンレーにはある」

そう。単なる『食料庫』ではない。フィンレーには祝福に守られた豊かな森がある。そこから生まれる薬草類もまたフィンレーの大きな武器になる筈だ。でもまだ足りない。愛おしい我が子たちを守るために、他者に有無を言わせぬ力を蓄えなければならない。

「相変わらず顔に似合わず過激な奴だな」

ケネスが笑った。

「学生時代からこういう人でしたよ」

ハワードもそう言って小さく肩を竦める。

「心外だな。とりあえずは隠せるだけ隠し通す。協力してくれ」

デイヴィットはもう一度、二人の友人に向かって頭を下げた。

「魔法の講師は私直々にやりたいが、かえって目立つから、うちの騎士団で口が堅い優秀な者を寄越すよ」

「助かる」

「では、私は【緑の手】と『ペリドットアイ』の事。そして、過去に【グランディス神の加護】と呼ばれるようなものがあったのかを調べ尽くします。加護は決まったわけではありませんが、調べておくに越した事はない。とりあえず、フィンレーの書庫にも入れる許可を。それから群がってきそうな『お馬鹿さん』たちを言いくるめる方法も考えましょう。ああ。そうそう。加護の鑑定については慎重に。遅いだけがいいわけでもない」

「分かっている。加護がついている、とした方が良い事もあるかもしれないしね。まぁ、引き延ばせるならあの子が学園に入るまで、のらりくらりと躱したいけれど」

デイヴィットの言葉にハワードはコクリと頷いた。

「よし、とりあえずはそれで。間者を使っておかしな動きがある奴は逐一知らせる。そちらも情報は常に共有を。ただし魔法書簡には最大の隠ぺいを」

「分かりました」

「よろしく頼む」

ケネスとハワードはゆっくりと立ち上がってドアに向かって歩き出した。

「じゃあ今日はこれで。また何かあればすぐに連絡をしてくれ」

「私は週に一度の家庭教師をこのまま続けながらサポートしていきますね」

「ありがとう、ケネス、ハワード。君たちが友人でいてくれてよかった」

「それはこちらの台詞（せりふ）でもあるな。ああ、それから、もし本気で独立国を立ち上げるなら一枚かませろ。レイモンドの魔導騎士団ごとフィンレーに忠誠を誓ってやろう」

「私もぜひ。フィンレー国の宰相くらいで手を打ちましょう」

学生時代と変わらない二人の不敵な笑みに、デイヴィットもニヤリと笑った。

「心強いな。ああ、父にも頼ろう。何しろ有名な土魔法の使い手だしね。研究がしたいからと早々に爵位を譲って田舎（いなか）に引っ込んだんだ。その分頑張ってもらわないと。なに、下手をすると私よりも魔力量の多い人だ。新国に堅固な外壁を作り出すなど造作もない事だろう」

「いやいや、少しは労（いた）われよ」

三人は顔を見合わせ、声を立てて笑った。

魔法鑑定をして、眠ったまま帰ってきた僕は、兄様からとても、とても、心配された。

土魔法と水魔法の属性がある事は、父様がみんなにお知らせしてくれた。

「昨日は、父様に抱っこをされて馬車から降りてきたエディを見てものすごく驚いたよ。今日はもう本当に大丈夫なの？」

朝食の後、兄様はお部屋まで来てくださって、そう尋ねてきた。

「はい、元気いっぱいです！」

僕はにっこり笑って、腕をムキって曲げてみせた。

「それにしても鑑定したその日に魔法を使うなんて無茶だよ？　扱い方が分からないのに使うのはとても怖い事なんだからね」

「すみません。父様にも言われました。魔法の先生が来るまでは一人で魔法を使いません。水魔法は兄様たちの魔法を見た事があったけど、土魔法はよく分からなくて、どんな魔法なのかなと思ってたらお手手から石がとびました」

「手から石……ストーンバレットだね。詠唱もなしで出したの？　すごいな」

兄様の眉間に皺（しわ）が寄る。あれ？　もっと心配させちゃったのかな？

「分からないです。あの、あの、お手手をえいってしたら出ました。でも気持ち悪くなりました」

「ああ、それはそうだよ。もう無茶をしたら絶対にダメだからね？」

「はい。心配かけてごめんなさい」

心配してくれる兄様の顔を見ながら、僕は心の中で「本当にごめんなさい！」と謝っていた。

手から石を出して気持ちが悪くなったというのは父様が考えた事だ。ちなみに絶対に試してはいけないと何度も言われた。

でも本当に手から石が出るのかな？　ものすごく気になるけど、今は我慢するよ。この前みたいにごそっと魔力？　がなくなって、お部屋の中が石だらけになったら困るからね。

「うん。まぁ、一日で治るくらいなら良かった。でも本当に注意してね、エディ。それにしても土と水かぁ。お祖父様とお父様の属性を一つずつもらったような感じだね。僕とも水がお揃いだ」

兄様がふふふと笑いながら楽しそうに言った。僕もなんだか嬉しくなってふふふと笑う。

「はい。ちゃんと使えるようになって、お役に立ちたいです」

「お役に立つって？」

兄様が不思議そうな顔をした。うん？　役に立つ魔法っていうのはあんまりないのかな。そういうのはクリーンとかの生活魔法になっちゃうのかな？

「えっと、やりたいなって思っているのは、お水の魔法が上手になってお庭に水まきをする事。マークのお仕事のお役に立てるでしょう？」

マークは庭師だ。綺麗なお花を育ててくれるんだ。兄様のお誕生日とか、お茶会の飾りとか、あとは母様と赤ちゃんの事をお祈りしていた時とか、色々お世話になっているからね。

「うん。すごくエディらしいね」

「あとは、土魔法は何ができるのかなぁって思います。花壇とか作れるのかなぁって」

「土魔法で花壇を作るの？」

「はい。出来たらマークにお花の種をもらって育ててみたいです」

「それは楽しそうだね！　ふふ、お花だけでなくイチゴとか果物も出来るといいね」

「ふぉぉぉ！　気付きませんでした！　さすがアル兄様です。イチゴができたらシェフにお菓子にしてもらいます！」

「あははは！　そうだね。そういえば、今日は新作のお菓子があるって昨日シェフが言っていたよ」

「新作！　新しいお菓子ですか？　楽しみです！」

「この前のチョコレートでケーキを作ったんだって。本当は昨日の魔法鑑定のお祝いだったみたいだけど、エディが寝ていたからね」

「ああ、それは、えっと、もうしわけなかったです」

そうか、シェフったらそんな事を考えていてくれたんだ。うれしいな。

「お茶の時間が今から楽しみです！」


紅茶はお誕生日のプレゼントでいただいたもので、すごく香りが良くて、母様も気に入っている。

チョコレートケーキは上に白い粉のお砂糖が振りかけられていて、なんだか雪みたい。

ケーキの隣には生クリームがふわっと載っていて、すごくおしゃれ。

王都で新しいお菓子が流行り出すと、シェフはすぐに調べて作ってくれるんだ。

僕は王都に行った事がないけれど、王都で流行っているものは結構食べているよ。母様とシェフのお陰かな。

皆で紅茶を飲んで、ケーキを食べて、魔法鑑定が終わって良かったねって話をした。

土魔法はお祖父様、水魔法は父様と兄様と一緒だったから、やっぱり嬉しかった。

でもスキルっていうギフトの事と、王都に行って調べないといけない加護についてはまだ内緒なの。まずは魔法の扱いに慣れるほうが先だからねって。

水魔法でお庭の水まきをしたいって言ったら、みんなが楽しそうに笑った。

僕はいい魔法属性をいただいたみたいだ。『記憶』のように闇魔法とかじゃなくて良かった。これでまた一つ、小説の『悪役令息』とは違ったたって事だものね。

「チョコレートケーキ、美味しいです！　考えてくれた人すごいです。でもシェフもすごいです」

「そうね。すごく美味しい。でもこれは食べすぎには注意ね。着られるお洋服がなくなってしまう」

母様の言葉に僕はビックリして、慌ててケーキを食べる手を止めた。

「ふぇ!?　き、気を付けます」

あんなに沢山作ってもらったお洋服が着られなくなったら大変だ！

「ううん、エディはいっぱい食べてもいいよ。むしろもう少し食べなさい」

そう言ってにっこりと笑った兄様に僕は「横には大きくなりません」とだけ言ってみた。

七の月の初めに生まれた僕の弟たち。

金髪でパステルブルーの瞳の元気いっぱい、いつも動いている子がお兄ちゃんのウィリアム。少し明るめの栗色の髪でミントグリーンの瞳の、ちょっとのんびりしている感じの子が弟のハロルド。

最近はしっかり目を開いて、何かおしゃべりをするみたいに声を出している。

まだちゃんとした意味がある言葉じゃないけど、顔を出すと声を出したり、笑ったりするからついつい側に行って遊びたくなっちゃうんだよね。

「ウィル～、あばばばば！」

「……っ……あ！　うぁ！」

「ハリー、レロレロレロレロレロ」

「わぅ……あ～」

「わら、わらってる～、可愛い～」

「僕としてはそうして喜んでいるエディが可愛くて、いつまでも見ていられる気がするよ」

「母様もよ。でもエディ、そのお顔はちょっといただけないわ。何度もそうしていたら、せっかくの可愛らしい顔がゴブリンのようになってしまうかもしれないわ」

「ゴゴゴゴゴブリン！」

僕はショックで思わず声を上げてしまった。本物を見た事はないけれど、いただいた絵本に描かれていたのを見た事がある。すごく怖い顔だった。

「母様、エディはどんな顔をしても可愛いですよ。ゴブリンなどにはなりません」

すかさず一緒に赤ちゃんを見に来ていた兄様がそう言ってくれた。

「アル、貴方少し性格が変わったみたいですよ？　ああ、でも元からなのかもしれないわ。あの人も結構……。なんでもありません。とにかく、エディ。お口を横にギューッと手で広げるのはやめなさい。唇が切れてしまったら痛いでしょう？」

「ああ、そうだね。エディ。切れると痛い。それはやめた方がいいかもしれないね」

「分かりました。やめます」

「それと、お鼻も指で上に押さないようにね。オークのようになってしまいますよ？」

「オオオオオオーク！」

それも絵本で見た、立って歩く恐ろしい豚みたいなの。いやだ怖い。

「小さな鼻がピッと上を向いて可愛いですけどね」

「可愛いけれど、そういう形になってしまうのはダメよ」

「ああ、それは確かにそうですね」

「やめます！　お鼻も上にしません」

真剣な顔でそう言った僕に兄様は噴き出すように笑った。

「そんなに悲しそうな顔をするんじゃないよ、エディ。ほら、笑ってごらん。笑顔で名前を呼んであげると二人とも嬉しそうにしてくれるよ」

え？　そうなの？　ベロベローとかしなくても笑うのかぁ。僕はちょっとだけ恥ずかしくなった。

そしてもう一度、今度は変な顔をしないでにっこりと笑ってみた。

「ウィル、ハリー、エディお兄ちゃんですよ～」

「うわぅ！　え～……！」

「え～……っえ～！」

「今！　いま、僕の名前言ってくれました！　え～って！　かわ、可愛い！」

兄様は何も言わずにやんわりと笑った。

そして母様は「う～ん、エディも相当な兄バカさんになりそうね」って楽しそうに笑った。

「あにばか？」

あにばかって……え？　僕もって？　え？

「……母様、僕で遊ぶのはやめてください」

「あら、私はちゃんと皆と遊んでいますよ？　うふふ。さあ、そろそろお祖父様たちがいらっしゃるからおしまいよ。二人ともご挨拶の準備をしてね」

「はい、パティ母様。ウィル、ハリー、またね」

「あ～！」

閉まるドアの中で、機嫌の良いウィルの声が聞こえた。

「ようこそいらっしゃいました。お祖父様、お祖母様」

僕はアル兄様と一緒にぺこりと頭を下げた。

赤ちゃんが見たいとお祖母様がおっしゃって、お祖父様も一緒に見にいらしたんだ。そうだよね。赤ちゃん見たいよね。だってあんなに可愛いんだもの。うふふ。

「アルフレッドは随分背が伸びましたね。髪もスッキリとして、デイヴィットに似てきたわ」

お祖母様の言葉に兄様は嬉しそうに頷いた。

「ありがとうございます。背は誕生日の後から自分でも分かるくらいに伸びました」

「エドワードも大きくなりましたよ。お披露目会の時より身体がしっかりしてきましたね」

「ありがとうございます。もっと大きくなります」

「そうですね。楽しみにしていますよ。では、赤ちゃんたちに会ってきましょう」

お祖母様はそう言ってメイドたちと赤ちゃんたちのお部屋に向かった。お祖父様は少し父様とお話をしてから行くと言った。

「アルフレッド、鍛錬を怠らぬように」

「はい、ありがとうございます。お祖父様」

「エドワード、父と兄の話をよく聞き、穏やかに過ごしなさい」

「はい。ありがとうございます。お祖父様」

口数も少なく、キリッとしていてなんだか怖く思えてしまうお祖父様は、笑うとすごく優しいお顔になるんだよ。

神殿で見たグランディス様みたいだなって思う。お髭があるから余計そう見えるのかな。

「土属性が出たそうだな。分からない事があれば尋ねなさい」

「はい！　ありがとうございます！」

お祖父様は頷いて、父様と一緒に書斎の方に歩いていかれた。

「お祖父様が、土魔法の事を聞いてもいいっておっしゃいました」

振り返って兄様にそう言うと、兄様は「良かったね。エディ」って笑ってくれた。その笑顔がなんとなく今までよりも高い位置になったように思えて、僕はおずおずと口を開く。

「はい。えっと、あの、アル兄様、どれくらい背が伸びたのですか？」

僕は兄様、ちょっと大きくなったなぁって思うくらいだったけど、久しぶりに会ったお祖母様が背が伸びたっておっしゃるくらいなんだなって、少しびっくりしてしまったんだ。

「五の月の終わりくらいからかな、急に伸びたんだよ。ちゃんと測っていないけど、多分十二ティン（一ティン＝一センチメートル）くらい伸びたのかな」

「十二！　ににに兄様って、今どれくらい身長があるんですか？」

「う～ん、百五十五くらいかなぁ」

「百五十五!!」

え？　兄様、いつの間にそんなに。五カ月で十二ティンも伸びるなんて……。というか毎日見ているのにどうして分からなかったんだろう、僕。毎日だと気付かないのかな。でも、十二……

「エディは？」

「……わ、分かりません」

ちょっとしょんぼりしてしまった僕を見て、兄様は「これから伸びるから大丈夫だよ」と慰（なぐさ）めてくれた。あとで測ってもらったら百十五ティンなかった。

僕は背が伸びる食べ物って何かなって考えて、後でこっそりシェフに聞いてみようと思った。

書斎のソファセットに向かい合わせに腰を下ろして、カルロスがゆっくりと口を開いた。

「エドワードの魔法鑑定の結果についてだな？」

「はい。それについて父上にお手伝いいただきたい事がいくつかございまして」

「その前にきちんと報告をしなさい」

「失礼いたしました。こちらがエドワードの鑑定書になります」

デイヴィットは羊皮紙のそれを父に差し出した。それを見てカルロスの眉間に皺（しわ）が刻まれる。

「土と水とスキルが鑑定魔法に空間魔法。それに加護持ちか」

「はい。魔力量も多く、まずは制御からと考えています。加護は聖神殿での鑑定になりますので折を見て。延ばせるならば学園に入る頃まで。難しいようならば状況次第で」

デイヴィットはそこで一度言葉を切った。

「……【緑の手】が発現した可能性があると書簡にあったが」

「まだ確定ではありませんが、魔素で穢れた土地を浄化し、さらに芽吹かせるというのはその可能性が高いかと。周囲にいた護衛と騎士団員とは魔導誓約書を交わしましたが、どこまで隠せるかは分かりません。すでにいくつか動き出している所もあると報告があります」

「……うむ。精霊樹の色については、フィンレー当主にのみ語られているものだが万全ではない。そして『ペリドットアイ』については今までにも何度か現れているからな。フィンレーのお伽話として知っている者もいるだろう」

「はい。それにつきましてはメイソン子爵家の次期当主に調査を依頼しました。フィンレーの書庫への出入りも認めています」

「大賢者の末裔だな。聡い男と聞いている。最近は賢者の器になる者が現れないらしいが、あれは子爵の器には収まらぬ。賢者の称号も遠くない時期に授かるだろう」

「エドワードの家庭教師を買って出てくれましたので、すでに授業を開始しております」

「うむ。それは把握済みだ。魔法の方は？」

「レイモンド伯爵が王家に関わりのない、信頼出来る者を手配すると」

「……ふむ。自らでは悪目立ちするからな」

「はい」

一言聞いただけで裏まで把握をしているようなカルロスに、デイヴィットは背筋が伸びる思いがした。

すでに父には二度、魔法書簡を出している。

一度目はエドワードの魔法鑑定の帰りに加護らしき兆候が発動した時。その日のうちに信頼出来る友人とコンタクトを取って、護衛を増やすという書面を送った。

二度目は生まれた子供を見に来てくださいという挨拶と、相談したい事があるという書面。隠ぺいはかけたが万が一を考えて最低限の内容にした。

「屋敷内の整理は終わっているんだろうな」

表情を変えずにカルロスが口を開く。問いかけではなく確認だ。

「はい。改めて調べ、三名の人間に暇を出しました。どこに繋がるかまで把握し、消しました」

「ふむ。そういえば、ハーヴィン伯爵が亡くなって、跡目で揉めているらしいな」

その言葉にデイヴィットは苦虫を噛み潰したような表情を浮かべた。

「まったく厚顔無恥とはこの事です。あれほど後腐れがないようにと念には念を入れて約書を交わし、神殿での治療も記録魔法でエドワードの状態を残して確認をさせてから、ハーヴィン領とフィンレー領の両方に法的な届けを出してきちんと収めたというのに」

「顔を見てもおらんようだったからな。『ペリドットアイ』とどこかで聞き、魔法鑑定の結果も何やら大層厳重に隠されている様子に、中身も分からないままエドワードについての権利を主張してきたのであろう。愚か者のやりそうな事だ。娘にもろくでもない男がついているらしいし、家督を争う叔父はお前が言う通りの厚顔無恥だ。ハーヴィンはもう駄目だろう。上が荒れると領が荒れる。領が荒れ始めると討伐を指揮する者が減る。魔獣や魔物が増えるのはこの世の道理だ」

「はい。おそらく来年になればハーヴィンから逃げ出す民が出てきそうです。幸いフィンレーは地理的にはそれほど注意をしなければならないわけではありませんが、訳の分からない人間を近づけさせるわけにはいきませんので」

「ああ、そうだな。それで、剣の方はどうするのだ。自領の騎士団の中から引き抜くか」

「それも考えましたが、最初の話し合いから外した友人から、クレームが届きました」

珍しく困った顔をするデイヴィットにカルロスは小さく口を開いた。

「スタンリー侯爵家か」

「はい。王家の犬には頼る事は出来ないという事かと」

「ふっ……甘い事を。近衛騎士団は王家の守護騎士だろうが。当たり前の話だ。それで？」

「私設団の方から一人、護衛を兼ねて寄越したいと。王家とはまったく無縁の、子爵家の三男だそうで、家自体も出ているとか。腕は確かで何かの時には動かしやすいように第二騎士団に所属させているのだと」

「……王家ではなく、スタンリーに話が漏れる事は覚悟だな。そこから王家へというのは、スタンリーへ王家からの打診が入ってからになるだろう。その頃にはこちらにも動きは伝わっている」

「はい」

デイヴィットは返事をして再び話を切る。

「それで？」

「は？」

「お手伝いとやらはどうした」

本当にどうしてこの父は早々に爵位を放り投げたのだろうと、デイヴィットは心の底から思った。

「もし、このままではエドワードを守りきれないと判断いたしましたら、王国の中に独立国を立ち上げたく存じます」

返事はなかった。もう十の月も後半だというのに、嫌な汗が額に浮く。

「それだけの価値がフィンレーにはあると思っております。そのための土台も、出来得る限り固め上げます。どうかお力をお貸しいただけないでしょうか。私はあの子を大人たちの欲望で潰すつもりはありません。私は——」

「当たり前だ。グランディス様のご加護を持っているだろう子を守らずにいれば、フィンレーが滅ぶ」

言葉を遮るようにそう言った父に、デイヴィットはゆっくりと口を開いた。

「グランディス様のご加護……父上はそれがどういった加護であるかご存じでしょうか？」

「知らん。だが【緑の手】の力だけが独り歩きをしているような所があるものの、グランディス様のご加護だとすれば、他の力があるやもしれん。私も調べてはみるが、なんであろうとあの子は守らなければならん子だ。昔から大きな加護と厄災は表裏一体。加護持ちが使い捨てられて災いとなった例など、探せばいくらでも出てくる。その辺りは次期賢者が調べ上げてくるだろう。先ほどのお手伝いも、どうせお前の事だから新国の外壁でも作らせようとか、役に立ちそうな新薬を作り出せとか、無茶な事を言うつもりだったのだろう。まったくいくつになっても……」

「父上、そのくらいでご勘弁を。では、そういう事でいざとなりましたらよろしくお願いいたします」

深々と頭を下げた現フィンレー領主に、元フィンレー領主は目だけで了承を伝えた。そして。

「ハーヴィンの隣のロマースク領は良い港を持っている。次の茶会でエドワードの友人候補に子息を加えよ。ハーヴィンが崩れる前に親交を。難民が出始めたら手を。ハーヴィンに関しては間者を増やせ。エドワードの護衛もな。馬鹿は時として考えられない事をしでかすからな」

「はい」

「ではそろそろ行こうか。きっと話が長いと文句を言われている」

「……はい」

苦笑しながらデイヴィットは遮音の魔法を解いて部屋を出た。

「お祖父様たちは遅いですね」

僕の言葉にお母様とお祖母様は顔を見合わせて笑った。

「ふふふ殿方の話はいつも難しくて長いのですよ。それよりもエディ、赤ちゃんをあやすのにオークのような顔をしたというのは本当なのですか？」

「パ、パティ母様！　言わないでください！　していません。お祖母様、もうしていないです！」

僕は真っ赤になって口を開いた。

「どんな顔をしてもエディは可愛いですよ」

「アルは本当にぶれないわ」

にっこりと笑う兄様に母様がやれやれというような顔をする。

「ふふふ、にぎやかで楽しいわ。ねぇ、ウィリアム、ハロルド」

「え〜！」

「うえ〜！」

「ほら、エディ呼ばれているわよ？」

「私も見たいわ、エディのベロベロ〜っていうの」

「やりません！　もうブタさんはやらないよ！　ウィル！　ハリー！」

僕はお祖父様と父様がやって来るまで母様たちにからかわれていたのだった。

十の月が終わる頃、父様が魔法の先生が決まったよっておっしゃった。

「明日はご挨拶にいらっしゃるから紹介をするね。お勉強は十一の月から週に一度で始めるよ」

「はい。分かりました！　楽しみです！」

ついにお庭の水まきが出来るかもしれない！　僕は嬉しくてついつい顔がニコニコしてしまった。

そして次の日。

お部屋の中に入ってきた人の顔を見て、思わずピシッと固まってしまったんだ。だって……

「エドワード？」

「あ、はい。父様。レイモンド伯爵様、お披露目会ではありがとうございました」

「ああ、エドワード君。こちらこそ、マーティンやミッチェルと仲良くしてくれてありがとう」

うん。やっぱりそうだよね。マーティン君とミッチェル君のお父様だよね。確か代々大魔導師の。

「…………あの、父様、僕の先生は……」

まさかこちらの大魔導師様ではないですよね？

「ああ、エドワード君。ちゃんと連れてきているよ。ジョシュア」

「はい。失礼いたします」

するとマーティン君のお父様の後ろから、背の高い黒髪の男の人が前に出てきた。

「ご挨拶をさせていただきます。ジョシュア・ブライトンと申します。レイモンド伯爵領にて魔導騎士団第一隊の副隊長を務めております」

「ブライトン伯爵の次男でね、うちの魔導騎士団にいるんだよ。騎士団と言っても戦うだけでなくちゃんと魔法の事から魔道具の事まできちんと話が出来る人だから、エドワード君も安心して色々勉強してください」

僕はにっこりと笑うマーティン君のお父様に、「はい」と返事をしてから、先生の方を見た。

「はじめまして。エドワードです。どうぞよろしくお願いいたします」

「はい。フィンレー侯爵様より土魔法と水魔法の属性があると伺っております。話の中で分からない事などありましたら遠慮なく聞いていただけると助かります」

「ありがとうございます。ブライトン先生とお呼びしてもよろしいでしょうか？」

僕の言葉にブライトン先生はちょっと照れたような、困ったような顔をした。なんでかな？

「ほら、ブライトン先生、答えないと」

「レイモンド団長、からかわないでください。ああ、はい、エドワード様、ええと、それで結構です。よろしくお願いいたします」

「はい。ブライトン先生、よろしくお願いいたします」

「よし、ではこれで決まったね。ブライトン先生、エドワードをよろしくお願いします」

「はい。フィンレー侯爵様、騎士の名にかけて精一杯努めます」

「では、少しだけレイモンド卿と話をするので、その間エドワードの事をお願い出来ますか？」

そう言って父様とマーティン君のお父様は、二人で父様の書斎の方に歩いていってしまった。

「では、エドワード様、少しお話をいたしましょう」

「はい」

僕とブライトン先生が椅子に座るとマリーがすぐに紅茶とお菓子を出してくれた。

「ブライトン先生はなんの魔法属性なのですか？」

「私は火、風、水、土と四属性を持っています」

「わあ！　すごいです！」

「最初の属性は火と風だったのですが、色々と勉強や修業をする中で、他の二つも身につけました。持っていない属性でも、訓練次第で発現する可能性がありますからね。でもまずは自分の属性をきちんと知って、扱えるようになりましょうね」

ブライトン先生は綺麗な琥珀色の瞳でにっこりと笑った。

「はい、先生。あ、でも僕は属性ごとにどんな魔法が使えるのか分からないのです。土と水の魔法はどんな魔法があるのかも知りたいです」

「ああ、そうですよね。うんうん。ではその事も少しずつ学んでいきましょう」

良かった。色々教えてくださるって。楽しみ。

「あ、あの、今、やりたいなーって思っているのはお庭の水まきなんです」

「水まき、ですか？」

ブライトン先生はびっくりしたような顔をした。僕、変な事言っちゃったかなぁ。

「はい。えっと、水魔法で水まきができると、庭師のマークのお仕事を少し手伝えるのではないかと思うのです」

「なるほど。程良い加減で均等に水を出すという感じですね」

「はい！　一つの所にジャバーッて出しちゃうとお花がかわいそうなので」

「そうですね。ああ、なんだかものすごく癒されます。騎士団の中では味わえない感覚ですね。うんうん。お受けして正解でした」

そう言ってブライトン先生は何度も頷いて、嬉しそうにゆっくりと口を開いた。

「エドワード様、とりあえず魔力を動かす事から始めましょう。そうして制御の方法をきちんと身につけていきましょう。そうすれば加減が必要な水まきの魔法も上手に出来るようになりますよ」

「うわ～！　やったー！　ブライトン先生、よろしくお願いします」

「はい。こちらこそよろしくお願いします。そうそう。鑑定の日にエドワード様が使ってしまった魔法ですが、やはり一度に沢山の魔力を使うと、子供にとっては危ないので、お祈りする事は当分の間しないようにしましょうね」

「分かりました。ブライトン先生、十一の月からよろしくお願いいたします」

「はい、よろしくお願いいたします」

「あ、紅茶が冷めてしまいました。あの、お菓子もとても美味しいのです。召し上がってください」

「ありがとうございます。ではせっかくなのでいただきますね」

ブライトン先生はそう言って紅茶を一口飲んでクリのフィナンシェを食べてくれた。

「美味しいですね」

「はい。シェフが王都のお菓子の事をすごく研究してくれるのです」

「それは素敵なシェフですね」

「はい！」

「やぁ、少し先生とお話が出来たかな？」

シェフが褒められた事が嬉しくてにっこりしていると、父様たちが戻ってきた。

「父様！　はい。ブライトン先生は水まきの魔法も教えてくださるそうです。僕、頑張ります」

「それは良かった。とにかく魔力の制御からきちんと教えていただきたいと思います」

「畏（かしこ）まりました」

先生とマーティン君のお父様は転移の魔法で帰っていった。すごいなぁ。僕もいつか出来るようになりたいなぁ。

「エディ、くれぐれも無理をしてはいけないよ。先生の言いつけを守って勉強をするんだ。いいね？」

「はい。父様」

「水まきの魔法が出来るようになるといいね」

にっこりと笑ってそう言った父様に、僕は「はい！」って大きな返事をした。

◇◇◇

今年は寒くなるのが早いって誰かが言っていた。フィンレーは一年に二回、麦の収穫が出来るから今はちょうど刈り入れ時なんだ。そういえばあの魔獣が出た所はどうなったのかしら。

馬車や旅人が通る道に魔獣が出るなんてやっぱり怖いよね。どんな魔獣が出たのかな。父様に聞けば良かったな。でも、どうしてそんな所に出てきちゃったんだろう。なんで魔獣になっちゃったのかなぁ。普通の動物だったのに魔物になっちゃったのを魔獣っていうんだよね？

「そういえば父様、麦が魔素にあたったっていっていた」

魔素がいっぱい身体の中に溜まると魔獣になっちゃうのかな？　それが漏れ出して畑をダメにしたの？　じゃあ、魔素ってなんだろう？

魔素は魔力の元なのかな？　あれ？　でもそうしたら、魔力が沢山ある人は魔素も沢山あるの？

もしそうだったら魔力が沢山ある人は畑を使えなくしちゃうじゃない？

僕、魔力量が多いって言われたよ。でも畑は壊さないよ。

「魔素と魔力は違うのかな」

魔力は魔法を使う元だよね？　じゃあ魔素はなんだろう？　悪いものなのかな。考えていると分からない事が沢山あると思った。

「魔素が悪いものだったら、人間も、魔素に触ると魔獣みたいになっちゃうのかな？」

そう考えた途端、僕はものすごく怖くなってしまった。

「魔素ってどこにあるんだろう」

近くにあったらどうしよう。知らないうちに触ったりする事はないのかな。

「ううう、こわ、怖くなってきちゃいました」

僕はキョロキョロと辺りを見回して誰かいないかなと探してみた。お昼ご飯はまだだし、今日はお勉強がないからお部屋には誰もいない。

マリーはどこかしら。あんまり使った事がないけど、ベルを鳴らしてマリーを呼ぼうかな。

「……ダイニングに誰かいないかな」

なんだかお部屋の中がすごく寒く感じて、僕は部屋を出てダイニングに向かった。

「誰もいない」

母様と赤ちゃんに会いに行ってもいいですかって聞いてみようかな。兄様は何をしているのかな。父様はお仕事だよね。でもなんだか寒くなってきたからやっぱりマリーを呼んで、温かいミルクでもいれてもらおうかな。

「エディ？　どうしたの？」

「っ！」

振り返ると階段の所に兄様がいた。

「一人なの？　マリーは？」

「アル兄様……」

「うん？」

どうして、兄様はそばにいてほしい時に来てくださるんだろう。

「考え事をしていたら、怖くなったので、なにか温かいものでも飲もうかなと思っていたのです」

そう言うと兄様はふんわりと笑った。

「じゃあ、僕もご一緒させてもらおうかな。シェフが今度はココアっていうチョコレートの飲み物を作れるようになったんだって。お願いしてみようか」

「チョコレートの飲み物！」

僕の頭の中から魔素も魔獣も吹き飛んでしまった。

「そうそう」

兄様はニコニコして近くに来たメイドにさっさとココアの手配をしてしまう。

「今日はなんだか寒いから小さい部屋に行こう。火の魔石を入れて暖かくしようね」

「はい」

僕が部屋からいなくなって、びっくりして捜しに来たマリーがすぐに魔道具の準備をしてくれた。

僕たちは魔道具で暖まった部屋でシェフが試作中だというココアをいただいた。

「甘いです。美味しいです」

「うん、美味しいね。ところでエディは何を考えていて怖くなっちゃったの？　もしかしたら、僕が分かる事があるかもしれないよ？」

ああ、そうか。兄様はもう魔法の勉強をしているから、教えてもらっているかもしれないんだ。

「エディ？　大丈夫。分からない事は一緒に調べてみたらいいよ。ね？　僕はね、学習したんだ。エディが考えている事をちゃんと分かっていた方がいいって」

「はぇ？」

兄様、笑っているのに、ちょっと怖い？　ううん。兄様が怖い筈がない。

「はい、えっと、この前魔法鑑定に行った時に、麦畑の道に魔獣が出て、魔素にあたったからしばらく畑が使えなくなったって聞きました。それでなんでそんな所に魔獣が出たんだろう、なんで魔獣になっちゃったのかなって思いました。魔素がたまると魔獣になっちゃうのかな？　それだったら魔素ってなんだろうって考えて、そうしたら……」

僕はさっき考えていた事を兄様に話した。さっきは怖くなっちゃったけど、今は兄様がいらっしゃるから大丈夫だ。

「それで、魔素が悪いものだったら、人間も魔素に触って、魔素が身体の中に入ると魔獣みたいになっちゃうのかなって思ったら怖くなりました」

「……なるほど。エディはずいぶん難しい事を考えていたんだね」

兄様はうんうんと頷いて小さく笑った。

「えへへ、なんだかどんどん考えちゃったんです。もうすぐ魔法のお勉強も始まるし」

「ああ、そうだね。うん。魔法の先生から教えてもらった方がいいのかもしれないけど、エディがそれまでにまた怖くなっちゃうといけないから、僕が知っている事を話すね」

兄様はココアをローテーブルの上に置いてゆっくりと口を開いた。

「魔素っていうのは、魔力とは違うものとされているよ。自然に発生する意思を持たない澱（おり）みたいなもの。なんて言えば分かり易いのかな。う～ん。何か分からないけれど触りたくないもの。自分とは違うなって感じるもの。なぜそんなものが出てきちゃうのかは分からないけれど、土の中からあるいは動物の死骸があった所からとか、自然に湧き出してくると言われているんだ」

兄様は僕の顔を見ながらお話をする。少し難しいけれど、僕は一生懸命にそれを聞いた。

「それは空気中にいる間は、在るだけのものなんだけど、生きものの負の気持ち、う～んと、恐れとか恨み、妬（ねた）み、怒りなんかの気持ちに触れると、一気に膨れ上がって取り込もうとする性質があるんだ。膨れ上がった魔素は、取り込んだ生き物の意識を奪って、周りのものを傷つける化け物にしてしまう。完全に魔素に染まると、傷つけるだけでなく魔素をまき散らして、他のものにまでもそれを広げていく。悪い仲間にしようとするって感じかな。多分畑に魔素をあてた魔獣はその状態になっていたんだろうね。それでそこは穢（けが）れた土地になってしまったんだ」

「あ、あの、けがれた土地はしばらく作物が育たないって父様が言っていたんですけど、けがれた土地から魔素がわいて、どんどんまき散らしちゃう事はないんですか？」

そうしたらすごく、すごく怖い。あの土地もそのままにしていたら魔素が湧く所になってしまう。

「う～ん、例えばものすごい魔獣や魔物が出て、信じられないほど魔素に当てられてしまったならそういう事もあるかもしれないけど、聞いた事はないね。土地に清めの聖水を撒いて、あとは穢れが抜けるまで休ませる感じかなぁ。穢れてしまった所が魔素をまき散らすようになってしまったら大変でしょう？　そこら中に魔獣や魔物が溢れてしまうよ。でも実際はそんな事はないじゃない？」

「ああ、そうか。そうですね。それで刈り取ってそのままだったんだ」

　良かった。僕はものすごくほっとした。

「うん。フィンレーは元々グランディス様に守られている土地だから、他の領よりも短い時間で穢れは消えていくって言われているよ。それに魔素もずっと同じ所に留まるわけじゃないんだ。同じ場所だったらそこに行かないようにすればいいけど、そうじゃないらしい。だから難しいんだ」

「こ……怖いです」

　ええ!?　そんなどこにあるか分からないなんて怖いよ。もしかしたら僕が通る所に魔素があるかもしれないんでしょう？

「うん。でもそんなに沢山魔素が湧くような所は本来はないんだよ。魔獣も魔素に当てられて魔素をまき散らすような化け物にまでなってしまうものは一握りだ。ほとんどの獣は魔素に当てられると少し凶暴になるってくらいかな」

「そうなのですね。じゃあ、人間は？　人間は魔素に沢山当たってとりこまれてしまうと魔獣みたいになっちゃうのですか？」

「う～ん、それもあまり聞かないね。魔人……っていうのかな。魔素に取り込まれた人間が他の人間を襲うっていうのは聞いた事がない。人間の場合は魔素を取り込んでしまうと、具合が悪くなるって感じかな。魔力酔いみたいにつらいとは聞いた事があるよ。魔力酔いっていうのは、身体の中の魔力が多すぎて気持ち悪くなっちゃうって言えばなんとなく分かるかな。人は魔力を持っているからそれが関係しているのかもしれないね。その辺りは僕も調べておくね」

そ、そうなんだ。人間は魔獣みたいになったりしないのか。

「兄様、魔物は魔素から生まれるのですか？」

「ああ、そういう場合もあるという人もいるけれど、実際に見た人はいないみたい。一般的には魔物が魔物を生み出す事の方が多いかな。卵から生まれてきたりね」

「卵……生み出す……難しいです」

「うん。だから一度に全部覚える必要はないんだよ。少しずつ覚えていけばいいんだ。それと、むやみに魔素を怖がる必要はないよ。まぁ嫌な感じがする所には近寄らないくらいの気持ちでいれば大丈夫」

「分かりました」

こくこくと頷いた僕に兄様は笑って、また話し出した。

「まだ、大丈夫？　話を聞ける？」

「はい。大丈夫です」

「じゃあ、次は魔力の事だね。魔力は魔法を使う元になる力。魔力が大きいほど大きな魔法が使える。でも扱いには気を付けないといけないよ。この前のエディみたいにいきなり魔力が抜けて疲れてしまう事もあるからね」

「はい」

「魔力は使い慣れていくうちに増えて、強くなっていく。でもその分、制御が必要なんだ。大きすぎる魔力を扱いきれなくて、人の身体の方が壊れてしまう事だってあるからね。だから注意が必要なんだ。だけど、エディ、怖がる事はないんだよ。エディが考えている水まきみたいに人の役に立つ魔法も沢山あるからね。どんな魔法があるのか、知って、練習して、魔法の使い方に慣れていけばいいよ」

「はい。アル兄様。いっぱいお話ししてくださって、ありがとうございました」

「うん。また何か分からない事や、怖くなっちゃう事があったら、自分でものすごく考えちゃう前にお話ししてね。一人で考えているよりも、二人で考える方がきっと、もっといい考えが浮かぶと思うし、間違った事はすぐに違うよって教えてあげられるから。約束してね、エディ」

繰り返し、念を押すようにそう言われて、僕は「はい」って何度も頷いた。

でも、魔力よりも魔素よりも沢山考えちゃう『悪役令息』の事はお話し出来ないけどね。だって兄様を殺してしまうかもしれませんなんて言えないもん。だけど大丈夫。『記憶』の小説とは多くの事が違ってきているから。きっと大丈夫。僕は兄様が大好きだから、大丈夫！

「エディ？」

兄様が目を覗き込むようにして僕を呼んだ。

「他にも何か困っている事があるの？　そうだったらお話しして？」

「ないです。もう、大丈夫です。アル兄様が魔素や魔獣の事を沢山教えてくださったので、怖くなくなりました。魔法の勉強がんばります」

「うん。分かった。頑張ってね」

兄様は今度こそにっこりと笑った。その笑顔を見て僕はなんだかすごく嬉しくなってしまった。

「アル兄様」

「なに？」

「僕はアル兄様が大好きです」

「エディ？」

「兄様はいつもいてほしいなって思う時に来てくれるのです。今もそうでした。だから、アル兄様が大好き！」

そう言って僕は兄様の手にギュッとしがみついた。

「ありがとう。僕もエディが大好き。これからもよろしくね」

「はい、よろしくお願いします！」

元気に返事をして、僕は少し温（ぬる）くなってしまったココアを飲み干した。

すごく、すごく、甘かった。

十一の月になって、ブライトン先生がやって来た。今日は先生一人だけだ。

「ブライトン先生、今日からよろしくお願いします」

「こんにちは、エドワード様。今日からよろしくお願いします。さて、さっそくですが、エドワード様は魔力が何かを知っていますか？」

「えっと、魔法を使う、もとになる力です」

兄様に教えていただいたんだ。

「そうですね。魔力は生まれつき人の身体の中にある魔法を使う元になる力です。魔力をうまく使えるようになる事が、魔法をうまく使える事になります」

「はい」

「では、魔力はどこにあるか分かりますか？」

「え？　か、身体の中に」

「そう。身体のどこでしょう？」

「ええええ!?」

どこって、どこ？

「では立ってみましょう。そして身体をまっすぐにしてみてください」

「は、はい」

僕はピッと背を伸ばした。

「頭から足へ、真っ直ぐに線を引くみたいな気持ちでしっかりと立ってください。はいそうです。今考えてもらった真っ直ぐの線が身体の中心の線です。おでこ、これが上丹田。胸の真ん中は中丹田」

先生の指がトン、トンと触れていく。

「そしてこのおへその少し下」

「ひゃあ！」

思わず声が出てしまった。

「あはは、くすぐったかったかな？　ここは下丹田とも言いますが、一般的に魔力の中心となる丹田と呼ばれる場所はここです」

「たんでん」

「そうです。ではここを意識してみてください」

「いしき？」

「ええっと、ここに力を入れてみる」

言われた通りに、僕は先ほど指で触られたおへその下くらいの場所にぐっと力を入れてみた。

「んん！」

「それで、動かしてみる」

「……はぇ？」

思わず変な声が出てしまった。動かす？　なにを？

「ああっと、ううん……。ここに何か丸いものがあると思ってみてください」

「まるい……」

僕はそう言いながら頭の中に丸いものを思い浮かべてみた。丸。

「そうそう。丸です。丸、丸、丸。なんとなくその辺りが温かくなってくるような気がしませんか？」

「……し、しま、せん」

だって、先生、丸は僕の頭の中にあるんだもの。お腹の中に丸？　う～ん。どうしたらいいの？

「そうですか。う～ん。じゃあさっきの所に自分の両手を当ててみて？」

「当てました」

「当てた所の事を考えながら、息を吸って、吐いて、繰り返すよ。吸って、吐いて……指のその先のお腹の中、丹田（たんでん）を意識する」

ブライトン先生の言葉は難しい。手で当てた所に力を入れて、息を吸って、吐いて、吸って……

「あ……」

「なんとなく感じましたか？　ちょっとお手伝いしますね」

そういうと先生はおへその下に当てている僕の手の上に手を乗せた。

「あ、あったかい」

お腹の下の辺りがなんだかほんわか温かくなっている。

「そうそう。これが魔力」

「まりょく……」

「お腹の中に温かい塊があるのが分かりますね？　それを動かしますよ」

「え？　はわわっ！」

触っている所に確かに何かがあって、ゆっくりとグルグル回っている。

「これを意識して身体に巡らせるんです」

「めぐらせる？」

「難しいですか？　ええっと、やってみた方が分かりやすいのかな」

ブライトン先生はそう言ってゆっくりと温かい塊を手の方に移動させた。

「無理をしたら駄目ですよ。ゆっくり、手を離して、横に伸ばして」

言われるままに、お腹に当てていた手を横に伸ばす。

「手を開いて。そう。手の平に意識を集中させます。塊が手の平の方に行きますね」

「……はい」

身体の中の温かい塊がゆっくりゆっくり手の平の方に移動しているのが分かる。そして……

「言ってみてください。〝ストーンバレット〟」

「すとーんばれっと」

温かい塊が手の平からすっと外に抜けて、僕の手の平から石が飛び出した。

「…………！」

「はい、初めてにしてはとてもよく出来ました。これが、魔法。魔力の操作です」

「…………せ、先生、すごいです」

「ふふふ、魔力を使ったのはエドワード様ですよ」

僕は手の平をまじまじと見てしまった。いつもと変わらない僕の手の平。

でも確かにここから石が飛び出してきた。父様が使ってはいけないよと言った魔法だ。

「すすすすごいです！」

「すごいのはエドワード様ですよ。お手伝いはしたけれど、エドワード様自身の魔力で魔法を発動したんです。これを覚えていけば色々な魔法が使えるようになります。そのためには丹田を意識する事。魔力を自分の思った通りに動かせるようにする事。それは練習あるのみです。でも練習は魔力を動かす事だけにしてくださいね。私がいない時に魔法を発動しないように。魔力が出すぎてしまったら困りますからね」

「分かりました」

「はい。良いお返事です。実は魔力を動かすだけでも、魔力を増やす事が可能になります。自在に操れるようになれば発動するまでの時間が短くなります。つまり、基本をどれだけ正確に出来るようになるかがとても大切な事なのです。急がず、正確に。魔法を使うのはその次です」

「分かりました。ここの温かいのをぐるぐるさせたり出来るようにがんばります」

僕がそう答えるとブライトン先生はにっこり笑って、頑張りましょうねと言った。そして最後にもう一つだけねって、小さな水の玉を出す魔法を教えてくれた。

僕の手の平の上に浮いたまん丸の水の玉は、うっとりするほど綺麗だった。

十一の月が終わり十二の月に入ると、もう冬祭りが目の前。

今年はお友達を呼ばずに、兄様と僕だけが父様と一緒に冬祭りに行く事になった。

「今年は一緒に神殿での儀式なども見てみなさい」

父様の言葉に兄様と僕は「はい」と返事をした。

去年も楽しかったけれど、今年は去年とは違う事が見られそうでドキドキする。

「今年はずっと父様とご一緒なのですか？」

「いや。子供が参加出来ない神事もあるからね。でも最初の神殿への挨拶と、雪像への供物を捧げる儀式は一緒に行おう。それから、開催宣言の時は舞台下の席を用意しよう。そうすれば宣言までの間にどんな動きや、やり取りがあるのか見られる。観劇は今年も一緒にしよう。その前にある観劇の打ち合わせにも立ち会いを認めよう。どんな状況で祭りが動いているのか見る事も大事だからね。あとは昨年と同じように屋台や出店を楽しみなさい。時間が取れたら一緒に回ろう」

「はい！」

僕は元気に返事をした。

そして、お祭りの前日。父様は約束通り、昨年は知らなかった神殿での神官様とのご挨拶や、雪像と神殿の像とを繋ぐ儀式を見せてくださった。

それぞれの神様への供物をお供えするのも一つ一つやり方が決まっていて、全部覚えている父様はすごいなぁと思った。お祭りの準備って本当に大変なんだね。でもこうしてみんなが待っているお祭りが出来上がっていくのは本当にワクワクするな。

「明日が楽しみですね」

「そうだね」

「父様も皆様も一生懸命準備をしたのですから、素敵な冬祭りになってほしいです」

僕がそう言うと父様も兄様もニコニコした。

「そういえば、エディ、今年は新しい屋台が出るみたいだよ」

「新しい屋台ですか⁉　どんなのでしょう？」

兄様の言葉に僕は思わず大きな声を出してしまった。

「氷の魔法でお魚が運べるようになって、お魚を使った料理が流行っているんだって。フィンレーに海はないけれど、港のある領と繋がりを持った事で行き来出来るようになったから楽しみだね」

「ふぉぉぉ！　お魚ですか。食べた事ないです！」

「お魚だけじゃないぞ、クラーケンという魔物も獲れたそうだ。美味しいらしいよ」

「ととと父様！　まも、魔物を食べるんですか？」

父様の言葉に僕は顔を引きつらせてしまった。だって、魔物だよ！　騎士様がやっつけたりしている魔物を食べちゃうの？　そんな僕を見て、父様は更に驚くべき事を口にした。

「エドワード、食べられる魔物もいるんだよ。オークとか」

「オーク！」

ええ⁉　あの、歩く怖い豚さんみたいなの？　食べるの？　本当に食べるの⁉

「きちんと処理をすると美味しいそうだ。冒険者たちが食べていたものが、広まってきたみたいだね」

「ぼ、ぼうけんしゃ、すごいです……」

「今回の屋台では色々な魔物の料理も出るそうだ」

「へぇ、それはちょっと面白そうですね」

「………」

僕は今度こそ黙り込んでしまった。屋台に魔物のお料理がある。絵本で見た、魔物……

「エディ、魔物のまま料理するんじゃないよ。ちゃんとお肉にしてお料理するんだよ」

兄様が苦笑しながら話しかけてきた。

「そ、そうなんですね。たの、楽しみです」

「うん。食べられそうなら食べてみようね。でも無理する事はないんだよ？」

「はい……」

目がショボショボしてしまった僕を見て、兄様は黙って背中をトントンしてくれた。


次の日、父様の宣言で冬祭りが始まった。

去年と同じように街中から歓声が上がってドキドキする。今日から三日間、グランディスの街は一年で一番賑やかになる。僕と兄様は去年と同じように父様と分かれて、マリーや護衛たちと一緒に雪像の神様にお祈りをしてから広場の屋台に向かった。

「去年食べた甘いガレットがもう一回食べたいです」

「ああ、あれは美味しかったたね。ジムが二枚も食べた」

「はい。それです」

思い出して笑ってしまった。去年みんなで来た初めての冬祭りはとっても楽しかったな。

「今回は二人しかいないから、マリーたちにも手伝ってもらわないといけないね？」

「ええ！　お行儀悪いって怒られますよ」

「大丈夫だよ。だってそうじゃないとエディはガレット一つしか食べられなくなっちゃうよ？　それじゃつまらないでしょう？」

「あああ、それは……」

「ふふ、さすがに護衛全員に手伝ってもらうのは無理だけど、少しくらいならきっと大目に見てくれるよ」

兄様の言葉にマリーが小さく笑った。

「えへへ……じゃあ、あとは何を食べようかなぁ」

僕と兄様は屋台がある広場に行って、ガレットとお魚のお料理と、それからクラーケンという魔物のお料理を食べた。美味しかった。

兄様はオークも食べてみる？　って聞いてくれたけど、僕は頭の中に絵本の怖い顔が浮かんできてどうしても食べられなかった。

そうして、観劇をしたり、役者さんとお話をしたり、出店でお土産(みやげ)を買ったり、去年と違う事や同じ事をしながら三日間が過ぎて、あっという間に最後の日の夜が来た。

魔道具の光に照らされた雪像。去年のように雪は降らなくて、空には星が光って見えた。

「ほら、エディ、もうすぐ花火が上がるよ」

兄様の小さな声が聞こえてきて、壇上で父様がお祭りの閉会を宣言すると、去年と同じように暗くなった広場に光が集まって……夜空で弾けた。

「わあぁ！　アル兄様！　今年の花火も綺麗ですよ！　ほら！　お空に咲いたお花がお星様になって落ちてきます！　綺麗！　き……うわぁぁっ！」

突然兄様が僕の身体を抱き上げた。びっくりして兄様を見ると楽しそうに笑っている。

「ふふふ、肩車は出来ないけど、こうしたらほんの少しだけど空に近くなるよ？」

「……ほんとだ。きれいです」

嬉しくて、僕は兄様の肩に片手を置いて、もう片方の手を空に向かって伸ばした。

本当に星に手が届きそうに思える。

「ふわぁ！　キラキラしています」

「うん。綺麗だね。去年出来なかったから、今年はどうしてもやりたかったんだ」

「兄様？」

「ほら、エディ。最後の花火が星になったよ」

暗い夜の中に大きく咲いて散った花。そして花は星になり、空から街に降ってくる。

その光景は去年と同じで、けれど去年よりもアル兄様が抱っこをしてくれた分だけ空に近くて。

僕はなぜだか涙が出そうになった。

「……アル兄様、ありがとうございます」

「うん。綺麗だったね」

僕の、二度目の冬祭りが終わった。

十二の月がもう少しで終わる頃、僕は白く染まったお庭を部屋の中から見ながらぼんやりとしていた。冬祭りが終わって、皆にお土産（みやげ）を渡して、それからシェフがお魚の料理が作れるようになったって作ってくれたり、王都で流行（はや）っているクリームブリュレっていう、すごくトロトロでひんやりしているお菓子を出してくれたりしているうちに、もう少しで新しい年が来てしまう。

「早いなぁ……」

三月にお披露目（ひろめ）会をして四月に初めてのお茶会をして、それから兄様のお誕生日があって、母様が神殿に行ったり、赤ちゃんが生まれたり、僕が六歳になったり、魔法鑑定をしたり……

「…………」

魔法の先生は決まったけど、剣の先生はまだ決まっていなかった。

兄様と同じ先生じゃダメなのかなってちょっと思う。でも嫡子が教わる先生と、弟が教わる先生は違う事が多いらしい。なんだか難しいよね。

僕は兄様みたいにはなれないし、剣で戦うのはやっぱり怖い気持ちがある。本当は今でも誰かと戦うのは嫌だと思うけど、そんな事を言っていたら本当に大事なものを守れなくなっちゃうっていうのは分かったから、ちゃんと稽古(けいこ)はするよ。

あ、そうだ、お誕生日に父様からいただいた短剣も使えるようにならなきゃね。そんな事を考えていると、コンコンコンとドアがノックされた。

「はい」

「失礼いたします。エドワード様、侯爵様がお呼びです」

「父様が？　なんだろう？」

朝は何もおっしゃっていなかったのに、急に呼び出すなんて何かあったのかな。

ドキドキする気持ちで僕はマリーに言われた通りに父様の書斎に向かった。

「父様、エドワードです」

「入りなさい」

「失礼いたします」

僕はぺこりと頭を下げて父様の書斎の中に入った。そして。

「…………」

固まってしまった。なんだか前にもこんな事があったような気がする。

「エドワード、急に呼び出してすまなかったね」

「いえ。あ、あの、スタンリー侯爵様、お久しぶりでございます。お披露目会ではお祝いの言葉をありがとうございました」

僕は慌てて挨拶をした。

「覚えていてくださったのですね、エドワード君。ジェイムズとも親しくしてくれてありがとう」

「こちらこそ、ジェイムズ様には、誕生日にプレゼントをいただきまして、とても嬉しかったです」

「ああ、お礼の手紙をもらったと言っていたよ。丁寧にありがとう。さて、改めて紹介をお願いしようかな。フィンレー卿」

「ああ。エドワード。改めて紹介するよ、マクスウェード・カーネル・スタンリー侯爵。王国の近衛騎士団の団長をされている。私がエドワードの剣の先生を探していると聞いて、ぜひ紹介したい方がいるとおっしゃったんだよ」

「ぼ、私の剣の先生をですか？」

え？　王国の近衛騎士団長様が、わざわざ僕の剣の先生のご紹介を？　ええ？

「ああ、エドワード君の魔法の先生をレイモンド卿が紹介されたと聞いてね。しかも一般学の家庭教師はメイソン子爵家次期当主、それで剣の先生を探しているというのに、うちに声をかけないなんて水臭いじゃないかと言ったんだよ。なにしろ君のお父上とレイモンド卿とメイソン子爵家次期当主、そして私は学生時代からの親友なんだ」

「マックス、もうその辺で……」

父様、なんだかジェイムズ君のお父様は怒っているように思います。お顔が、お顔が笑っているのに目が笑っていません。

「あの、あの……」

どうしたらいいですか？　ありがとうございますって言っちゃってもいいのでしょうか？　それともまだ言わない方がいいですか？

僕の視線に気付いたのか、父様が口を開いた。

「エドワード、そういうわけでね、スタンリー卿が剣の先生をご紹介してくださる事になったんだよ」

「ありがとうございます」

「ああ、急で申し訳なかったけど、お互いに会ってみた方がいいと思ってね。ヒューイット」

「はい」

壁際に控えていた男の人が一歩前に出た。プラチナブロンドで長身の男の人は、僕と父様に向かって一礼をした。

「ご挨拶をさせていただきます。ルーカス・ヒューイットと申します。子爵家の三男ですが、家を出て今はスタンリー侯爵家の第二騎士団に所属しています」

「エドワード、挨拶を」

「はい。父上。ご挨拶ありがとうございます。デイヴィット・グランデス・フィンレーが次男、エドワード・フィンレーです。よろしくお願いいたします」

「エドワード様、ご挨拶ありがとうございます。よろしくお願いいたします」

「とりあえず、しばらく稽古をしてみるという事でよろしいかな」

スタンリー侯爵様の言葉に父様がゆっくりと頷いた。

それを見て僕はヒューイット先生に改めて視線を向ける。プラチナブロンドって言うんだよね？　金色と銀色の中間みたいな色の髪は肩よりも長くて紐ですっきりとまとめられている。瞳は父様とも兄様とも違う、少し紫がかったようなサルビアブルーで、ほんの少しだけ冷たい印象を与えた。

「ヒューイット先生とお呼びしてもよろしいでしょうか？」

僕がそう言うと「よろしければ、ルーカスとお呼びください。普段あまり家名で呼ばれる事がないので」と答えが返ってきた。

「分かりました。ではルーカス先生、よろしくお願いいたします」

こうして急に決まった剣の先生だったけど、ルーカス先生はそのままフィンレーに残る事になった。スタンリーの騎士団の人なのにフィンレーに来ていてもいいのかなって思って聞いたら、護衛として僕についていてくれるんだって。今まで僕の一番近くにいてくれたのはマリーだったから護衛がつくって言われてビックリしてしまった。マリーはどうなるのかなって心配しちゃったけれど今まで通りに僕の専属のメイドだから変わらないって事だったよ。良かった。

でもどうして屋敷の中なのに護衛がいるのかなと思ったら、皆護衛がついているんだよって父様に言われた。そうなんだ。六歳になって魔法鑑定をすると専属メイドだけじゃなくて護衛の人がそばにいるようになるんだね。

そういうわけで、僕のそばにはマリーの他にルーカス先生がいるようになった。

そしてテオやマリーみたいにルーカスって呼び捨てにするようにって言われた。先生なのにいいのかなってちょっと思ったけれど、護衛に先生ってつける方が不思議だよって言われてしまった。うん。確かにそうかもしれないね。

剣のお稽古は先生が決まらなくて遅れていたから、一の月に入るとすぐにルーカスの剣の稽古が始まった。

「よろしくお願いします」

「はい。よろしくお願いします、エドワード様。では今日はエドワード様がどれくらい体力があるのかを調べたいと思います」

「体力……ですか？　剣のお稽古ではないのでしょうか？」

「勿論、剣の稽古はします。けれどまずは体力です。剣を振るには体幹というものがとても重要になってきます。剣を真っ直ぐに振り下ろすためには身体の軸がぶれていてはいけません。身体の軸がぶれると剣筋もぶれてしまうからです」

僕にはルーカスの言葉が全然分からなかった。

「ええっと……ええっと、まっすぐにしているつもりでも曲がっているという事でしょうか？　僕はまっすぐに立っているつもりでも、曲がっているのですか？」

僕の質問にルーカスは小さく笑って「私の言い方が悪かったです」と言った。

「剣を振るという事は、見た目よりとても力を使うものなのです。勿論エドワード様の身体に合った剣を使いますが、それでも普段持ちなれないものを、ただ振り回しているだけでは正しい剣の稽古にはなりません。ただ疲れてしまうだけです。なので、剣の稽古が出来る身体を作る事から始めていきたいと思います。魔法の稽古でも、初めから魔法をバンバンうつのではなく、魔力を感じたり、動かしたりする事を覚えていきますね？　それと同じく身体の軸、つまり、首から上と胴体部分の体幹という所を強化していきます。そうすれば正しい姿勢を楽に保って、安定して運動が出来るようになるのです」

「えっと、胴体の部分を体幹という所まではわかりました。でもなんで、軸を強くする事が安定になるのか分かりません」

「はい。分からない所がよく分かりました」

僕がそう言うと、ルーカスは頷いて、手を自分の首と足の付け根の所に当てた。

「首から下の、手と足を除いた所というのが身体の中心です。それは分かりますか？」

「分かります」

「この身体の中心が弱かったら身体を支える力が弱いという事になります。つまりちょっとぶつかっただけで、よろけたり転んだりしてしまいます」

なるほど。そうなんだ。転んじゃうのは足が弱いからじゃないのか。

「でも中心が強くなれば、筋肉のバランスが良くなり、身体全体の安定性が高くなってきます」

「ええ？　ええと」

「やってみましょう」

ルーカスは言葉での説明を諦めたようで、にっこりと笑ってそう言った。

それから僕は練習場の中で走ったり、飛び上がったり、手だけついて寝転んでみたり、くるくる回ってみたりして、すごくすごく疲れた。途中でマリーが水を持ってきてくれた。

「エドワード様。とりあえず、エドワード様が持てる練習用の剣を探しますが、剣の前に、やはりもう少し体力をつけましょう」

「わ……分かりました。どう、どうしたらいいですか？」

息が上がったまま僕はそう聞いた。

だって、今までこんなに沢山動いた事なんてないんだもの。走ったりすると危ないよって言われてたんだもん。もっと小さい時は階段だって抱っこの方が多かったんだもん！

「少しずつでいいのです。まずは、一緒に毎日お散歩をしましょう。外に出られない時は練習場で私と、そうですね、メイドのマリーの三人で追いかけっこをいたしましょう」

「え？　剣のお稽古で身体を強くするのに、お散歩や追いかけっこでいいのですか？」

びっくりした僕にルーカスはサルビアブルーの目を細めて笑った。

「大丈夫です。でもこれだけは毎日五回頑張ってください」

それはうつぶせになって肘を床につけて、つま先を立てて、腰を浮かせるという姿勢で十数えるというものだった。簡単に見えて結構色々な所がプルプルする。ほんのちょっぴりだけど、涙目になってしまったのは内緒だよ。

「が、頑張ります！」

「これをしていると、剣を振るのが少し楽になります」

「はい」

そうなんだ。頑張ろう。体力。うん。確かに僕は体力が足りていなかった。よく分かった。

「出来る事を繰り返していくのが鍛錬です。そうしていきながら、出来る事を増やしていくのです。剣を振るばかりが剣の稽古ではありません。身体が出来ていないうちに振る事だけを繰り返せば肩を壊します。でもせっかくですから、もう少ししたら、軽めの木の剣から握ってみましょうね」

木の剣か。怖いけど、なんだかちょっとだけワクワクする。

「はい。あの、あの、やっぱり剣のお稽古の時だけはルーカス先生って呼んでもいいですか？」

「……分かりました。では剣の稽古の時だけ先生でお願いします」

「ありがとうございます。ルーカス先生」

そう言ってぺこりと頭を下げた僕に、ルーカスは静かに笑って「お疲れ様でした」とお辞儀をした。プラチナブロンドの髪がさらりと揺れて、かっこいいなと思った。

剣を持たない剣のお稽古をした次の日から、僕とルーカスとマリーは毎日練習場で追いかけっこをしている。最初はすぐに疲れて、あっという間に捕まっちゃったけど、この頃はちょっとだけゆっくり逃げてくれるマリーを捕まえられるようになったよ。

他にも細い木の橋みたいなものの上を歩いてみたり、はしごみたいなものを登ってみたり、ごわごわした布の中を潜って通ってみたり、ルーカスは面白い事を考える天才だなって思った。

そうして気が付けば二の月に入っていた。外は相変わらず真っ白だ。今年は雪が多いって父様が言っていた。でも三の月になる頃には少しずつ、お花が咲いたり、木々が芽吹いたりするから、そうしたらお外のお散歩も出来るようになるかな。そしてその頃にはもうちょっと長く追いかけっこが出来て、用意をしてもらった剣もふらふらしないで振る事が出来るかなって思っているんだ。

剣の稽古だけでなく、週に一度の魔法の勉強も続いている。最近は魔力を自分で動かせるようになってきたんだよ。

ブライトン先生に手伝ってもらわなくても身体の中に温かいものがいるのが分かって、身体の中をぐるぐる巡らせたり、集めてみたり出来るんだ。それにね、ちょっとずつ魔法も教えてもらった。

魔法の練習場は屋内だけど、下が土になっているから、外が雪でも練習出来るんだ。

今試した事があるのは土魔法の「ストーンバレット」「アースウォール」「トラップストーン」。

「ストーンバレット」は手から石が出るの。

もっと強くなると、石が大きくなったり、沢山になったりするんだって。小さい獣とかならこれでやっつけられるって言っていたけど、怖いな。

「アースウォール」は土の壁を作るの。

僕はまだ膝くらいの高さしか出来ないから全然役には立たないけど、強くなると大きな壁が出来て、敵が入ってくるのを邪魔出来るんだって。

「トラップストーン」っていうのは、罠なの。

石が生えてきたり、落とし穴みたいなのが出来たりして、転んだり足が埋まったりしちゃうんだ。

でも誰かが怪我をすると困るよね。そう心配していたらブライトン先生はすごく変な顔をして「でも罠ですから」って言った。それで僕が「え？・」ってなったら、ブライトン先生も「え？・」ってなった。それを見ていたマリーが笑っていた。

もう少し大きな魔力を使えるようになったら畑を魔法で耕したり、でこぼこの道をすごく綺麗な道にしたりする事も出来るんだって。僕はそういう魔法の方がいいなって思うけど、戦えるような魔法も覚えないと駄目だよね。

水魔法は「ウォーターボール」っていう水の玉を作る魔法と、「ウォーターアロー」っていう水の矢みたいなものが出る魔法を教わったよ。僕がやりたい水まきには「ウォーターレイン」っていう魔法が使えるんじゃないかなって言われた。

まだまだ練習しないと駄目だけど、魔力を自分が思ったように出す事が大切ですって言われている。だから毎日、魔力を巡らせる練習をして、先生と一緒の時に魔力を出す練習をする。

「うん。魔力を巡らせるのと出すのはだいぶ上手になりましたね。エドワード様の場合、当てたら怖いという気持ちがあるようですから、次からは当てる事を楽しむようにしましょう。当たって嬉しいって」

「当たってうれしい？」

「そうです。的当てです。次は的当てをしてエドワード様が勝ったら、そうだな～、何かいいものを差し上げましょう」

「いいものってなんですか？」

「それは秘密です」

　ブライトン先生はそう言ってニヤリと笑った。

「こここわいものですか？」

「ええ？　いいものって言ったじゃないですか」

「だって先生が怖く笑うから」

「ええ!?　そこはカッコよく笑ったって言ってくださいよ。よし、鏡を見て練習しよう」

「笑う練習ですか？」

「そうです。エドワード様は魔法を当てる練習で、私はカッコよく笑う練習」

「ふふふ……先生、面白いです」

　僕が笑うとブライトン先生は嬉しそうに言葉を続けた。

「そうですか？　魔法も面白いですよ。色々な事が出来ます。絵本の騎士様のようにお姫様を守る事も出来ますし、怖い魔物を倒す事も出来ます。勿論水まきでマークさんのお手伝いも出来ます。だから怖がらないでなんでもやってみましょう」

　ブライトン先生はそう言って魔法でお水を出すと、天井に向かって飛ばした。すると飛ばしたお水がパーッと光って鳥の形になって飛び回る。

「うわぁぁぁぁ！　水の鳥さんだ！」

「風魔法と水魔法で生きているみたいに動くよ」

「すすすごいです！　ふわわゎ！　ぼ、僕も飛んだ！」

「エドワード様ぐらいの軽さだと風魔法を纏わせると飛べるんだよね。ほら、鳥さんと遊んでおいで」

「わぁぁぁ！　あははは！　速い～！　ほんとに飛んでる、僕飛んでるよ、マリー！」

空中でマリーに手を振って、水で出来ている鳥と一緒に飛んだ。すごい、魔法ってすごい！

そしてゆっくりと地面に降ろしてもらうと、水の鳥はパーッと光って、霧みたいな細かい水の煙になって消えてしまった。

「楽しかった？」

「楽しかったです！　ありがとうございました、ブライトン先生！」

「はい。魔法は楽しいです。また来週頑張りましょう」

ブライトン先生は、今度はすごく、すごく、優しい顔をして笑った。

僕の生活はなんだかちょっと忙しくなってきている。

毎日ルーカスとお散歩や追いかけっこや鍛錬をして、魔力を身体の中に巡らせる練習をする。

それから、週に一度ハワード先生とお勉強、ブライトン先生と魔法のお勉強、テオと礼儀作法やフィンレーについてのお勉強。

本当は剣の稽古は週に一度なんだけど、今は毎日ちょっとずつ体力をつけるのがいいんだって。もう少ししたら木の剣を使った稽古が週に一回入るようになるみたい。

「えっと、今は光の日はなし、火の日はハワード先生、水の日がテオ、風の日はなし、土の日がブライトン先生、月の日がなしだけど、剣がどこかに入るようになるんだよね」

　こう考えると結構忙しい。でも、週に一度のお稽古や勉強も一日中ずっとやっているわけじゃなくて、朝ご飯の後に食休みをして午前中だけとか、お昼の後からお茶の時間までとかそんな感じなんだよね。だけど、兄様も同じようにお勉強やお稽古があるし、僕より沢山だから、食事の時しか会えない日もあったりしてちょっとだけ淋しい。

「そういえば、六歳になっても絵本を時々は読んでくれるって言っていたけど、あんまり出来ていないなぁ。赤ちゃんを見に行ったりしているしね」

　双子と遊ぶのも楽しいけど、やっぱりアル兄様とお話しするのは嬉しいし、楽しい。

「そうだ、書庫で今度読んでほしいなって思う絵本を選んでみようかな」

　口に出すとそれはとても素敵な事に思えてきた。

「マリー、ルーカス、僕書庫に行きます」

　声をかけて僕は一階の父様の書斎よりも奥にある書庫に向かって歩き出した。後ろからルーカスとマリーがついてくる。

　何にしようかな。魔法が出てくる絵本がいいかな。色々な所を冒険する絵本もいいな。でも、以前に冒険の本だと思ったらデュラハンとかいう首なしのアンデッドが出てきて、ものすごく怖くて泣きそうになった。だから今度はちゃんと確認しなきゃいけないな。

「あれ、妖精とか書いてあったけど、あんなに怖い妖精なんて嫌だなぁ。もっと可愛い妖精がいいな。だけど妖精なんて本当にいるのかな？　精霊はいるんだからいるのかな。ん？　精霊と妖精ってどこが違うのかな」

そんな事を考えながら歩いていくと、よく知っている人が書庫の方から歩いてくるのが見えた。

「ハワード先生！」

「エドワード様。こんにちは」

「こんにちは。えっと、今日は火の日ではないですよね？」

「はい。今日は風の日ですね」

「父様とお話ですか？」

「いいえ、今日は調べたいものがあって、こちらの書庫にお邪魔をしていたのです。フィンレーの書庫には珍しい本が沢山あるので楽しいです」

ハワード先生はそう言って眼鏡を少し上げるように触った。

「おや、そちらにいるのは？」

「あ、剣の先生で、稽古（けいこ）がない時は護衛をしてもらっているのです」

「ルーカス・ヒューイットと申します。エドワード様の剣の指導と護衛をしております」

「……スタンリーの……」

あれ？　なんだか先生の目がちょっと怖い？　でもルーカスは普通に「はい」って返事をしている。僕が怖い？　って感じたのは一瞬で、ハワード先生はすぐに笑顔になった。

「ハワード・クレシス・メイソンです。私はエドワード様の家庭教師をさせていただいております。よろしくお願いします」

「ご挨拶ありがとうございました。よろしくお願いいたします」

「大事な教え子ですので、護衛よろしくお願いしますね。ではエドワード様、また火の日にお会いしましょう。ああ、それから、先程考えている事がお口から出ていらっしゃいましたので、少しずつ頭の中で考えたり、考えがまとまらない時はメモをしたりと気をつけないといけませんよ」

え⁉　僕、喋っていた？　向こうの方から来ていた先生に聞こえるくらい？　ええ！

「……はい。ハワード先生」

「エドワード様が色々と考えられるのは素晴らしい事です。思いついて、考えて、調べる事で知識が増えていきますからね。これからもぜひ、柔らかい頭でいていただきたいです。そしてこれからは何を考えているのか相手に分からせないという技も身につけていきましょう。それが貴族の嗜みです」

ハワード先生はにっこりと笑ってそう言った。

「たしなみですか？」

「そうです。魔法や剣ではない、技ですよ」

「分かりました。頑張ります」

「はい。良いご本が見つかるといいですね」

「っ！　あの！　どうして僕が書庫で本を探す事が分かったのですか？」

「ふふふ、簡単ですよ。この先には書庫があって、エドワード様が嬉しそうになさっていて、妖精の事を考えたりしている。ね？　ちゃんと分かってしまうんですよ」

「……そ、それも、たしなみですか?」

そう聞くとハワード先生はすごく楽しそうに笑って「はい」と頷いた。

「では、書庫に行くエドワード様に素敵な事を一つお教えしましょう。書庫にはエドワード様にとって、とても良い事があります。では、失礼します」

ハワード先生はそう言って忙しそうに行ってしまった。お勉強がない日でも調べもののためにフィンレーに来るなんてハワード先生はすごいなぁ。そして、とてもお忙しいんだなぁ。

「は! そうだ、良い事ってなんだろう」

あ、これも言ったら駄目なのか。ううん。難しい。僕は口をしっかり閉じたまま急ぎ足で書庫に行って、ドアを開けた。

(良い事って、なにかな。妖精の絵本があるって事かな?)

「えっと……妖精は怖いかもしれないから……でも可愛い妖精なら、あ、また言っちゃった」

「エディ?」

書庫の奥からアル兄様が顔を出した。

「あっ! お久しぶりです! アル兄様」

僕は嬉しくなって兄様に駆け寄ってしまった。もしかしてハワード先生が言っていた良い事っていうのは兄様がいるって事だったのかな。ハワード先生ってほんとにすごい。だって、兄様とお約束もしていないのに会えるなんて、本当に良い事だもの!

「え? お久しぶり? 朝食の時に会ったよね?」

「あ、そうでした。えっと、アル兄様、どうしたのですか？　何か探しものですか？」

「ああ、ちょっとお勉強の先生から課題が出てね。エディはどうしたの？　妖精って言っていたけど、何か探し物？」

にっこりと笑う兄様に僕はえへへと笑い返して「絵本を探しにきました」と答えた。

「絵本？　妖精の？」

「えっと、妖精じゃなくてもいいんです。でも妖精なら可愛い妖精がいいなって。あの、デュ……デュラハンが怖かったから……」

「ああ、そうだね。あれはちょっと怖かったよね？　頭がないのに動いたらやっぱり怖いよね」

僕の言葉を聞いた兄様はうんうんと頷きながらそう言った。

「兄様は怖くなかったのですか？」

「うん。そうだね。頭がないのになんで兜を持っているのかなとは思ったよ、邪魔でしょ？」

「じゃま……」

「ほら、持っている兜から目が覗くとかいうならちょっとびっくりするけど」

「こわ、怖いです！　びっくりじゃなくて怖い！」

ちょっとじゃないよ。お手手で持ってる兜からお目目が見えたら怖いよね！

「ああ、ごめんね。大丈夫だよ、エディ。デュラハンはスケルトンでなんにも見えないから。目も覗かないよ。大丈夫」

「やっぱり妖精はやめます。途中で怖くなったら困ります」

「そうだね。じゃあ、今度読むのは魔法使いの話にしようか。雪の魔法使いのお話は読んだ事があるから、今度は森に住む魔女……うん、やめておこう」

「兄様？」

兄様は難しい顔をして考え込んでしまった。どうしたんだろう。聞かないと色々と想像しちゃって怖いけど、聞いても怖い気がするのは何故なんだろう。

「ああ、そうだ。風の神様と太陽の神様がどっちが強いかって比べっこをした話はどう？」

「わぁ、楽しそうです」

「じゃあ、今日は夕ご飯の後に、久しぶりに、一緒に絵本を読もう」

「はい！　ありがとうございます」

「可愛い妖精の絵本も探しておくね」

兄様はそう言ってにっこりと笑った。

「僕も、探します。見つかったら読んでくださいね？　あの、僕は、ほんとは字が読めるようになったけど、でも兄様が絵本を読んでくださるのが大好きなんです。一番、大好き」

テレッとしながらそう言うと、兄様はなぜか片手で顔を隠してしまった。

「アル兄様？」

どうしたの？　読めるなら自分で読んだ方がいいって思われたのかな？　そうだったらどうしよう。

「ああ、えっと、うん。ありがとう、エディ。なんだかお手紙以来の衝撃が……」

「お手紙？」

お手紙がどうしたんだろう？

「ううん。なんでもないよ。僕もエディと絵本を読むのは大好きだよ。エディがそう言ってくれてすごく嬉しい。だから悲しそうな顔はしないで？」

「え？　僕、悲しそうでしたか？」

「うん。読めるなら自分で読みなさいって言われたみたいな顔をしたよ」

わわわ！　僕、何も言わなかったのに分かるなんて、兄様ってすごい！

「も、もしかして、これが……たしなみ」

「たしなみ？」

不思議そうな顔をして兄様が聞き返した。それに大きく頷いて僕は口を開く。

「貴族のたしなみです。ハワード先生が言っていました。僕も頑張ります！」

ふんす！　とした僕に、兄様は少し困ったような、笑いをこらえているような、そんな不思議な顔をして、頑張ってと言わんばかりに僕の頭をポンポンとした。

別棟の一室は遮音の魔法がかけられていた。もう何回目になるだろうか。昨年の魔法鑑定の日から友人たちは定期的にフィンレーを訪れて、エドワードのための報告会を開いている。

「とりあえず現状報告だね。書簡のやりとりも、やはり回数が多くなると煩雑になるしね」

ハワードが口火を切った。年が明けて子爵が体調を理由に爵位を譲ると言ったため、様々な手続きを終え、二の月になって無事、彼はメイソン子爵家の当主となっている。

「ああ、忙しい中すまない」

デイヴィットが小さく頭を下げる。

「いや、すり合わせは重要だよ。まずは馬鹿と面倒そうな所からかな」

「馬鹿と面倒か、相変わらずだな、ハワード」

うんざりしたような顔でマクスウェードが言う。

「王室関連は出来るだけ排除したかったのに、誰かさんが拗ねて横槍を入れるからだろう。大体近衛騎士団なんて王室に一番近い所にいるようなものじゃないか。もう少し色々察して大人の対応をしてほしかったよね」

「そう思うなら最初にせめて書簡くらい寄越せ」

「まぁまぁ、それで王族の関係はこちらの動きに気付いていそうなのかい？」

二人のやりとりに、ケネスが見かねたように間に入った。

「今のところ表立ってはないかな。ああ、でも第二王子の十二歳の誕生会の招待状がダニエルへ届いたね」

「うちにも来ているな。マーティンにね」

「アルフレッドにも来ている。側近候補の選定だろう？」

「これはまぁ、仕方のない事だね。確かケネスの長子のアシュトンは、第一王子の側近から降りたんだよな？」

「ああ、まだ私が爵位を譲ってもらってはいなかったし、魔導騎士団の事でバタバタしていたしね。それに側近としては、うちのアッシュは少しか弱い子だったからね」

「そう仕向けたんだろう？　アシュトンのどこがか弱いんだ？」

「マックス、人には向き不向きがある。アッシュは殿下の言動に心が折れそうになったんだよ」

「反対だろう？　アシュトンの辛辣な言動に殿下の心が折れそうになったんだよ」

「まぁ、とにかく、王家は今のところ気付いているのかいないのかはっきりしない。様子見だな。面倒なのは公爵家のいくつかに動きがある事だ。特にエドワード君と同じ年頃の子がいるオルドリッジ公は要注意だね」

　このまま口論になりそうな様子の二人にハワードが口を挟み、デイヴィットが頷きながらうんざりするような声を出した。

「ああ、茶会の招待も来ているな。王都まで行かせるつもりがないと断っているが……」

「さすがにスキルや加護の事までは伝わっていないだろうけれど、あっちも調べる手は色々持っている筈だからね。公爵家としてフィンレーとは繋がっておきたいのだろう」

　ケネスの言葉にデイヴィットは顔を顰めた。

「絶対に茶会には出さない！」

　ケネスが人の悪い笑みを浮かべて口を開いた。

「そういえば去年招かれた茶会の後に、エドワード君に婚約の打診をしてきた馬鹿がいたらしいね。子息の一目惚れだったとか。それをすぐに叶えようとする親馬鹿もどうかとは思うけれど、ついてくるのがフィンレーとの繋がりで、本人が『ペリドットアイ』なら一刻も早くと焦ったのかもしれないね」

「主催の侯爵が慌てて謝りを入れてきたとか。招待者は十分に考慮した筈だったのに申し訳ないと」

ケネスの話をハワードが補う。

「まぁ、嫡男でなければ、割合多い話ではあるけどね。ルフェリットは同性婚が認められているわけだしな。それを考えると公爵家の茶会は要注意だな」

マクスウェードがニヤリと笑った。

「……エドワードはまだ六歳だ」

デイヴィットのこめかみにくっきりと浮かび上がった血管がおかしくて、ついつい話を繋げてしまうのは仕方のない事だろう。

「おいおい、デイブ。そんなのはなんの言い訳にもならないっていうのはお前だって分かっているだろう？　まぁ祖父たちの代から比べたら随分遅くはなってきたがね。学園を卒業後に相手を決めて婚約っていうのも増えてきているしな。大体茶会の事だけでなく、お披露目会の後には随分と釣書が届いたと聞いたぞ？」

「六歳だからなんて考えていると、あっという間かもしれないねぇ」

マクスウェードとハワードの言葉に、デイヴィットは苦虫を噛み潰したような顔をして「先の話より今の話をしたいね」と言った。

「あはは、そうだね。まぁその手の事は今後増えてはくるだろうけれど、茶会のメンバーは既に固定でしょう？　全員が同学年でサポート出来る体制。あれ？　ミッチェル君は一つ下だよね？」

「ああ、それは心配ない。飛び級の試験を受けさせるつもりだ。この下の人材が今のところめぼしい子がいない」

さらりとそう言うケネスに、他の三人は小さく肩を竦めるだけに留めた。

「さて、デイブをからかうのはそのくらいにして、あとは面倒なのが、ハーヴィンだね。当主が亡くなり跡目争いで紛糾している」

ハワードの話をデイヴィットが引き継いだ。

「レオナルドと死別した令嬢は駆け落ちから戻ってきて、昨年その男と結婚したそうだが、はっきり言ってどちらもろくでもない。跡目を争って元当主の弟が名乗りを上げていて、こっちも厚顔無恥。法的に完全にこっちに分があるのに、連れ去られた甥っ子を取り戻すとか言い回っているらしい。屋敷内に潜入しようとしたのも何人かいるね。これは外からの侵入があった場合に作動する結界をかけてもらっているから大事には至っていない。ちなみにエドワードには何も伝えていない」

「どのみちハーヴィンは長くはもたないな。すでに東側の土地が荒れて魔物の被害が出始めている。自領の騎士団もまともにないみたいだから、それぞれの村や町では対処しきれないだろう。上が揉めている間に領内の統率が取れなくなって自滅だ。もう少し様子を見て、何人か間に挟みながら国に介入させる。そうすれば領地没収は免れないだろうね」

ハワードが事も無げにそう言うと、ケネスは出されていた紅茶を一口飲んでから口を開いた。

「自業自得だ。そうなると逃げ出してくる領民の受け入れが問題か。ハワードの領が幾分近いか？　まぁ逃げ出してきた領民が大量になだれ込んでくるような事はないだろう」

「ええ」

「ハーヴィンの隣領のロマースクとは既に交流が始まっている。エドワードの茶会にも子息を招く」

「さすがやる事が早い。あそこは良い港がある。他国との交易もね」

にっこりと笑うハワードに、デイヴィットはどこか父と対峙しているような気持ちになった。

「間者は？　入れてくるような所はどれくらいあるんだい？」

マクスウェードが尋ねた。

「使用人には十分注意を払っていたんだが、改めて調べて三名解雇した。その後病死したよ」

あっさりとそう言うデイヴィットに、友人たちも何事もないように頷き返した。

「二名の派遣元はうちの対抗勢力って感じかな。もう一名がオルドリッジではない公爵家」

「ねぇ、ちなみにその公爵家は、ハーヴィン元伯爵夫人の実家と繋がりはないかな？」

ハワードが口を開いた。

「……あるね」

デイヴィットが答えると「ああ、やっぱり。うん。把握していたのと数が合った」とハワードが楽しそうに言った。

「よし、では次はエドワード君本人について少し共有しておこう。まずは私が担当をしている、知識の面については心配はしていないよ。幼いところはあるものの、見た目を裏切る頭の回転と想像力がある。知識を吸い込んでいく力も素晴らしいし、自分で考えて、調べようとする力もある。ただ自己評価がなぜか低い。とても低い。自信がないというよりは自信を持ってはいけないと思っているかのようにさえ振る舞う時がある。新しいものに対する好奇心はあるけれど、自制してしまうとかね。時々この子は何を恐れているのだろうと思う事があるよ」

ハワードの言葉を引き継ぐようにマクスウェードが口を開いた。

「ああ、それはルーカスからも報告がきている。体力が年齢に比べてとても弱く、まずは体力と体幹作りから入ったそうだが、よく頑張っていると。しかし剣に関してはあまり興味がないようで木製の模造剣を振ってみても、嬉しそうな様子もない。寧ろ誰かを傷つける事を恐れているように感じるとね。あのくらいの子供なんて剣を振り回して得意げにするとばかり思っていたが、彼の場合はそうではないらしい。怪我をさせたら怖い、誰かを傷つけるのは嫌だと言ったそうだ。でも大事な者を守るためには剣術も身につけないといけないと思っているらしいな」

「魔法の方も同様だね。ジョシュアからの報告も似た感じだ。とにかく自己評価が低い。魔力量は多いし、魔力を巡らせる事も早く覚えられたのだが、それを出す回路をわざと小さくしているような感じらしい。おそらく無意識だと思うとね。大きく使わせないようにする以前に、下手に自分自身で抑え込むと身体の中に魔力が溜まって暴走を起こしてしまう事もあるから、自分が付いている間は魔力を出させるようにするのと、魔法は楽しいと植え付けている最中だそうだ。私も幼い頃は魔力が多くて制御しなければならない状況だったけど、鑑定のあとは親や師の目を盗んでぶっ放して怒られていたね。まぁ多かれ少なかれその時期の子供など使えるようになった魔法を使ってみたいと思うものだけれど、エドワード君のやりたい魔法は役に立つ魔法で、やはり誰かを傷つけたりするのは嫌だと。一体あの子は何を恐れているのかね」

ケネスの最後の言葉に他の三人は黙り込んでしまった。そして。

「子供時代に無意識に魔力を使って誰かを傷つけてしまった経験があったのか？」

魔力量が多すぎるとそんな事態を起こす事もある。マクスウェードがデイヴィットに問いかけた。

「専属の侍女だった子爵家の女性に聞いたところ、そんな事はなかったそうだ。ただ、エドワードに対する虐待はあった。一番酷かったのは保護をする前に弟が行った暴力だったそうだが、物心がつく前から叩かれたり、食事を抜かれたり、育児放棄の状態は日常的だった。マリーという女性が専属の侍女になってからは出来る限り助けに入っていたらしいが、足りない部分はどうしてもあったと。それでも言葉が話せて、表情を出せるようになったのは彼女のお陰だよ」

「自分に行われていた事への恐怖心なのかなぁ。少し違う気もするけど。例えばそう言った場合多く見られるのは、大きな声を怖がったり、少しの動作で自分を庇うように身を竦めたりという、どちらかと言えば他人から傷つけられるのが怖いというようなものだよね」

ハワードの言葉にデイヴィットは辛そうな顔をした。

「双子が生まれた時に、あの子がおかしくなった事があってね。自分の色についてすごく意識していた。目も髪も誰も同じ人がいないと。そんな事を気にしていたなんて私は気付かなかった。あの子はいつも笑っていたから。一生懸命で、愛らしくて、皆に大好きだと繰り返していた。だから聞いた時は切なかったなぁ。しかも、いらなくなった子だったからと言われた時はどうしてそんな事を思わせていたのかと自分を呪いたくなった」

「いらなくなった子？　どういう事だ？」

訝しげな表情を浮かべたマクスウェードに、デイヴィットは苦い顔のまま言葉を続けた。

「どこかで漏れ聞いたんだろう。ハーヴィンの神殿での治療後は馬車でゆっくり移動出来るだけの体力をつけるために神殿のある街に滞在していたからね。父親に殴られ、母親に捨てられ、祖父母には切り捨てられたいらない子だと。出来る限り受け止めて、家族として過ごしてきたつもりだったけれど、周囲が考える以上に淋しかったんだろうね。しかも『ペリドットアイ』と言われた事だけが妙に残ってしまったようで、他にいないのは悪い色だからとも思っていたらしい。まあそれについてはきちんと話をして、ちゃんと家族だと思ってくれたと信じている」

部屋の中はシンと静まり返った。そしてその静寂をデイヴィット自身が破った。

「とりあえず、今は普通にしているので、その自信の無さがどこからきて、どう変わるのか見守りながら、スキルの事も、加護の事も考えていくよ。あとはちょっかいをかけてくる奴らを出来る限り払い落としていく感じかな」

「そうだね。それとちょうど加護の事が出たから中間報告だけど、やはりグランディス様自体がお伽話のようでしっかりした記録も残っていない。さすがに精霊の森に足を踏み入れるわけにはいかないしね。ただ家系図はあって、グランディス様は確かに存在した事になっている」

ハワードがそう言うとデイヴィットは大きく頷いた。

「グランディス様は存在した。それは確かな事だ。代々当主にのみ語り継がれている話と共に、フィンレーはグランディス様と精霊たちへの感謝の心を忘れてはいけない」

「うん。フィンレーには麦の二期作の件も含めて、お伽話や伝説だけでは済まされない事も多いからね。でも実際はお伽話や言い伝えのようなものになっている事は多いよ。そこから加護に関わりそうなものを調べてみると、一つはやはり浄化だね。痩せた土を麦が育つ畑に変えてくださった。魔素のある森を綺麗にして人が住める土地にしてくださった。そして浄化以外にも、麦の二期作が出来るようにしてくださった。森の泉から水を引いてくださった。干からびていた土地に雨を降らしてくださった。どこまでが本当なのか分からないけど。立証する術はないし、全て【緑の手】の力と言うには、やはり少し違うような気がするね」

　ハワードの言葉にケネスが口を開いた。

「ああ、確かに。【緑の手】は枯れた土地に命を与えるという事だからな。エドワード君も穢れた畑を浄化して芽吹かせたと聞いたが、もしかするとそれは【緑の手】だけの力ではないのかもしれない。まぁ、今ハワードが言ったのはどれも私も聞いた事があるフィンレーのお伽話だけどね」

「今はまだ加護に関してはそのくらいかな。そして『ペリドットアイ』だけどね、大体五十年か六十年に一度くらいは生まれているみたいだね。というか、彼らは同じ時期に二人以上は存在していない。前の子が亡くなって、周囲からその記憶が薄れると次の子が生まれるっていう感じかな。フィンレーの家に関係する所で生まれているけれど、フィンレー領内とは限らない。でもほとんどが短命だ」

ハワードの言葉にデイヴィットは思わず目を見開いた。

「知らなかったでしょう？　調べるのは大変だったよ。グランディス様の事だけでなく『ペリドットアイ』についてもフィンレーのお伽話(とぎばなし)くらいに思われているからね。けれど、狂信的な者もいるみたいだね」

ハワードは一度言葉を切って目の前の三人の顔を眺めてから、再び口を開いた。

「『ペリドットアイ』の子供が見つかると、大体神殿とか、高位の人間に隠されている。というか囲われていると言った方がいいのかもしれない。運良くと言えばいいのかな、過去、フィンレー当主の元に生まれた『ペリドットアイ』は一人だけ。この子はちゃんと結婚して子供も出来ているよ。嫡男ではなかったけれど、領内で嫁を取ったみたいだね。今回調べてみてはっきりしたのは『ペリドットアイ』の子供たちは直接植物の成長を促したり、土壌にあった作物を改良したりという言い伝えのような魔法が使えたわけではないって事だ。一部の言い伝えの通り『幸せを運ぶ』というのが一番近いのかもしれないと思ったよ。例えば生まれた年が豊作になったり、その子がいる土地に魔獣や魔物が出にくくなったり、植物の生育がほんの少し早くなったり、作物が美味しくなったり珍しい植物が見つかったりという感じかな。少なくとも残っていた文献ではそれ以上のものは出てこなかった。それでも彼らは【緑の愛し子】と呼ばれて、ほとんどが飼い殺されて一生を過ごしている。そして時には災いを防ぐために使われる事もあったようだ」

「……加護がなくてもなのか？　『ペリドットアイ』というだけで？」

デイヴィットが震える声で問いかけた。

「うん。でも人間なんて、そんな自分勝手な生き物だよ。今も、昔も、自分の欲のために使えるものは使いたくなる」

デイヴィットは頭の中で父の声が聞こえた気がした。

『昔から大きな加護と厄災は表裏一体。加護持ちが使い捨てられて災いとなった例など、探せばいくらでも出てくる。その辺りは次期賢者が調べ上げてくるだろう』

加護持ちどころの騒ぎではないとデイヴィットは思った。瞳の色だけで、こんなにも恐ろしい過去があるなんて。

「ハーヴィンの令嬢が、君の弟さんが、お伽話を知らなくて良かった。ハーヴィン伯爵がエドワード君に会わずにいてくれて良かったと思うよ」

静かにそう言ったハワードにデイヴィットは「……ああ。本当に」と声を震わせた。

「さて、ではエドワード君は、『ペリドットアイ』とおそらく【緑の手】だけではなく他の力も併せ持つ、とても珍しい存在である事は間違いなさそうだ。今まで以上に気を付けないといけないな」

ケネスが場の雰囲気を変えるように少しだけ大きい声で宣言した。

「ああ。そうだね。そうするよ。それから、ブライトンとルーカスには今まで通りに、自信を持たせるように指導をお願いしたい」

「分かった。出来る限り守ってほしいともね。ああ、公爵家の方の動きは私も注意してみるよ」

「私もね。特にオルドリッジ公爵の嫡男はうちのアッシュと同じ年だからね」

「加護の方の調査はもう少し時間が欲しい。家庭教師の方は今まで通りに続けさせてもらうよ」

「ありがとう。これからもよろしく頼む」

デイヴィットが頭を下げると、三人はかわるがわるポンポンとその肩を叩いた。

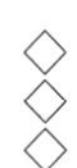

三の月になって雪も溶けて、お庭に小さなお花が咲き始めた頃、母様が「エディ、そろそろお茶会を開くのはどうかしら？」って言った。

ああ、もうそんな季節だよね。雪の積もっている間にお茶会を開くのは大変だから。魔法陣を持っていたり、転移の魔法が使えたりする貴族ばかりじゃないし、魔法を使うのは馬車で来るのと違って、直接屋敷の中に呼ぶ事になるから気を付けないといけないんだって父様も言っていた。

僕が初めてお茶会に参加したのは、去年の四の月だった。お友達が出来なかったらどうしようって思っていた僕に、兄様が色々教えてくださったんだよね。

ドキドキしたけどお茶会は成功して、ちゃんとお友達が出来たんだ。

社交界への入り口とか言われていたし、母様がお洋服を沢山作ったから、もっともっと沢山のお茶会をするのかなと思っていたけれど、結局僕がお茶会に参加したのは四回だけで、そのうちの三回が僕のお家で開いたお茶会だった。

お茶会に誰を招待するかは父様が決めているからよく分からないけれど、いつも集まる五人とは色々お話も出来るし、知らない事を教えてくれたり、珍しいものを見せてくれたりと、すごく楽しい。

後の一回はお祖父様から出てみなさいって言われて参加したんだ。僕が他の人の主催するお茶会に参加したのはこの一回だけだった。それで今度は、そこで会った子の中の二人を僕のお茶会にお招きする事になったんだ。

「パティ母様、今度のお茶会は八人になるのですね？」

「そうねぇ、少し多くなってにぎやかでいいわね。お洋服をまた新しく作ろうかしら。だってエディも少し大きくなったでしょう？　毎日鍛錬を頑張っているって聞いていますよ」

「はい。えっと、もう少しで百二十ティン（百二〇センチメートル）になります。もう少しで！」

「うふふふ。そうね。あと三ティンくらいかしら？　でも身体はしっかりしてきましたよ。ルーカスのお陰ね」

「はい。追いかけっことか最初はすぐに苦しくなったけど、今はだいぶ頑張れます」

「じゃあ、母様はすぐにエディに捕まってしまうわね」

「母様も追いかけっこするのですか？」

「エディくらいの時はよくメイドと追いかけっこやかくれんぼをして泣かせていたわ」

「え？」

どうして追いかけっこやかくれんぼでメイドが泣くの？　母様？

「ふふふ、母様は小さい頃は男の子になりたかったのですよ。兄上たちは色々な事が出来るのに、女の子は刺繍とかレース編みとかリボンを集めるとか、そんな事ばかりで退屈だったんですもの」

「刺繍も、レース編みも綺麗ですよ？」

「でも騎士様の方がかっこいいでしょう？　騎士様になりたいって言ってお母様を困らせたのはいい思い出ね。今は可愛い息子たちがいて、美味しいお菓子を食べたりして、幸せね」

母様はそう言って僕の事をギュッとした。弟たちが生まれてからあんまりギュッとする事はなかったけれど、それでも時々はこんな風にお話をしているとギュッとしてくださるんだ。

「エディに似合うお洋服を急いで作りましょう。それからどんなお料理やお菓子を出すかも母様と相談しましょう？　楽しみね」

「はい、パティ母様」

まだお外の風は少し肌寒い時もあるけれど、小サロンのお庭の薔薇が咲き始める頃には暖かくなってくるから、芝生の方にもテーブルを出してもいいかもしれないな。お天気がいいといいな。

「楽しみです」

そしてそのひと月後、いつもの五人のお友達に新しく二人を足した七人のお友達をお招きして、春のお茶会を開いた。人数が増えたけれど、皆とても楽しんでくれた。

シェフの新作お菓子のクリームチーズケーキも好評だった。フィンレーのチーズは美味しいからね。秋のお茶会はクリのお菓子を出しますねって言ったら、みんな「楽しみにしています」って言ってくれたよ。

「エディ、お茶会は楽しかったみたいだね」

ちょうど剣のお稽古が終わったみたいで、リビングの方にいらした兄様が声をかけてくれた。

「はい、アル兄様。人数が増えたけど、皆とお話し出来ました。ミッチェル君はまた怖い魔物の話をしてくれました。ヘルストーカーっていう虫の魔物です。絶対に会いたくないです」

「ああ、それは会いたくないね」

兄様はクスリと笑った。そして。

「お花をいただいたの？」

「はい。今日初めてお招きしたお友達から、お家で咲いたライラックというお花をいただきました。とてもいい匂いです。あ、兄様は花言葉って知っていましたか？」

「うん。花によってちがう、メッセージのようなものだよ」

「そうなんですね！　僕は今日初めて知りました。ライラックの花言葉は『友達』とか『友情』なんだそうです」

「……ああ、そうだね。そのご子息はよく知っていらっしゃるようだ。紫色のライラック（恋の芽生え・初恋）を入れてこないのはさすがだな」

「紫ですか？」

「ううん。なんでもないよ。香りの強い花だから寝室には向かないかもしれないね」

「ああ、そうですね。マリーに相談してみます。あと、皆様で召し上がってくださいって、もう一人の新しいお友達から珍しい果物をいただきました。こっちはシェフに渡しします」

僕がにっこり笑ってそう言うと、兄様は「お茶会お疲れ様」と笑ってくれた。

四の月の空はとても綺麗な青。

僕は水まきの魔法が出来るようになった。細かい雨みたいなお水が出てきて、虹が出た時はすごく嬉しかった。でもまだブライトン先生がいない時は使ったら駄目なんだ。

そして今日……

「魔力の出し方が安定しているので、この魔法は私がいなくても使っていい事にします。但し、使う時はマリーとルーカスが見ている事、それを守ってくださいね。それから、魔力を巡らせる練習は今まで通り毎日してください」

「え？　ブライトン先生、じゃあ……」

「はい、水まき魔法は解禁。好きな時に使っていいけど、お庭をビショビショにしないようにね」

「やったー！」

にっこりと笑ったブライトン先生を見て、僕は思わず飛び上がってしまった。水まきは最初からやりたかった魔法だからすごく嬉しい！　魔法の授業が終わってから母様の所に行って、そう伝えたら「じゃあ、明日見せてくれるかしら」と言われた。小サロンの方のお庭なら、ウィリアムとハロルドも見に行けるからって。

「ウィルとハリーも水まきの魔法を見る？」

「あ〜！」

「え〜ぅ！」

二人のお返事？　に笑ってしまった。最近はハイハイが出来るようになったって母様が言っていた。いつもニコニコしているから、見ていると僕までニコニコになっちゃうよ。

夕ご飯の時に報告をしたら兄様も見たいって！　父様も見たいって言っていたけど、お仕事が忙しいんだって。でも毎日使ってもいい筈だから、父様が見られる時に使えばいいよね。

「エディはすごいね。一番やりたかった魔法がもうちゃんと使えるようになるなんて」

食事の後、兄様がそう言った。

「ありがとうございます。ちょっと恥ずかしいけど、ちゃんとお見せできるように頑張ります」

少しテレッてなって答えると、兄様は「大丈夫」と頷く。

「ふふふ、久しぶりにアル兄様の大丈夫を聞いて安心できました」

僕がそう言うと兄様は少しだけ考えるような顔をして、ふふふって笑いながら口を開いた。

「久しぶりだったのはきっとエディが色々頑張っているからだね。大丈夫って言う必要もなくなってきたのかもしれないな」

「そ、そんな事ないです！　えっと父様の大丈夫も好きだけど、アル兄様の大丈夫も大好きです。大丈夫って言われると本当に大丈夫な気がして頑張れるんです！」

「そう？　それならこれからも大丈夫って言わないとね」

「はい、よろしくお願いします」

「うん。明日楽しみにしているね」

そう言われて僕は嬉しい気持ちのまま部屋に戻った。


翌日もすごく良い天気だった。

僕は朝ご飯を食べて、食休みの後に魔力を巡らせる練習をして、ルーカスと一緒にお散歩と鍛錬をして、それから小サロンの方に向かった。

小サロンには母様のメイドたちがいて、お庭の方が見えるようにしたり、ウィルとハリーがハイハイしてもいいように絨毯を敷いたり、準備をしてくれていた。

そうして母様たちがやって来た。

「良い天気ですね、エディ。楽しみだけど、無理をしてはいけませんよ」

「はい！」

僕が元気に返事をしたら、ウィルとハリーが真似をするような声を出したからみんなで笑った。

「遅くなってごめんね。エディ」

兄様も来てくれた。

「大丈夫です。これから始めるところでした。えっと、あの、失敗しても笑わないでくださいね」

「勿論よ、エディ。さあ、アーチの薔薇がお水を待っているわ。かけてあげて？」

「はい。パティ母様」

お庭の少し離れた所には約束通りにマリーとルーカスがいてくれる。

ゆっくり、ゆっくり身体の中にある魔力を動かして、僕は綺麗な雨みたいなお水をイメージする。魔法の名前はそのまま『水まき』にした。これは僕の特別な魔法だから頭の中で思えばいい。上手に水まきが出来ますように。お花が喜びますように。みんなを笑顔に出来ますように。そんな気持ちがいっぱいになった時、巡っていた魔力がすぅっと身体から抜けた。

「まぁ！」

母様の声が聞こえる。

「あ～うぁ～！」

「わぅ～！　え～！」

ウィルとハリーの声も聞こえる。

僕の手から溢（あふ）れ出した水は優しい雨みたいに降り注ぎ、お庭の薔薇（ばら）を濡らしていく。

「ふふふ、虹が出ました」

霧（きり）のような細かい綺麗な水が、日の光を反射して七色の小さな虹を作り出し、アーチの薔薇（ばら）の蕾や花、葉の上の水滴が、その虹を映してキラキラと輝いている。

これが僕の魔法だ。僕の作った、初めての魔法。

「……おしまいです」

お庭がビショビショになる前に、僕は水まきの魔法をやめた。

「エディ！　とても綺麗な魔法でしたよ。久しぶりに美しい虹を見ました」

母様はなんだか少しだけ泣いているように見えた。

「ありがとうございます」

双子たちが興奮して庭に出そうになって、メイドたちが慌てて止めた。そして兄様は。

「本当にすごく綺麗な魔法だったよ。出し方も止め方もとても上手だった。これでエディが考えていた『役に立つ魔法』が一つ出来たね」

「はい！」

兄様はどうして、僕が一番嬉しくなる言葉が分かるんだろう。

優しいお顔の兄様と、嬉し泣きをしている母様に、僕は「見てくださってありがとうございました」とぺこりとお辞儀をした。


水まきの魔法が出来るようになったら、次にやりたいのは……

「花壇を作りたいです！」

「はい？」

僕はみんなに魔法を見せた事を報告してから、ブライトン先生にそう言った。

「本当は畑を作ってみたいけど、それは大きくて難しいし、お屋敷のすぐそばに畑はあまりふさわしくないので、花壇にしてみようと思いました。花壇を作りたいです、水まきは毎日します」

「……魔法で、作るのですね？」

「はい。できませんか？　ブライトン先生。絵を描いてきました。こんな感じです」

僕はレンガみたいなものに囲まれた長方形の土色の上にお花が咲いている絵を見せた。

「…………この四角くて花が咲いている所が花壇ですね？」

「はい。周りは石です。石はストーンバレットで出せばいいかなと思います」

「なるほど」

「本当はレンガみたいなもので囲んだ方がいいかなと思ったんですけど、レンガを作る魔法が分からなかったので」

「……なるほど」

「様子が分かるように僕のお部屋の窓から見える所がいいなと思っているのです。マークに聞いたら、そこなら日が当たるから大丈夫って。父様にもお聞きしたら、作ってもいいと言われました」

「…………分かりました。ちなみに、このお花の後ろに描かれている赤いものはなんでしょうか？」

絵を見ながらブライトン先生が眉根を寄せてそう言った。

「イチゴです！」

「はい？」

ブライトン先生はさっきと同じように固まった。

「あの、アル兄様がお花もいいけど、イチゴもいいねっておっしゃったので一緒に植えたいなって思いました。だめでしょうか？」

「ああ、それは私では分かりません。植える内容は花の管理をしている者に尋ねてください」

「分かりました。では花壇を作る事はどうですか？」

「ええっと、花壇は出来ると思います。【耕土】という魔法がありますから、それを使えば指定した範囲の土を掘り起こせます」

「それ！　それがやりたいです！　あとは石を出して囲んだらいいと思います。あ、トラップを使って石をどんどん生やしてもいいのかな。それともアースウォールの低いので囲んじゃったらいいのかな。先生、どれがいいですか？」

「ああ～……どれもあまりそのような使い方をした例がないので……うう～ん、とりあえず、やってみましょう！　やってみて、エドワード様が一番これがいい！　というのを選びましょう！」

「分かりました！　僕、頑張ります！」

それから僕たちは、僕のお部屋の窓から見える範囲で日当たりが良く、風も通る場所にやって来た。

「この辺がいいとマークに聞きました！」

「分かりました。ではまず耕土の魔術を使います。以前にも言いましたが、魔力がうまく回せるようになってきたら、あとはイメージです。土を耕すイメージと広さを想像して、魔力を出します」

「はい。えっと広さは決めてます。こっちがこれくらいで、こっちはこれくらいで、目印があった方がいいかな。ストーンバレット」

コロコロと石が飛び出した。窓から何度も見て広さは決めていたから、四つ角の所に目印の代わりの石を置いて、もう一度確認。

「出来ました。これくらいです」

「では魔力を巡らせてから、作りたい花壇のイメージをして『アースプロウ』と」

「はい！」

息を吸って、吐いて、魔力を巡らせながら、僕は目印を置いた地面を見つめて土を耕すイメージをした。綺麗なお花とイチゴが育つ、可愛い花壇を作るんだ！　そのためには柔らかくて良い土を作らないといけない。良い土の花壇。植物が喜ぶ花壇。僕の花壇。

「アースプロウ」

その瞬間、目の前の芝生がキラキラと輝いて四角い畑みたいに変わった。

「でき、できた！」

「うん。綺麗に出来ましたね。魔力は大丈夫ですか？　落ち着いていますか？」

「はい。大丈夫です」

そう答えて、僕は魔法で作ったばかりのそこに駆け寄った。

まだ何もないけど、そこは本当に小さな小さな畑に見える。

「ふふふ、周りはどうしようかな。何が一番すてきな花壇に見えるかな」

やっぱりレンガみたいな四角い石を出してみようかな？　先生が言うようにイメージが大事だからストーンバレットで四角い石を想像したら出てくるかな。

「続けてやってみてもいいですか？」

「出しすぎないように制御してくださいね」

ブライトン先生の言葉に「はい」って返事をして、僕は一回深呼吸をしてから魔力を巡らせた。

「ストーンバレット（四角いレンガみたいな形の石！）」

ゴトゴトと鈍い音がして、レンガのような細長い形の石が出てきた。

「うわ！　出た！」

出てきたそれはレンガとはやっぱり少し違うけど、形は似ているちょっと白っぽい石だった。

「エドワード様、これはどうやって？」

ブライトン先生が石を手にして僕を見た。

「えっと、ストーンバレットで、四角いレンガみたいな石って思いました」

「……なるほど」

ブライトン先生はそう言って石を見つめて……置いた。

「綺麗に出来ていますね。確かにレンガのような形です。置いてみましょうか」

そう言われて僕は出来ている花壇になる場所の周りに並べてみた。みたんだけど。

「う～ん……」

「あと三回くらい出せば全部囲えそうですね」

「そうですね。う～ん……何か違う気が……でも何が違うのか分からない……」

「他も試してみますか？　魔力はまだ大丈夫ですか？」

聞かれて、僕は丹田(たんでん)の辺りに手を当てた。うん。魔力はまだここにある。

「はい、大丈夫です。では次はトラップストーンで周りに石を生やしてみます」

そう言って、僕はゆっくりと魔力を練って、出した。

「トラップストーン」

花壇の周りにいくつか並ぶようにして石が出てくる。

「……これは、やめます」

だって石が不揃いで花壇には見えないもの。そうだよね。よく考えたら『罠』だもん。同じ大きさにするのは難しいよね。失敗。

僕がそう言うと先生は「分かりました」って答えてあっという間にそれを消してしまった。すごい。今度消し方もちゃんと聞いておかなきゃ。

「次は低いウォールか……」

「はい。でも一度休憩です。魔力は大丈夫みたいですけど、イメージするのも疲れてきますからね」

ブライトン先生の言葉を聞いてマリーがお水を持ってきてくれた。

「ありがとう、マリー」

「はい。とても上手に魔法が使えるようになりましたね」

「うん。うれしい」

にっこりと笑ったマリーに僕もにっこりと笑う。人を傷つけない魔法ならこんなにも楽しい。

「よし！　この辺でちょっと練習してからやってみます！」

休憩後、僕は立ち上がって魔力を練り始めた。巡らせた魔力をこうして練る感じにするとイメージが固まる気がするんだ。

「低めの……アースウォール！」

土の中から低い壁が生(は)えてきた。

結果、「ストーンバレット」で花壇を囲う事になった。

白っぽい石だとそれだけが目立っちゃうので、少し茶色ぽい石って考えたら、レンガほどじゃないけれど、落ち着いた色合いの直方体の石が出てきてくれて、ブライトン先生が「良かったですね」って笑っていた。ちなみにさっき試しに出したアースウォールはね、壁だったの。ものすごく低い壁。でもこれが花壇の周りにあったらお花もイチゴも日が当たらなくなっちゃうからやめたよ。

試しに出したものは、もう少しだけ大きくして動かし、ベンチにしてみた。だってマリーが、これじゃないって呆然としてしまった僕に「ベンチみたいに使えますね」って言ってくれたから。

そしてマークに頼んでおいた苗を運んでもらってきて植えた。種からだと今回はちょっと間に合いそうになかったから苗にしてもらったんだ。

これが終わったら、ちゃんと球根や種から育てるのもやってみる。

まだ花の咲いていない葉っぱだけの苗が一列。そして反対側は僕の希望通り、イチゴの苗が植えられた。実がそのまま土につかないようにって藁が敷かれているの。

「……作りたかったのは、花壇でしたよね？」

ブライトン先生が僕の花壇を見てそう言った。

うん。どう見ても畑だよね。いいの。ちゃんとこれからこっち側の列はお花が咲くから。イチゴもまだまだ白いお花が咲くし。兄様がイチゴもいいねって言ったから植えたかったの。

「花壇です！」

少しだけ赤くなった顔でそう言ったら、なぜかみんなの肩が小さく震えていた。

いいんだもん。花壇だもん。

五の月は兄様のお誕生日がある。僕はこの日のために頑張った。

去年は青いお星さまみたいなお花について母様が教えてくれて、マリーが保存魔法をかけてくれたそれをプレゼントしたんだ。今年は何にしようかなってすごくすごく考えた。

せっかく魔法が使えるようになったんだから、何か魔法で出来ないかなって思って、ブライトン先生や、マリーやマーク、そしてシェフにもお願いをしてお手伝いをしてもらった。

ハワード先生にもこんなのはいかがですかって助けてもらったんだ。

沢山の人にお手伝いをしてもらったから成功しますように！

兄様のお誕生日の二日前。僕とマリーとマークとシェフは花壇の前に来ていた。あ、ルーカスもいるよ。今は護衛で。

「こんな感じに育ったのですがどうでしょうか？」

ブライトン先生と一緒に花壇を作ってからひと月。

マークが「なんだかすごく成長していますね」って、驚いたように花壇を見ていた。僕が何にしようか決めて、苗を頼んで植えてから収穫したい日まであんまり時間がなかったから、心配していてくれたんだ。お庭のお手入れの合間にちょっと覗いてくれている事もあった。

「うん。綺麗になるように、美味しくなるように一生懸命お祈りして水まきをしました」

「お祈り、したのですね？」

少しだけ困ったようにマリーが言った。

「だって枯れちゃったら困るでしょう？」

「そうですね。すごく綺麗に咲いていますね。イチゴも大きくなって」

「うん。これくらいなら大丈夫だよね？　シェフ」

「大丈夫ですよ。こんなに立派なイチゴなら美味しいケーキが出来ます。今日収穫して保存の箱に入れておきましょう」

「やったー！　マリーは？　このお花で出来そうかな？」

「大丈夫だと思います」

「ふふふ、すごい！　魔法ってすごい」

僕はなんだか踊り出したい気持ちになってしまった。

「イチゴは来年用の親株を育てて、切り離せば残りは処分です。翌年もこのまま使うと病気になりやすいですからね。花は使う分だけ摘んで、フィンレーでは雪に埋もれてしまうと越冬は難しいですから、鉢に移して咲き終わったら種を取りましょう」

「うん。そうしたらまた違うものを植えるよ」

「はい。またなんにするかご相談ください」

マークがにっこり笑った。そうして僕たちは花を摘んで、イチゴを収穫した。

さて、ここからがまたひと作業だ。兄様へのお誕生日のプレゼントは花壇で採れたイチゴのケーキだけじゃない。悩んでいた僕にハワード先生が提案してくれたんだ。「押し花のしおりはいかがですか？」って。

兄様は本を沢山読むから、僕が作った花壇で咲かせた花をしおりという形にしてプレゼントすれば記念になるんじゃないかって教えてくれた。ハワード先生は天才だと思った。僕があんなに悩んでいた事をちょっと話しただけで、解決してしまうなんて！

この前のお茶会で花言葉というものがあると知って、僕が選んだのは「ネモフィラ」。

青いお花ってなかなかかいい花言葉がなくてどうしようかと悩んだけれど、ネモフィラは【どこでも成功】っていう花言葉で、来年の一の月から王都の学園に行く兄様にはぴったりだって思ったんだ。押し花にすると青色が薄くなるから、ここはマリーに手伝ってもらって、一度ぺったんこにしてから保存魔法をかけて青いお花のまましおりに貼った。

そして、しおり自体にもかけておきましょうって、もう一度保存魔法をかけてくれた。すごく綺麗なしおりになったよ。しおりにはブルーの細いリボンをつけた。

しおりは五枚用意した。同じお花だけど少しずつ違って、まったく同じものがないのもいいよね。初めて魔法で作った花壇で咲いた花だから僕の分のしおりも作った。ふふふ、兄様とお揃いだ！

イチゴのケーキはシェフが作ってくれる事になっているし、楽しみだな。

いよいよ兄様のお誕生日。

朝から少し緊張しちゃったけど、お昼におめでとうってしようねって父様たちと約束をして、魔力を巡らせる練習と鍛錬をした。

そして綺麗に包んだプレゼントを持って、ダイニングに行くと父様と会った。

「エドワード、いつもの鍛錬は終わったのかい？」

「はい。終わりました。父様はお仕事が忙しくなってきましたか？」

「う〜ん、まだ忙しいねぇ。早くアルフレッドやエドワードが大きくなって、お仕事を手伝ってくれると嬉しいなぁ」

「ええ!? そ、そうですね。お手伝いできるように頑張ります！」

「ははは！　よろしくね」

二人で笑っていると母様と兄様もやって来た。

「あら。二人で楽しそうになんのお話？」

「ふふ、いい話だよ。さて、昼食を食べようか」

皆が座るとお料理が出てきた。勿論お料理は兄様の好きなものだよ。そして待ちきれず僕はニコニコ笑って声を出した。

「アル兄様、十二歳のお誕生日おめでとうございます！」

アル兄様は少し照れたように笑った。

「おめでとう、アルフレッド。いよいよ十二歳だね」

「おめでとう、アルフレッド。優しいお兄さんになってくれてありがとう」

父様と母様も声をかける。

「ありがとうございます」

兄様は立ち上がってお辞儀をした。

「さて、まずは食事をしよう」

双子はまだ一緒に食事が出来ないから四人での食事。そして、食事が終わったらプレゼントだ。

「アル兄様、これから出てくるケーキは僕が魔法で作った花壇で育てたイチゴを使っています。沢山召し上がってください」

その言葉と一緒にシェフが綺麗に飾ったケーキを持ってきてくれた。

なんだかすごい、イチゴが花びらみたいに並べられているよ！

「うわぁ！　すごいな。これがエディが育てたイチゴなの？」

「ほぉ、これはすごいね」

「うふふふ、綺麗ね」

皆でケーキを食べた。イチゴはとてもとても甘くておいしかった。食べきれない分は他の人たちで分けてもらう事にした。

「あと、これはしおりです。兄様は沢山本を読まれるので使ってください。これも花壇で育てたお花です。ネモフィラっていって、えっと【どこでも成功】っていう花言葉で、が、学園に行っても頑張ってくださいね。まだ先だけど。まだまだ先だけど……えっと」

あれ？　おめでとうなのに、言っているうちになんだか淋しくなってきちゃった。

「うん。ありがとう。エディ。大事にするね。学園に行くのはまだまだ先だけど、これがあったらエディがいるみたいに思えるね」

言いながらギュッとしてくれた兄様に、僕は思わずギュッとしがみついてしまった。

「でも、まだまだまだ先ですから」

「ふふふ、増えたね。うん。これからもよろしくね、エディ。またご一緒に絵本を読もう」

「はい」

「ふふふ、仲良しさんね」

母様が笑った。父様も「まだ五の月だよ。これじゃあ来年の一の月が思いやられるな」って笑っていた。それを聞いたらなんだか恥ずかしくなって、僕は兄様から離れようとしたけれど、兄様はそのまま僕を抱っこしてしまった。

「ににに兄様!?」

「イチゴ、美味しかったね」

お顔が、お顔が近いです。兄様。

「はい。頑張りました」

僕は畑と間違われてもイチゴを植えて良かったと心から思った。

「エディの顔がイチゴみたいだね」

「ふぁ……」

「素敵な誕生日になったよ。ありがとう、エディ」

兄様にそう言われて、赤くなっている頬っぺたにチュッてありがとうのキスをされて、僕はイチゴよりも赤い顔をしながら「どういたしまして」って小さな声で答えた。

兄様のお誕生日が終わって、いつもの通りの時間が流れていく。

毎日お散歩をして鍛錬をして、だいぶ体力がついてきたと思うんだ。追いかけっこも長く出来るようになったし、木の橋やはしごや、布をくぐったり、僕が作った土の壁を登ったり、飛んだり色々頑張っている。木の剣を振る事もちょっとずつ増えてきた。剣は怖いと思っていたけれど、扱い方さえちゃんとしていればいいんだって思えるようになってきたよ。

魔法も、ブライトン先生がついていなくても使っていい魔法が増えてきたので、魔力を巡らせた後に魔法を使うようにした。そうすると魔力がスムーズに出るようになるから。お部屋の中では魔法の練習は出来ないけどね。だって僕の魔法は石とか土とか水だもの。

それから【鑑定】というスキルを使うお稽古も始まった。

鑑定というのは、鑑定したいものを見て発動させると、それがどういうものなのか頭の中に浮かんでくるんだ。この前、初めての冬祭りで買った宝物入れで試してみたら「エドワードの宝物箱」ってちゃんと見えて、貼り付いている石の名前まで浮かんできた。

でも人を鑑定する時は気を付けないといけないって言われたよ。人に使う時は相手に「ことわり」

を入れてからじゃないといけないよって。

これも使い過ぎは駄目だけど、使っているうちに鑑定のレベルみたいなものが上がっていくから少しずつ使っていいっていう事になった。人以外にね。

ちなみに父様と母様には、鑑定してみてって言われたからしてみた。出てきたのはお名前と年齢と爵位と魔法とレベル。これはすごく驚かれたんだ。レベルって普通はあんまり意識しないんだって。

一般的にはレベルを測定する道具を使わないと分からないって言われて、僕の方がびっくりしちゃった。

父様は水魔法が五、火魔法が五、風魔法が四、そして水魔法の派生の氷魔法が四で、風魔法の派生の雷魔法が二。それから生活魔法もあった。

生活魔法っていうのは僕も習ったよ。本当に小さな魔力で使える魔法で、灯りをつけるとか、汚れたところを綺麗にするとか、メイドさんたちは上手に組み合わせてお掃除やお洗濯に使っているんだ。でもこの魔法は魔道具があるものが多い。

母様は風魔法が三と光魔法が二。小さな傷くらいなら治せるんだって。すごいな。あとは生活魔法と【俊敏】っていうスキルがあった。母様に言ったら「あらあらあら」って笑っていた。

残念ながら自分の鑑定はまだ出来ないみたい。でも出来たら怖いよね？　だって属性魔法とかの後に【悪役令息】ってあったら悲しくて泣いちゃうよ。

とりあえず、そんな感じで五の月がもうすぐ終わる。

出来る事が増えるのは嬉しいって思う。先の事を考えると怖くなったり、淋しくなったりするけれど、頑張っていくしかない。

来年兄様は学園に入る。そして、僕が学園に入るのは五年後。一番気を付けなければいけないのは僕が学園に入る前だ。

「…………大丈夫、きっと大丈夫」

大きく息を吸って吐いてを繰り返して、自分を落ち着かせる。

よし、大丈夫。違う事を考えよう。楽しい事。

「あ、そういえば」

口に出してしまってから、慌てて頭の中で考える事に切り替えた。嗜み！

そういえばこのくらいの季節にマルベリーが採れるって、この前マークに聞いた。

お誕生日にいただいた植物図鑑に載っていたワイルドストロベリーも、確かこれくらいの時期から採れるって書いてあったと思う。

このお屋敷の敷地は広くて、お馬さんをお散歩させられるような所があったり、迷路になりそうな庭園があったり、あとはキノコとかベリーとかが自生している小さな森もあるんだ。前に連れていってもらった時はサクランボを見つけた。

敷地内だから普通の森とは違って定期的に見回りもしているし、怖い動物とかが出ないように手入れをしているって聞いた。まだお昼を過ぎたばかりだし、ちょっとだけお散歩しながら見つけに行くのはどうかしら。手入れのされている小さな森ならマリーとルーカスと僕だけでも大丈夫かな。マークが大丈夫だったら一緒に行ってもらうのもいいかもしれない。

でも、その前にテオに行ってもいいか聞いてみないといけないな。

「よし！　聞いてみよう」

　僕はマリーとルーカスに声をかけてテオの所に行った。


「東の森でございますか？」

「うん。前に護衛の人たちとお散歩に行った時、サクランボがあったんだよ。それでね、今頃はマルベリーとかワイルドストロベリーとかあるかもしれないし、珍しいお花も咲いているかもしれないから、お散歩に行きたいの。定期的に見回りして怖いものがいないか確かめているって言っていたでしょう？　マリーとルーカスと一緒に行ってみてもいいかな」

「少々お待ちください。……………ふむ。一昨日（おととい）見回りが入っておりますね。歩きですと少し距離がございますから、せっかくですのでポニーで行かれてみてはいかがですか？」

「ポニーか。うん。久しぶりに乗ってみようかな。マリー、一緒でいい？」

「はい。大丈夫でございますよ」

　マリーが頷いてくれた。残念だけど僕は一人で馬には乗れないんだ。リードを引いてもらえれば乗れるけど、走らせるのはまだ怖い。でも、もう少ししたら乗れるようになると思う。頑張る！

「それから、もう二人ほど護衛をお連れください。東の森は敷地の端の方ですから。あまり奥の方までは行かれないでください。それでしたら行かれても結構です」

「分かりました。じゃあ、護衛の人は馬の所に直接来るように言ってください」

「畏まりました。それではこの後すぐに手配をいたしましょう」

「ありがとう、テオ。マリー、ルーカスよろしくね。ふふふ、美味しいのが見つかるといいな」

僕はお部屋に戻って服を着替えて、ベリーを摘む籠を用意してもらってから厩舎に向かった。

ポニーはまだ二回しか乗った事がない。兄様が学園に行かれる前には、なんとか自分一人で乗れるようになって、二人で出かけられるといいな。兄様の乗る普通の馬とは全然スピードが違うけどそれでもきっと兄様なら合わせて歩いてくれると思うんだ。

「急でごめんなさい。よろしくお願いします」

僕は護衛の人たちにぺこりと頭を下げた。

「東の森ならすぐだから大丈夫ですよ。天気もいいし、良い散歩になるでしょう」

護衛の騎士の人はそう言って笑ってくれた。

「では、エドワード様、参りましょう」

ルーカスと護衛騎士の二人と僕とマリー。護衛が増えたからマークに声をかけるのはやめた。

【鑑定】があるから、それで視ればマルベリーもワイルドストロベリーも間違えないからね。

「お花や果物だけでなくて、薬草とかにも興味があるんだ」

「そうなのですね？」

ポニーに鞍を置きながらマリーが言う。

「うん。何か気になった事は調べておくと知識になるってハワード先生が言っていたから」

「そうですね。知っていて困る事はないですものね。お待たせしました。では出発いたしましょう」

「うん。お願いします」

そうしてマリーと二人でポニーに乗った途端。

「あれ？　エディ？　どこかに出かけるの？」

「アル兄様！」

馬場の方から兄様がやって来るのが見えた。

「今日は乗馬のお稽古だったのですか？」

「うん。エディは？」

「えっと、天気がいいので東の小さい森にベリーを摘みにいこうかと思って」

「ああ、そうなんだ。じゃあせっかくだから僕も行こうかな」

「え！　兄様も？　お稽古は終わりですか？」

「ちょうど終わって戻ってきたところだよ。ゆっくり歩くならこのままでも大丈夫だろう。グレイ行けるだろう？」

馬の名前を呼んでその首をポンポンと叩き、兄様はにっこりと笑った。


乗馬の先生には帰っていただいて、僕は兄様と、マリーと、ルーカスと、僕と一緒に来た護衛二人と、兄様付きの護衛一人の七人で東の森へと向かった。

お屋敷の敷地の端の方に位置する東の森は、森と呼ぶには小さい。それでも自然の森に近く、色々な植物が沢山生えている。敷地内に魔素が湧く事はまずないけれど、それでも万が一を考えて騎士たちが定期的に森の中を見回っているから安心だ。

「気持ちがいいね」

「はい。急に思いついてお願いしてしまったけど、良かった。ベリーも沢山見つかるといいなぁ」

「そうだね」

「ワイルドストロベリーはバラ科で小さな粒々が集まったみたいなイチゴなんです。マルベリーはベリーって名前だけど桑の実で、黒っぽくないと熟していないって書いてありました」

「そうなんだ？　ちゃんと勉強してきたんだね？　エディはえらい」

「えへへ。あ、もう着きますね」

テレッとなって笑いながら、僕は近づいてきた東の森を見た。

「うん。ところでエディ、それは奥の方に行かないと見つからないのかな？」

アル兄様が聞いてきた。

「いいえ。どちらも日が当たる所の方が育ちやすいので、手前の方にあると思います。テオからも奥の方は行かないように言われているし」

「そうだね。お天気は変わりそうにないけど、奥まで行くと帰りが日暮れ時になってしまうからね」

「はい。明るいうちに帰ります」

そう言って、森の入口の辺りで馬たちを休ませると、僕たちは小さな森の中に入っていった。

聞こえてくる鳥の声と、キラキラの木漏れ日。

「わぁ、すごい。きれいだなぁ」

「見回りが入ったばかりなので、危険な枝なども排除されていると思いますよ」

護衛の一人がそう言った。

「じゃあ、すごくいい時に思いついたって事だね？」

「そうですね」

鮮やかな緑の葉。足元に咲いている小さな白い花。時折鑑定を使って、僕はゆっくり歩いていく。

「ほんとにきれい～。あ、ワイルドストロベリーだ！」

「エディ、転ぶよ。気を付けて」

「大丈夫です、アル兄様。僕、毎日鍛錬（たんれん）で追いかけっこしているから」

「鍛錬（たんれん）で、追いかけっこ？」

アル兄様が不思議そうな顔をすると、ルーカスが「体力作りの一環です」と言った。

「ああ、そうなんだね。じゃあ、大丈夫かな」

笑いながら兄様が僕の後をついてくる。日当たりの良い細い木の下でいくつもの赤い実をつけているワイルドストロベリーを見て、僕は念のために鑑定を使ってみた。

【ワイルドストロベリー・食用可】

うん。間違いない。

「すごい、まだ森に入ったばっかりなのにこんなに沢山あるなんて。強い植物だって書いてあったからちょっと土ごと持っていこうかな。お屋敷ですぐにワイルドストロベリーが食べられたらすごく素敵ですよね」

「ふふふ、エディは植物博士みたいだね」

「植物博士！　わぁ、そういうのも楽しそうです。色んなお花や果物を育ててみんなで楽しめたらいいなぁ」

そう言いながらプチプチと赤い実を摘んでいくと、兄様も隣にしゃがんで実を摘み始めた。

「これは何になるの？　そのまま食べるの？」

「えっと、そのままでもいいけど、ジャムにしてパンに塗ったり、紅茶に入れたりすると美味しいって聞きました」

「へぇ、そうなんだ。じゃあ父様と母様の分も摘まないとね」

「はい！　あ、あっちにもあります！」

僕は嬉しくなって、ワイルドストロベリーを追いかけて少しずつ森の中に入っていった。

そして……

「かごがいっぱいになってきました」

「だいぶ採ったものね」

兄様がクスクスと笑う。うん。ものすごく頑張っちゃった。だってさ、ジャムって作ると少なくなっちゃうんだもの。みんなでパンに塗ったり、紅茶に入れたりして足りなくなったら悲しいもの。

「……マルベリーが見つからなかったけど、また今度にします」

「うん。そうだね。そろそろ戻ろうか」

そう言った途端、ルーカスが枝を差し出した。

「うん？　どうし……マルベリーだ！　ルーカスどこで見つけたの？」

「通ってきた所にありましたよ。下ばかり見ていたから気付かなかったのでしょう」

「あ！　そうか！　マルベリーは木に生るんだもんね。ルーカス、どこ？　教えて？」

僕はさっき通ってきた道を戻りながら聞く。

「マルベリー、マルベリー……あ！　あった！」

ほんの少しだけ脇の木にマルベリーの実が生っていた。でもまだ赤い実が多い。

マルベリーの実は黒っぽくならないと甘くないってマークが言っていた。

「これはもうちょっとしてから取りに来るよ。また来てもいい？」

後ろでマリーとルーカスが「はい」って頷いてくれた。やったー！　じゃあ帰ろう。

そう思って歩き出そうとした瞬間、視界の端に青い花が見えた。

「エドワード様、どうされましたか？」

「あ、うん。あっち、この少し奥の所に沢山の青い花が咲いているよ」

「どれどれ？　ああ、妖精の花ですね」

兄様の護衛の人が言った。

「妖精の花？」

「本物の妖精がいるわけじゃないですよ。ブルーベルっていう春の森に咲く有名な花です。釣鐘(つりがね)みたいで小さい妖精が住んでいるように見えるでしょう？」

わぁ、見たい。すっごく見たい。

「つりがね……ちょっとだけ見てきてもいいですか？」

「少しだけだよ」

兄様が仕方ないなって顔をして笑った。その笑顔にえへへと笑い返して、僕は妖精の花に向かって歩き出した。マリーとルーカスが後をついてくる。

奥って言ってもここから三ティル（一ティル＝一メートル）くらいだからすぐなんだ。花が咲いている中には入らない。だって根を踏んじゃうといけないし、近くで見てくるだけ。

「綺麗。青い花……」

僕は一番近いその花の前にそっとしゃがみ込んだ。

「ほんとだ。小さな鐘みたいなお花だ」

そう呟くように言った途端、僕の背中をゾワリと何かが駆け抜けた気がした。

「え……」

気持ち悪い、恐ろしい、嫌だ、そんな感情が胸の中でどんどん膨れ上がってくる。

「…………っ……」

なぜかカタカタと身体が震え出した。

全身が粟立（あわだ）って、息が苦しくなる。

見たらいけない。

何かがいる。

何かが、来る。

「マリー……」

小さな声でそう言うとすぐに「動かないでください」と鋭い声が返ってきた。

ルーカスが剣を構えていた。他の護衛たちも少しずつ間合いを取るようにしながら剣を構える。

「……私が防御の壁を出しますので、そうしたらアルフレッド様の方に走ってください」

「……っ……」

何も見ていないのに息が上がって、涙が出そうになった。

でも分かる。何かがいる。見た事もないような、そこにいるだけで恐ろしくて泣きたくなるような何かが、フゥフゥとこちらを見て息をしているのが分かる。

「今です！」

「エディ！　こっちだ！」

マリーが防御の壁を出したのを合図に兄様が僕を呼んだ。

「アル、アル兄様！」

震える足。

うまく動かない身体。

心臓だけがバクバクとして、ハッ、ハッ、って自分の息が頭の中に響いた。

後ろで「ヴアァァァァーーッ！」という聞いたこともないような咆哮(ほうこう)が聞こえて、ガァンと何かにぶち当たる音がした。

「……あっ……」

「エディ！」

うまく進めない僕の身体を、駆け寄ってきた兄様が抱き上げて、そのまま走り出した。

「グガァァァァーッ！」

再び聞こえる咆哮と、先ほどよりも強い勢いで何かがガァンとぶち当たる音。

「急いで！　出来るだけ遠くへ！」

マリーの叫び声が聞こえた。

「マ……」

「喋らないで！　舌を噛むから！」

僕を抱きかかえたまま兄様が森の入り口へ走った。

後ろで騎士たちがガンガンと剣を振る音がしている。

「うわぁぁ！」

「水は無理だ！　氷か土だ！」

聞こえてくる悲鳴。

「救援を呼ぶんだ！　早く！」

空に打ち上がる眩しい光。

「グルルルルルル」

「向こうに行かせるな！」

ルーカスの声がする。マリーは？　マリーはどうしたの？　無事なの？

僕は涙で濡れている目を開いた。

抱きかかえられた兄様の背中越しに何かが森から出てくるのが見えた。

火だ！　真っ赤な、大きな火の塊（かたまり）がユラリと森から這い出してきた。

「に……さま」

「くそ！　転移が出来れば……」

騎士たちを薙（な）ぎ払うようにして、こちらへ向かって唸（うな）り声を上げて歩き出した大きな赤い火の塊（かたまり）。

違う。あれは……

鑑定をした覚えもないのに、僕の頭の中に勝手にそれが浮かんだ。

【フレイム・グレート・グリズリー　S級魔物　炎魔法　主な生息地は南方】

フレイム・グレート・グリズリーはA級上からS級の炎魔法を使う魔物だ。
全身が炎を纏（まと）った毛で覆われ、性格は獰猛（どうもう）。炎魔法だけでなく、その爪と牙の殺傷力も高い。
今回の個体は体長が五ティル（一ティル＝一メートル）、体重は五百カイル（一カイル＝一キログラム）程はありそうだ。

だけど、おかしい。こんな魔物がなぜこんな浅い森にいるのか。元々この魔物はもっと暖かい地方に生息しているのだ。それなのになぜ北よりのフィンレーに、しかも、領主の屋敷の敷地内にある、森と呼ぶにはあまりに小さなそこに現れるのか。

護衛たちも、ルーカスも混乱していた。だが勿論そんな事を言っている場合ではない。

ルーカスと護衛の一人は剣術を主体にしている騎士だ。もう一人の護衛とアルフレッドの護衛は魔導騎士だった。

屋敷への救援を知らせる光を打ち上げ、言葉を乗せた書簡で現状を送る。

マリーが続けざまに防御の壁を出したが、フレイム・グレート・グリズリーの体当たりと繰り出されたフレイムボール（炎球）により、それは長くはもたなかった。

それでもこの場からエドワードとアルフレッドを逃がす事が出来た。

だが、それも束の間、魔導騎士たちの放ったウォーターカッター（水刃）も、ウォーターバレット（水弾）もまったく刃が立たないのだ。魔熊がブンと体を振るだけで散ってしまう。

体毛に纏（まと）う炎の威力を下げる事さえ叶わない。

「くそう！」

ルーカスは氷魔法を多少使えたため、剣に氷魔法を纏（まと）わせて切りつけたが、水蒸気を上げるもののその体を傷つける事が出来ずにいた。

「ウォータージェイル（水檻）！」

走る兄弟たちの後を追いかけようとする巨体に、アルフレッドの護衛が水を伸ばしてその体を捕らえる牢獄を構築する。クルクルと渦になり、巻き付いていく水の鎖。幾重にも重なり籠状になったそれは、耳をつんざくような咆哮と体から噴き上げる炎で水蒸気となって消えた。

「信じ……られない」

魔導騎士が絶望的な声を出した。

あれが二人に向かって走り出せば、あっという間に追いつかれてしまうだろう。しかも魔熊は馬よりも速く走る事が出来る筈だ。

「……っ……はぁぁぁ！」

雷の魔法を乗せて護衛が剣をふるう。

しかしすぐさま弾き飛ばされて、地面に叩きつけられた。

「く……四人の護衛でどうにかなる奴じゃない！」

「それでも！　ここで少しでも食い止めなければ！」

そう言ってルーカスはアイスランス（氷槍）を出した、だが炎を纏う硬い体にそれが刺さる事はなかった。魔熊はニヤリと笑うような表情を浮かべて咆哮を上げた。

「ウオォォォォォォォーーー！」

ビリビリと空気が揺れる。

「――！　行かせるな！」

ルーカスは大きく跳躍をして、もう一度氷魔法を乗せた剣を振るった。

魔力量が多くなかったため、ルーカスは魔導騎士ではなく自分の剣術で身を立てる騎士を選んだ。

その代わりに身体は鍛えたつもりだ。走る事も、跳ぶ事も、人の倍以上出来るように、身体強化術も手に入れた。

「グワァァァァァァーーー！」

「せいっ！」

振り下ろした剣を難なく躱す巨体。それでも視線をこちらに向ける事は出来た。

魔熊の向こうに、もう少しで森を抜けるだろう二人の姿が小さく見える。

だが、森を抜けたとしても、隠れる場所もない平原に出るだけだ。馬に乗っても追いつかれる。

助けが来てくれるのを待つしかない。それは全員が分かっていた。

それでも……！

「足だ！　足を狙えっ！」

魔熊の足元に氷の槍が、水の鎖が、雷の刃が、氷の矢が襲いかかる。

そしていくつもの防御壁が兄弟の走る方向に展開された。


「兄様……フレイム・グレート・グリズリーが……」

速度を上げて近づいてくる赤い塊。ルーカスが飛び上がって魔法と一緒に剣を振るうのが見えた。

でも魔熊はうるさそうに大きな爪の生えている腕を一振りしただけで、再び走り出す。

「森を出るよ、エディ！」

兄様がそう言ったのが聞こえていたかのように、魔熊が二本足で立ち上がって咆哮を上げた。その瞬間、赤い炎のボールがこちらに向かって飛んできた。

「……っ！　火の玉が！」

「ウォーターウォール（水壁）！」

兄様の声と同時に目の前に水の壁が現れる。

「ガアァァァァァーーー！」

炎の玉は水の中に消え、魔熊の唸り声が聞こえた。

「エディ、このまま逃げ切るのは無理だからね。戦うよ。下がって」

森を出たけれど、馬たちは怯えていてとても乗れる状態ではなかった。もっとも乗れたとしても逃げ切れるとは思えない。

「はい！」

兄様は僕を下ろして後ろに庇うと、森から走り出ようとする魔熊に向かって両手を伸ばした。

「ウォーターエリア（水陣）！」

兄様の言葉と共に魔熊の足元の土が水へと変わった。物凄い勢いで水蒸気が立ち昇る。

「グワァァァァアッ！」

けれど魔熊は纏っている炎を強くした。

足元に出現した水がどんどん蒸気になっていくのが分かる。

「……っく……！」

兄様の悔しそうな声が聞こえた。

「ウォーターランス（水槍）！」

「エディ!?」

「僕も、僕もやります」

蒸気の中に立ちすくんでいる炎の熊に向かって僕は水の槍を降らせた。

怖い気持ちはある。魔物なんて見るのも戦うのも初めてだ。

でも僕を守ろうとしている兄様を、僕だって守りたい！

「グガァアアアーーッ！」

上がる咆哮（ほうこう）。

「ウォーターエリア（水陣）！」

兄様の魔法で、再び足元の土が沼のようになり魔熊の動きが鈍る。それを見て僕はもう一度その頭上から水槍を打ち込んだ。けれど次の瞬間。

「ガァアアアアアーーッッ！」

辺りが真っ白になるほどの水蒸気が視界を遮（さえぎ）った。次いで、それを突き抜けてくる炎の弾丸。

「……っ！　火が！」

先ほどの火の玉よりも小さいけれど、数えきれないほどのそれが僕たちの方へ向かってくる。

ウォーターエリアの魔法は大きい魔力を使うものだったのか、兄様の反応が一瞬遅れた。

「……っ……！」

「アースウォールッ（土壁）!!」

とっさに手を伸ばして僕は必死に魔力を出した。いつもみたいに巡らせるとか練るとか、そんな事は考えられなかった。今までで一番大きく、そそり立つような土壁に炎の弾丸がめり込んでいく音がする。その音を聞きながら心臓がものすごく速く打っているのが分かる。

次は、次はどうすればいいの？　どうしたら……

「……っう！」

「兄様！」

だけど僕の土壁は全てのそれを防ぐ事は出来なかった。兄様の頬には赤い筋が出来ていた。

「兄様っ……！」

「大丈夫だよ。エディ。ありがとう。どうやらあれには土魔法が効きそうだね」

頬に流れた赤い血をグイッと乱暴にぬぐって、兄様は僕の出した土壁を見つめた。

ほとんどの炎弾を防ぐ事は出来たけれど、大きな土壁は相手の姿も見えなくする。勿論この土壁がいつまでも崩れずにいられるとも思えない。

「……後ろに下がってこれを消すと同時に次の攻撃を仕掛けよう」

「はい」

返事をした瞬間、土壁の向こうでドーンという音が響いた。

「グギャアァァァァーーッ！」

「もう一度狙え！」

「エドワード様！　ご無事ですか！」

護衛たちとマリーの声が聞こえる。皆が来ている。良かった！　無事だった。

「よし、皆来ているようだね。下がるよ」

「はい！」

僕たちはそのまま後ろへと走ってから、崩れ始めている土壁を消した。

開けた視界。すぐさまマリーの防護壁が僕たちの前に張られたけれど、土壁と違ってマリーの防護壁は視界を遮る事がない。その新たな壁の向こう、見えたのは魔熊が兄様の作った水陣で出来たへこみの中から出てこようとしているところだった。それを阻もうと護衛たちとルーカスが上から攻撃をしている。けれどそろそろ四人の体力も限界に近いだろう。マリーも膝をついていた。

「ガアァァアァッッ！」

魔熊はうるさそうにその攻撃を払い、炎の柱を、僕たちに見せびらかすように地面に突き立てた。

そしてその炎を今度は僕らに向けて矢のように放つ。

「ウォーターウォール（水壁）！」

兄様がすぐさま水壁を出した。でも、それをものともせずに突き抜けてくるいくつもの炎の矢。

「ウォーターバレット（水弾）！　エディ！」

もう一度、今度は水の礫を無数に出して、兄様が僕の名を呼んだ。振り返って、後ろにいる僕を庇おうとしているのだと分かった。

「アースウォール！　アースウォール！　アースウォールーーッ！」

僕は土壁を立て続けに出した。息が切れる。

けれど、必死に出した土壁はいくつかの炎の矢を止めたものの、残り一本の大きな炎の矢は容赦なくそれをぶち抜いてきた。残っている壁は先ほど土壁を壊したと同時にマリーが僕たちの前に張ってくれた防御壁だけだ。

もしこのまま最後のその壁も突き抜けてしまったら、僕を庇う兄様の背中に当たってしまう。

そうしたら兄様が！

「いやあぁぁぁぁぁーーーーー！」

その瞬間、吹き荒れる嵐のような雨と風が最後の炎の矢を打ち落とした。

「エ、ディ……？」

「やだ！　いやだ！　いやぁぁぁぁっ！」

兄様の手を抜け出した僕の周りに、水が、土が、石がクルクルと巻き上がっていく。

「兄様が、兄様が、兄様！」

「エディ！」

兄様の手をすり抜けて、僕の身体はふわりと浮き上がった。それと同時に、僕の周りで渦を巻いていた水と土と石がものすごい勢いで魔熊に向かって降り注ぐ。

「グワァァァァァーーーッ！」

上がる咆哮。

でも僕の頭の中にあるのは兄様の頬を流れた赤い血だけだった。

許さない。

絶対に許さない。

兄様を傷つけたら許さない。僕は、そのために、頑張っているのだから。

兄様を殺さない、そのために、僕は…………！

「止めて！　やめさせて！　魔力暴走です！　誰か止めてぇぇぇぇ！　エドワード様の身体が、身体が壊れてしまう！」

マリーが泣き叫ぶ。でも僕には何を言っているのか分からない。だってあれを倒さないといけないから。兄様を傷つけたあれを許せないから。

「倒す、倒す、タオス………コロス……」

手を前に伸ばして、僕は僕の身体の中から魔力を引き出す。森の木がざわざわと鳴った。

「エディ！　やめるんだ！　エディ！」

「……ユルサナイ……」

木の枝が、葉が、植物たちが、まるで鎖のように伸び始めて、暴れる魔熊を巻き取っていく。

「なんだ、これは……」

「こんな魔法見た事がない……」

護衛たちが引きつった声を出している間にも、火に弱い筈の木々は、燃える事のない緑の鎖になって魔熊を捕らえて締め付ける。

「グガッ！　グワァァァァァ！」

苦しげな声を上げながら、最後の足掻き(あが)のように吐き出される炎の玉。けれどそれはすぐさま渦(うず)

のように回っている水と土と石に打ち落とされて地面に消えた。

「ガ、ガ、ガァァァア！　グガァァァアッツ！　ガ……ガァ……ル、ル……」

足元から這い上がる土が魔熊を固めていった。消えていく体毛の赤い炎。

絡みついた緑がまるで魔熊の命を吸い出しているかのように、その体は見る間に痩せ細り、咆哮を上げた体勢のまま骨と皮になり、やがて深い緑に苔むしていく。そんな光景を護衛たちとルーカスは呆然と見つめていた。その中で唯一動いていたのは……

「エディ……もう大丈夫。僕は大丈夫だから、もう戻っておいで？」

伸ばされた手。

「エディ、大丈夫だよ。おいで」

聞こえてくる、大好きな声。

「エディ、返事をして。エディ、エディ」

呼ばれている。呼んでいる。大好きな…………

「エディ、エディ、おいで、僕のそばに来て？　エディ」

「……アル……に……さ」

「うん。僕は大丈夫。ありがとう。大好きだよ、エディ。だから、僕の所に戻ってきて？」

浮き上がっていた身体がゆっくりと地面に戻った。それを待っていたように兄様の指が触れた。

「エディ」

「にいさ……アルにいさま、アル兄様、兄様！」

「おかえり、エディ」

僕の身体はしっかりと兄様に抱き込まれた。

「兄様！　兄様！　兄様！」

その言葉しか言えなくなってしまったかのように、僕は兄様を呼びながらその身体にしがみつく。

「大丈夫？」

「はい……」

兄様の背中越しに見えた緑と茶色の大きな塊。あれは何？

「……にいさま」

「うん？」

「あれは、僕が、したの？」

絡みついて巻き付いた木は魔物を食らいつくして深く苔むし、青々とした葉を茂らせていた。そして土が逃がすまいとするようにその足を地面に縫い留めている。

真っ赤に燃えていた体はまるで森の一部になってしまったかのようだった。

「エディのお陰で、皆が助かった。ありがとう」

「……っ……」

「怖かったね、頑張ったね。ありがとう、エディ」

涙が落ちた。兄様はいつだって、僕の欲しい言葉をくれる。

「エディ、怪我は？」

「だい、大丈夫です」

「そう。よかっ……た」

「兄様？」

だけど、その言葉の後、僕を抱きしめていた兄様の身体が力を失ってズルズルと沈み始めた。

「兄様……アル兄様……いや……！　兄様！」

蒼白い顔には僕が知らない傷がいくつもあった。腕も……違う、身体中に怪我をしている。

いつ？　どうして？　なんで？　だって、頬っぺたの傷だけだったでしょう？

そこから血が出たのを見て、僕は、僕は……

「兄様！　アル兄様！　いや、兄様！　だ、誰か！　誰か助けて！　兄様が！」

開かない目。

開かない口。

「アル兄様っ！」

その瞬間、僕の頭の中に『記憶』が浮かんだ。

『敷地内に出た高位種の魔物と遭遇した事による魔力暴走。魔力を制御出来ず兄を巻き込んでしまい、それが元で溝（みぞ）が深まる』

「――――！」

『悪役令息』であるエドワードの少年期のエピソードだった。

そう、僕ではなく兄様が学園に入る前に、チラリと書かれていた出来事だ。小説の中の僕と兄様の間に起きた致命的な出来事。

だけどこんな事、起こってから思い出してもなんの役にも立たない！

「兄様！　お願い、目を覚まして？　お願い……兄様！　アル兄様！」

頭を抱きかかえるようにして僕は兄様に呼びかけた。

その間にザワザワと周りが騒がしくなっていく。ようやくやって来た魔導騎士の一隊だ。転移が出来る者を先に送ったという声が聞こえてきた。

「兄様！　兄様！」

涙がとめどなく落ちる。

僕は、役立たずだ。大きな出来事は僕が学園に入る前だから油断していたなんて、なんの言い訳にもならない。これで兄様が死んでしまったらどうしよう。

「うっ……うっ……起きて、ください、アル兄様」

今頃思い出しても遅すぎる。兄様を殺さない。『悪役令息』にならない。この『記憶』は僕にとって、そのためのものなのに！

「エドワード！」

父様の声がした。

森の近くに魔導騎士たちと転移をしたのだろう。僕たちを見つけて向こうの方から走ってくる。

「父様！　兄様が！　助けてください！」

その途端、僕の腕の中で兄様の身体がびくりと震えた。そして、ゆっくりと青い目が開く。

「兄様！」

涙でぐしゃぐしゃの顔のまま、僕は兄様の顔を見た。

「……え？　……なに……？　うそだろ……いてぇぇ……」

それは、兄様なのに、見た事のない表情だった。言葉もなんだかいつもと違う。

「アル……兄様？」

兄様なのに、何かが違う。僕の声に兄様が視線を向けて、目を見開いた。

「……エドワード・フィンレー？」

「……え……」

なに？　何が起きているの？　なんで兄様がそんな風に僕の事を呼ぶの？

「ぐっ……か、はっ！」

「いや！　アル兄様！」

小さなうめき声を漏らして、口から血を吐き出した兄様に、僕はたまらずしがみついた。

「アル兄様！　早くお医者様を！　父様！」

声を上げながら僕の胸はドクドクと早鐘のように鳴り響いていた。

何が起きてるの？

どうなっているの？

どうして兄様が僕の事を……

「……悪役令息」

「…………え？」

心臓が、鷲掴みにされたような気がした。

「俺、ころされ……る」

青い顔のまま、兄様は再びガクリと気を失った。

「アルにい……さ……」

身体から血の気が引いていくのが分かった。

たった今、聞いた言葉が信じられなかった。

兄様は、兄様なら、兄様だったら、僕をあんな目で見ない。

僕の事を『悪役令息』だって知っている筈がない。言う筈がない！

「エドワード！　アルフレッド！」

父様と騎士たちが僕たちの前にしゃがみ込んだ。

「よく、がんばった。生きていてくれて、ありがとう……！」

父様が僕たち二人を抱え込む。だけど、僕は、それどころじゃなくて。だって、兄様が…………

『……悪役令息……俺、ころされ……る』

兄様じゃない。

兄様の筈がない。だって……！　でも、だけど……それなら……

僕は僕の腕の中の、意識のない傷だらけの蒼白い顔を見た。

手が、身体が震える。じゃあ、この兄様は……

「だ……れ……？」

「エドワード！」

そして、次の瞬間、僕の意識もグラリと暗転した。

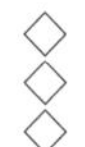

誰かが泣いている声がした。

(ごめんなさい、兄様、ごめんなさい)

ああ、僕が泣いているんだ。兄様を傷つけてしまったから。

守るための記憶なのに、肝心な事を思い出せなくて兄様を傷つけてしまったから。

そして…………

『……悪役令息……俺、ころされ……る』

もう何がどうなっているのか分からない。

兄様が、僕を、悪役令息って、殺されるって……いやだ、怖い、助けて。

「ごめ……なさい」

謝るから。

「ごめんなさい……」

たくさん、たくさん謝るから。

だから、全部夢にしてください。

怖い魔物が出てきた事も。

兄様が怪我をした事も。

「エドワード」

「ごめんな……さ……い」

謝るから。だから、そんな目で見ないで。

僕を『悪役令息』って呼ばないで。

「エドワード」

「ごめん、なさ……」

「大丈夫だよ。エドワード」

「ごめ……」

その言葉しか言えなくなってしまったような僕に、声は根気強く繰り返す。

「エドワード、眠りながら泣いて謝るなんて、悲しい事をするんじゃないよ」

頬に触れる大きな手。

「目を開けてごらん。エドワード」

いやだ、怖い。目を開けて、また怖いものがいたら僕はきっと同じ事をしてしまう。

そして、兄様から『悪役令息』と呼ばれてしまう。

殺されるって怯えた目で見られてしまう。

だから、もう、このまま……

「エドワード、大丈夫だ。父様だよ」

「………とう、さま？」

「そうだよ。ほら泣いてばかりいると目が溶けてしまうよ」

「……とーさま……」

「うん。もう大丈夫だ。よく頑張った。怖かったね」

そう言って父様は寝ていた僕の身体をそっと抱きしめた。その途端、頭の中に甦る恐ろしい赤い火の熊の化け物。吹き荒れた魔力。そして……血を流して傷だらけで倒れた蒼白い顔の兄様。

「やぁぁぁぁ！　ごめんなさい！　僕、兄様を、ぼく、化け物が、あぁぁぁぁぁぁぁぁーーー！」

「大丈夫。大丈夫だ。落ち着いて。大丈夫だ。もういない。何もいない。エドワード！」

「僕は！　ぼくがっ！　ぼ……」

「エドワード、幼いうちは魔力の制御が出来ずに暴走してしまう事があるんだ。それを防ぐために大人がいる。けれど今回はアルフレッドが君を守るために頑張った。エドワードが無事で良かったと、私もアルフレッドも思っているよ」

抱き起こされてトントンと背中を宥めるようにあやされながら、僕はひっくひっくと小さな子供のように泣きじゃくった。

「……兄様は？」

「無事だよ。助けに行くのが遅くなってごめんよ。覚えているかな？　エドワードはあの後、気を失ってしまったんだ。だから二人とも神殿に連れていった。アルフレッドの怪我は治していただいたけれど、もう少し休むように言ってある」

「だいじょぶ……なんですか？」

「大丈夫だ」

「……あり、がとう……ございました」

「母様もおチビたちも皆心配していたよ」

「しんぱい、かけて、すみ……ません」

「初めて魔物に出会ったんだ。怖くて当然だよ。本当に無事で良かった」

そう言って父様は涙でぐちゃぐちゃの僕の顔をハンカチで拭き、ゆっくりとベッドに戻した。

「エドワードは二日間眠っていた」

「え？　二日も？」

「魔力が急激に膨れ上がって、減って、安定しない状態だったからね。だからもう少し寝ていないといけない。後で食べられそうなものをマリーに持ってきてもらおう」

「……はい」

「それから、起きている時に聞いておきたい事があるんだ。まだ話が出来るかい？」

「……はい」

なんだろう。もしかして僕が『悪役令息』になって、兄様を殺してしまう子なんだって分かってしまったんだろうか？

「エドワードは自分がどんな魔法を使ったのか覚えているかい？」

「僕……僕は……」

分からない。ただ、兄様に向かってくる炎の矢をどうにかしなければと、僕を庇おうとする兄様を助けなければと、ただそれだけで。

「分かりません。兄様が、魔物にやられちゃうって思ったら、嵐みたいな風が吹いて、何かが魔物をつつんで、それから兄様が大丈夫ってギュッってしてくれて……だけど兄様は頬っぺただけでなくて沢山怪我をしていて……」

他の事は何も覚えていなかった。ただ聞こえてきたのは兄様が僕を呼ぶ声だけだった。

そして『悪役令息』だと言われた事は言えなかった。

「そうか、アルフレッドを助けようとして発動してしまったのかな。ありがとう、エドワード」

「いいえ！　いいえ。助けようとしたけれど、兄様をあんなに沢山傷つけてしまったのはきっと僕です。僕が、兄様を……」

だって、僕が覚えていた兄様の怪我は頬っぺたの傷だけだもの。それなのに。

「違うよ。さっきも言っただろう？　アルフレッドを守るためにエドワードは魔法を無意識で使った。そして魔力が暴走してしまったエドワードを守るためにアルフレッドが頑張ったんだ。私の自慢の息子たちだよ」

「とーさま」

「大丈夫だ。アルフレッドも直（じき）に元気になる。エドワードがどうしているか気にしていたよ」

「兄様が……？」

それならあの時の兄様は、何かの間違いだったのかしら？

『……悪役令息……俺、ころされ……る』

耳に残る、信じられない言葉。あれは、あれは魔法を使いすぎたせいで見た夢？

「もう泣かないで、しっかりと寝て、しっかりと食べなさい。元気になったらきっとアルフレッドも母様もおチビたちも会いに来るだろう」

「は……い」

そうかな。本当に兄様も会いに来てくれるかな。いつものように「エディ」って呼んでくれるかな。そして、大丈夫だよって、ギュッとしてくれるかな。

父様はもう一度僕を抱きしめてそっとベッドに寝かせてくれた。

「あとは頼んだよ。また様子を見に来る」

「畏まりました」

マリーの返事に頷いて、父様は部屋から出ていった。

「エドワード様、何か温かくて柔らかいものをお持ちしましょう」

そう言ったマリーに僕はゆっくりと口を開いた。

「マリー、僕が森に行きたいなんて言ったから、ごめんね。他のみんなも無事だったのかな」

「いいえ。森にあんな魔物がいる方がおかしかったのです。侯爵様がきちんと調べるとおっしゃっていました。ルーカスも他の護衛たちも皆無事です」

「良かった。でも、マリーは僕が魔力暴走を起こしちゃったりしたのに、怖くない？」

「いいえ！　いいえ、怖くなんてありませんよ。エドワード様が魔物を倒してくださらなかったらマリーは生きてはいられませんでした。マリーは……っ……」

「泣かないで。マリー」

「エドワード様が、ご無事で良かったです。本当に良かったです。何か、食べるものをお持ちしますね。少しでも召し上がってください」

マリーはそう言って部屋を出ていった。

皆が無事で良かった。兄様もお怪我が治って良かった。

『……悪役令息……俺、ころされ……る』

どうか、どうか、あの時の兄様が何かの間違いであってくれますように。

いつもみたいに「エディ」って呼んでくれますように。

ギュッてして、また絵本を読んでくれますように。

僕はまた溢れ出してしまいそうな涙をこらえてそう願った。


僕が目を覚ましてから三日が過ぎた。

父様はなぜ敷地内に想定外の魔物が現れたのかを調べるために忙しくて、あの日以来会っていない。

昨日は母様がお見舞いに来てくださった。無事でいてくれて良かったと何度も何度も言われて泣かれてしまった。

僕の身体は自分ではもう大丈夫なつもりなんだけど、それでもまだ寝ていなさいと食事も部屋でとるようになって、勉強も鍛錬もお休みだ。

「……マリー」

「なんでございましょう？」

「兄様の具合はどうなのかな。まだ起き上がれないのかしら」

「そうですね。少しずつ慣らしていらっしゃるご様子ですが。お食事などはまだお部屋のようです」

「……そうなんだ」

僕はため息を落とした。いつもの兄様なら、きっと僕の顔を見に来てくれる。怪我が治っているのなら、きっとそうしてくれた筈だ。

でも兄様は来ない。

僕を『エドワード・フィンレー』と呼んで、『悪役令息』と言って『俺、ころされ……る』と言ったあの兄様は、多分夢じゃなかったんだ。

そして、僕の知っている兄様ではないのかもしれない。

じゃあ、僕の知っている兄様はどこに行ってしまったんだろう？

だって、その少し前は僕の事を心配していてくれたんだ。怖かったねって、頑張ったって、怪我がないかって言っていた。それなのに……

「兄様にお会いしては駄目かな」

「それは、私には分かりません」

「聞いてくれるかな。今日が無理なら明日お会い出来ないかって。会って怪我をさせてしまった事をお詫びしたいって」

「そんな、怪我をさせたなんて」

「ううん。だって、僕が魔力暴走を起こしたから兄様が沢山怪我をしてしまったんだもの。ちゃんと謝りたい」

「……畏まりました。それではテオに伝え、侯爵様からの許可をいただきましょう」

「うん。よろしくね」

僕はそう言って、自分の手を見た。小さく震えている指。

本当は怖い。

知るのが怖い。

兄様が、兄様でなくなっていたら……僕はどうしたらいいんだろう。

「……本当に、全部夢になったら良かったのに」

けれど、そんな事は起こらないのは分かっている。ありえない魔物が現れた事も、僕が魔力暴走を起こした事も、兄様が怪我をした事もなくならない。

約束は、翌日になった。

「僕一人でいいです。ちゃんと謝りたいし、お話もしたいから。父様はお仕事頑張ってください」

付いていこうかという父様にそう言って、僕は兄様の部屋の前に来た。

久しぶりに会ったルーカスにも、ごめんなさいとありがとうを伝える。

ルーカスは「きちんとお守り出来ずに申し訳ございませんでした」と頭を下げた。そんな事ないのにな。大きな怪我がなくここにいてくれるだけで嬉しいって思う。だから、なかなか頭を上げないルーカスに「またルーカスとマリーと追いかけっこがしたいな」って言ってから、僕は大きく息を吸って、吐いて、閉じられたままのドアをノックした。

「エドワードです」と名乗ると「どうぞ」という声と共に、メイドが扉を開けてくれる。

「……失礼します。今日はお時間を取っていただきありがとうございます」

お辞儀をすると兄様は「ああ」とだけ答えた。

「……入ってもよろしいですか？」

「どうぞ……」

そばにいたマリーの顔が曇ったのが分かったけれど、僕はそのまま一人で部屋に入る。

もう分かっていた。ここにいる兄様は僕の知っているアル兄様ではない事を。

だって、兄様ならこんな風にしない。

必ずドアを開けて招き入れてくれる。

すぐにエディって呼んでくれる。

そして笑ってくださるもの。

「あの、話って………」

「……はい。まずはお怪我をさせてしまって申し訳ございませんでした。お身体はいかがでしょうか？」

「うん。だいぶいいよ……」

「そうですか、良かったです。あんな魔物が出るなんて思ってもいなかったので、森に行きたいなどと言ってしまって本当に申し訳ございませんでした」

頭を下げた僕に、兄様は「ああ」とだけ言う。その短い返事を聞いて、僕は大きく息を吸って……吐いた。そして………

「悪役令息、エドワード・フィンレー」

「………っ！」

弾かれたように上げられた顔と見開かれたブルーの瞳。

それをギリギリと痛む胸で受け止めて、僕は言葉を続けた。

「愛し子の落ちた銀の世界」

「どうしてそれを！」

「………っ……」

ああ、本当に、僕の兄様は消えてしまったんだ。

ジワリと涙がにじみ出すのをこらえて、僕はゆっくりと口を開いた。

「僕は記憶持ちです。貴方は誰？」

兄様だった人はもう一度驚いた顔をしてから、溜め息のような声を出した。

「島田恵吾。高校二年だった。十七歳。そっちは？」

「僕は、エドワード・フィンレーです。そのまま。前世っていうのかな。分からないけど、その記憶だけがあります。二十一歳だったみたい」

僕がそう言うとシマダケイゴと名乗った、その人は薄い笑みを浮かべた。

「へぇ、そんな転生もあるんだね。でもまさか自分が『銀セカ』の中に転生するなんてさ、思ってもみなかった。しかも『悪役令息』のエドワード・フィンレーの兄じゃ、もう死ぬだけじゃん」

「…………」

「とりあえず、俺は死にたくない。転生者同士、よろしく頼むよ」

兄様の顔で、兄様ではない言葉を使う男に悔しさと悲しみが湧き上がる。

「一つ聞いてもいい？」

僕がそう言うと、彼は「ああ」と頷いた。

「兄様は、アルフレッド・グランデス・フィンレーはどこにいるの？」

「それは俺でしょ？」

ニッと笑った顔に僕は首を横に振った。

「貴方は今、シマダケイゴって言ったでしょう？　元のアルフレッド・グランデス・フィンレーはどこにいるの？　記憶は？」

「さあ？　俺の中？　記憶はなんとなく覚えているって感じかな。とにかく多すぎてうまく取り込めていないんだ。でもさ、エドワードとも割と仲良くしていたみたいじゃない？　これなら殺されないかな、俺」

「……っ……！」

胸の奥から怒りがこみ上げた。それでも。

それでも僕は『悪役令息』にはならない。絶対に、ならない。

「……貴方の……兄様の事は殺しません。僕は絶対に『悪役令息』にはならない。だから二度と僕を『悪役令息』と呼ばないで」

「わ、分かった」

僕がどんな顔をしていたのかは分からないけど、兄様ではない兄様はいきなりおどおどとした表情を見せた。それがまた切なくて、居たたまれない気持ちのまま僕は再び口を開いた。

「とにかく、今は、君がアルフレッド・グランデス・フィンレーなんだから、もう少し、ちゃんとした……言葉を……」

息が苦しくて、頭が痛い。

こんな事を言いたくない。

だって、アルフレッド・グランデス・フィンレーは、僕の兄様は、たった一人だけだもの。

『エディ』

優しく笑って、いつも僕が欲しい言葉をくださって、初めて会った時から大好きだった。

『ごめんね。泣かないで。あんまり一生懸命なエドワードが可愛くて。からかったわけでも、怒ったわけでもないんだよ。私の事はアルでいい。これなら言えるかな？』

『アル、さま』

『アル兄様にしよう』

『アルにーさま』

『そうだよ。エディ。これから仲良くしよう』

涙が、我慢をしていた涙が、溢れ出してくる。

『なかよくしてくださって、ありがとう、ございます』

『うん。僕も、仲良くしてくれてありがとう、エディ』

『だ……』

『だ？』

『だいすき、アルにーさま！』

「いや……だ」

「え？」

ポタポタと床に涙の雫が落ちた。

「いやだ、いや……！」

「なに、ちょっ……」

「返して！」

僕は思わず飛びかかるようにして彼の腕を掴んでいた。

「なにすんだよ！」

「兄様を返して！　僕の、アル兄様を返して！　返してっ！」

「やめろ！　……離っ……」

捕まれた腕を離そうとする手。

十二歳の兄様の身体に六歳の僕の身体では太刀打ち出来る筈がない。

それでも僕はその身体にしがみついて叫ぶ。

「返して！　返してよ！」

「知るかよ、そんなの！　やめろってば！　いい加減にしろよ！」

「やだ！　兄様！　アル兄様！　返して！　僕の兄様を、アル兄様を返せーーーーっ！」

叫び声に驚いて、マリーとルーカスと兄様の専属メイドが部屋の中に入ってきた。

「エドワード様！　どうされましたか！　エドワード様！」

「アルフレッド様！　大丈夫ですか⁉」

「兄様、アル兄様、アルにーさまぁぁ！」

そのままズルズルと床の上にしゃがみ込んでしまった僕をマリーが抱き上げた。

「お部屋に戻りましょう、エドワード様。アルフレッド様、申し訳ございませんでした。エドワード様はまだ少し混乱してしまっているようです。後ほど改めて謝罪を」

マリーの言葉に兄様のメイドが頷く。

「承(うけたまわ)りました。アルフレッド様、どうぞこちらへ。アルフレッド様も少しお休みになられてくださいませ」

「にーさま、にーさま」

マリーに抱えられたまま、それでも兄様ではない兄様に手を伸ばす。

でも、兄様ではない彼は俯いて僕を見なかった。

「…………う……っ……」

喉から、漏れ落ちた声。

兄様でないなら、大好きなブルーの瞳はなんの意味もないから、僕を見なくてもいいんだ。

もう……いいの。

「……アルにーさま、ごめんなさい。僕はもう、なにも、しないから」

だから安心して…………

パタリと手を下ろして、ギュッと目を閉じて。

扉が閉まったその後、微かに落ちた声が僕に届く事はなかった。

「エ……ディ……」


アル兄様の部屋から戻ってきた僕は熱を出した。

夜になって父様が、珍しく喧嘩でもしたのかとやって来た。

僕は「違います」とだけ答えて黙ってしまい、父様は少し困った顔をした。

「アルフレッドは少し記憶が混乱しているようなんだ。言うのを控えていたんだが、分からないとか思い出せないというような事を口にしていてね。エドワードに会えば刺激になるかと思ったけれど、どうやら驚かせてしまったみたいだね。ごめんよ」

父様はそう言って僕の頭を撫(な)でて、出ていった。

「何かお召し上がりになりませんか？」

マリーが言う。

「いらない」

「……では、せめて果実水だけでもお飲みください」

泣き出しそうな顔でそう言われて、僕はカップに入った果実水を飲んで、また横になった。

『しかも「悪役令息」のエドワード・フィンレーの兄じゃ、もう死ぬだけじゃん』

よみがえる声。

「…………っ……」

ジワリと滲(にじ)んだ涙。

兄様は、死んでしまったんだろうか。そしてあの人が兄様の身体に入ったんだろうか。

それともあの人はずっと兄様の中にいて、あの戦いの後で目覚めたのだろうか。

『さあ？　俺の中？』

違う。それは兄様の身体だ。兄様の。

「アル……兄様……」

もう二度と会えないんだろうか。もう二度と「エディ」と呼んでもらえないんだろうか。

絵本を読んでくれる事も、ギュッとしてくれる事も、兄様の瞳と同じブルーのリボンをプレゼントしてくれる事もなくなってしまうんだろうか。

「……ぅ……えっ……っ……」

声が出ないように手で押さえて、涙が零れないように上掛けで押さえて、身体を丸めて、耐える。

森へ行こうなんて言わなければ。

行く前に兄様に会わなければ。

あんな化け物が出なければ。

僕が、魔力暴走を起こさなければ…………！

「……僕が、死んじゃえば良かった」

そうすれば、兄様を殺してしまうかもしれないなんて考える事もないし、『悪役令息』になる事もない。

「…………」

ああ、そうしてしまえば、いいのかもしれない。

「もう一度神殿送りになってしまうよ？　エドワード」
父様が僕に向かってそう言った。
「きちんと眠って、食事をしなさい」

珍しく怒ったように告げる父様に、僕は小さく「はい」とだけ答えた。

でも駄目なんだ。食べられないんだ。眠れないの。身体の中が空っぽみたいになっているの。だからベッドに横になっても、ちっとも眠たくならないんだ。それに何かを食べようとも思えない。食べてもすぐに戻してしまう。それを見てマリーが泣いているのも知っているけれど、僕の身体は、もうこの世界で生きていく事が嫌になってしまったのかもしれない。だって………

生きていたら兄様ではないあの人に会わないといけないでしょう？

それにまた恐ろしい魔物に遭うかもしれないでしょう？

もしかしたら、あの兄様の事が嫌になって、本当に殺してしまうかもしれないでしょう？

それなら僕は生きていても仕方がないでしょう？

「こんな事をしていたら、死んでしまうよ、エドワード。しっかりしなさい」

「……はい」

ぼんやりと返事をする僕に父様が溜め息を落とした。

「失礼いたします。あの、アルフレッド様がいらっしゃいました」

「来るという話は聞いていなかったが」

「はい。今日は調子がいいので少しエドワード様とお話をしたいとおっしゃって」

「…………いや、いやです。お話ししたくありません」

僕は首を横に振った。

「……エドワードの体調が悪い。日を改めるように伝えなさい」

「畏(かしこ)まりました。あ……」

しかし、それを伝えるために開けたドアから兄様が入ってきてしまった。

「アルフレッド」

父様が少しだけ怒ったような声を出した。

「申し訳ございません。父上。ようやく頭がすっきりといたしました。先日はエディに謝罪に来てもらったのにきちんとした話が出来ませんでしたので、今度は私の方から謝らなければと。エディ少し話をさせてもらえないだろうか」

「…………」

「父上、お願いします。エディと話をさせてもらえませんか？　無理はさせません。具合がこれ以上悪くなるようでしたら、すぐにやめてお知らせいたします。話を、した方がいいと思うんです」

「…………分かった。エドワード、アルフレッドときちんと話をしなさい。今回の事は謝罪をするとかそんな話ではない筈だ。誰が悪いという事ではない。あれは変災だ。いいね？　アルフレッド頼んだよ？」

「はい」

父様はそう言って部屋を出ていってしまった。マリーも出ていってしまう。

部屋の中には僕と兄様だけになった。

いやだ、聞きたくない。何も、何も聞きたくない。

兄様ではない兄様の言葉なんて聞きたくない。

「貴方じゃない」

「……呼ばないで、ください。そう呼んでいいのは、僕の兄様だけです。貴方じゃない」

僕がそう言うと目の前の兄様はクシャリと顔を歪めた。

「ごめんね」

「っ！」

「エディ」

「うん。エディ。もう、大丈夫。ちゃんと全部、覚えているから」

「…………え……？」

「初めて会った日の事も、大好きって言ってくれた事も、一緒に絵本を読んだ事も、リボンをプレゼントした事も、水まきの魔法を見せてくれた事も、そして、エディがあの魔物から僕を守ってくれた事も、ちゃんと全部ここにあるから」

兄様はそう言って両方の手を自分の胸に当てた。

「……に……さま……？」

本当に？　嘘じゃなくて？　あの人が僕をからかっているんじゃなくて？

「うん。ただいま、エディ。心配かけてごめんね」

笑った顔。

「っ！　アルにーさま！」

僕は布団を跳ねのけるようにして両手を伸ばした。

「エディ」

兄様が僕の身体を抱きしめる。

「アル兄様、ごめんなさい！　沢山怪我をさせて、ごめんなさい」

あの日伝えられなかった言葉を口にした。

「大丈夫だよ。ほら、どこもなんともない。それよりもこんなに痩せたのは僕のせいだね」

ああ、兄様だ！　本物の、本当の、僕の兄様だ！

「ちが、違います。僕が、僕が……うぇぇぇっ……」

そう言いながら言葉が詰まって涙を流す僕の背中を、トントンとする優しい手。

「ごめんね。もう大丈夫だから」

「はい……アル兄様……」

ああ、良かった。本当に良かった。また兄様に会えて本当に、本当に良かった。そう思って背中をトントンする手に安心していたら。

「エディを『悪役令息』になんてさせないから」

「え……」

聞こえてきた言葉にドクンと鼓動が跳ねた。

「ア……ル……に……」

言葉にならずにハクハクと動いた口。

なんで？　どうして？　僕が『悪役令息』だって、兄様が知っているの？

「『記憶』は、あるんだ。エディと同じだね」

「…………」

僕は顔を引きつらせた。それを見て兄様がもう一度笑う。

「大丈夫だよ。エディが僕の部屋に来た日の事も、ちゃんと僕の『記憶』になって残っているんだ」

それはどういう意味なんだろう。ここにいる兄様は一体……

いやだ。怖い。兄様なのに、兄様じゃないの？　また違うの？　僕のアル兄様じゃないの？

身体を離そうとした僕を、けれど兄様はギュッと抱きしめなおした。

「もう出てこないと思うよ。シマダケイゴは」

「なん……で……」

どうしてその名前を兄様が知っているのだろう？　記憶になって残っているってどういう意味？

僕の頭の中は分からない事でいっぱいだった。

すると兄様はゆっくりと口を開いた。

「彼の『記憶』はね、僕の記憶の一部になったんだよ。同化じゃない。強いて言えば、捩じ伏せた。だってこの身体は僕の身体だもの。それに彼には僕の十二年間分の記憶と知識が収まりきらなかったみたいだ。あの日、エディに呼ばれて目が覚めた。気を失っていた時に彼に乗っ取られていたのか、それとも彼は生まれながら僕の中にいたのかは分からない。でもエディが泣いていたから、呼んでくれたから、返してって言ってくれたから、だから……」

「…………アル兄様」

ああ、あの部屋から助け出された後の僕と同じような感じなのかもしれないって思った。

僕は僕のままだったけど、僕じゃない『記憶』も僕の中にあった。でも僕の中の彼は、あの人みたいに出てきた事は一度もないけれど。

「駄目だろうか？」

兄様がポツリと言った。

「……え……？」

「違う世界の『記憶』を持っている僕は、駄目かな？」

「…………」

「もう、エディの兄様にはなれないかな？」

「……っ……」

その瞬間、不安なのは兄様も同じなんだって分かった。

そうだよね。知らない『記憶』が自分の中にあるんだもの。しかもその『記憶』の中で自分が僕に殺されるなんて知ったらびっくりするよね。更に他人が兄様の身体を勝手に使っていたし。

「……ううん。だい……だいじょうぶ……大丈夫です！　駄目じゃないです！」

大きな声でそう言った。

「本当に？」

「ほんとです。だって、兄様は全部、ちゃんと覚えているって言ってくださったから」

何よりも僕を呼ぶ声が、眼差しが、以前（まえ）と同じだから。

「エディ、僕は、僕だから。二度とあいつにこの身体を渡さないから」

「はい」

そう、きっと兄様が大丈夫と言うなら大丈夫なんだ。

まだ涙の止まらない僕に、兄様はいつも通りの笑みを浮かべた。

「さぁ、ご飯を食べよう、エディ。そうだ、久しぶりに赤いマカロンも作ってもらおうか」

「は、はい！」

ほら、間違いない。兄様だ、アル兄様だ、僕のアル兄様だ！

「大好き、アル兄様、大好き！」

抱きしめられたまま、しがみついてそう言うと、兄様はいつもと同じ笑顔で僕を見つめた。

「僕も、エディが大好きだよ。だから彼の『記憶』も使って、僕は死なないように、エディは『悪役令息』にならないように力を合わせよう。あの小説とは違うよ。だってエディと僕はこんなに仲良しで、僕たちの家族も皆仲が良くて、そして双子もいて、僕の友達は皆エディが大好きだ」

「はい……はい……」

そう、あの小説とは違う事が沢山ある。

「何よりここは小説の中じゃない。僕たちはここで生きているんだから」

真っ直ぐに僕を見つめる青い瞳。

「はい」

大丈夫。もう、大丈夫だ。

「マリーを呼ぶから着替えておいで。何か食べよう。父様も心配しているよ。ああ、ここで食べた方がいいかな？　本当に痩せてしまったね」

兄様はそう言って僕の目元に口づけた。

「ふわぁ!!」

僕は驚いて変な声を上げてしまった。

「目の下が真っ黒だ。とにかく、ご飯を食べたらちゃんと寝て。そうして元気になって落ち着いたら、一緒に作戦会議をしよう、エディ」

兄様が僕を見て笑っている。いつものように、エディって呼んで僕を見ている。

「はい！　アル兄様！」

こうして、僕は『最強の味方』を手に入れた。

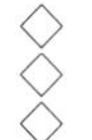

敷地内にある東の森に恐ろしい魔物が出た。
どうしてこんな小さな森にいたのか分からないけれど、僕が必死に出した魔法はほとんど役に立たなかった。
エディが出したいくつもの土壁を突き破って向かってくる炎の矢に、僕はただエディを庇う事しか出来なかった。だけど……
「いやあぁぁぁぁぁーーーー！」

エディが、魔物を信じられないような魔法で倒してしまった。

空中に浮き上がった身体と、その周りを渦巻くようにグルグルと回っている土と水と石。

エディのメイドの叫び声が聞こえた。魔力暴走だと言った声。でも、それだけではないとも思った。何か分からない、知らない力がエディにあるのだと思った。

僕の声も届かないまま、荒れ狂うエディを僕は見ている事しか出来なかった。もういいと落ち着かせるだけで、身体がちぎれそうになった。

でも、エディを止めなければならないと思ったのだ。このままではエディが壊れてしまう。

だから僕が止めなければいけない。

エディを失いたくない。それだけを思って、大丈夫だと、大好きだと、そばに来てほしいと、手を伸ばして、声を上げた。

そして…………エディは僕の所に戻ってきてくれた。

泣いている小さな身体を抱きしめながら、僕は強くなりたいと願った。心の底から、もっと強くならなくてはいけないと思った。

もう二度と、エディの身体が壊れてしまうような魔法を使わせないように、強く、強くなりたい。

「あれは、僕が、したの？」

自分のした事が分からずに、怖がらせる事がないように。

「エディ、怪我は？」

「だい、大丈夫です」

「そう。よかっ……た」

もっと、もっと、誰よりも強くなりたいと思った。

だけどその後……僕の意識は深く、深く、沈んでいった…………


暗い中で半分眠っているような状態のまま、僕は今、自分がどうなっているのかを考えた。

早く起きないといけない。でも起きる方法が分からない。これはどういう事なんだろうか？

僕はもしかしてあのまま死んでしまったのだろうか。

そう思った瞬間、エディの泣き出しそうな顔が浮かんだ。

ああ、きっと心配をしているだろう。多分自分が僕を傷つけたと思っているに違いない。

早く大丈夫だと伝えなければ。泣き虫で、可愛い、僕の義弟に、エディのせいじゃないよと言わなければいけない。それなのに、どうして目覚める事が出来ないんだろう？

そう考えている間にも意識が沈み、そんな事を繰り返すうちに、僕は、僕の中に、いつの間にか僕が知らない『記憶』があると気が付いた。

（なに……？）

知らない場所、顔、言葉、文化……何もかもが奇妙で僕の生活との接点など一つもない。

僕はどうしてしまったのか。なぜこんな事を知っているのか。これは一体なんなのか。この『記憶』の持ち主らしいシマダケイゴとは一体何者なのか。

訳が分からないまま、けれどどうする事も出来ずに、僕はとりあえず見知らぬ男の『記憶』を調べる事にした。

彼、シマダケイゴはどうやら僕の中に入り込んだ人間らしい。

それが夢なのか現実なのかは分からないけれど、シマダケイゴという人間は僕の記憶を取り込もうとしているらしかった。

だが、侯爵家の嫡男として十二年。みっしりと覚え込まされたそれは、どうやら彼の手には余るようだった。

一方、彼の十七年間の『記憶』はそれほど難しいものはなかった。

ただ一つ気になる『記憶』を見つけた。どうやら彼の世界には僕たちの世界に似た小説があるらしい。僕は夢中でそれを追いかけた。

『愛し子の落ちた銀の世界』という小説の中に登場する『悪役令息』エドワード・フィンレー。

僕の大事な義弟と同じ名前の彼は、僕と同じ名前の義兄を殺してしまうのだ。

訳が分からなかった。一体どういう事なのか。

彼が知っていたこの話は、どうして僕たちの事が全く違ったように書かれているのだろう。

しかもそれが《漫画》という絵話になっているものがあり、さらには《アニメーション》という不思議な動く物語になっている事も分かった。

(この小説や漫画やアニメーションの世界が、僕の世界と同じという事なのか?)

いや、だけどそうだとしたらあまりにも違う事が多すぎる。それならば一体………

(考えていても仕方がないか……)

とりあえず、彼は僕の世界が、この話の世界だと思っている事は分かった。

そして彼が【転生者】という者で、僕として生きていこうとしている事も。

(彼が、僕になる？　いいや……ありえない)

それならば、彼の『記憶』を全て僕の中に取り入れて、僕の知識とすればいい。

彼は僕の記憶を持て余しているのだから、大人しくしていてもらうしかないだろう。

僕の身体も、僕の記憶も、僕のものだ。

「渡さない」

そう考えた途端、彼が見ている景色が唐突に僕の頭の中に映し出された。

「悪役令息、エドワード・フィンレー」

エディだった。

「愛し子の落ちた銀の世界」

「どうしてそれを！」

悲しそうに歪んだ顔。

「僕は記憶持ちです。貴方は誰？」

「島田恵吾。高校二年だった。十七歳。そっちは？」

「僕は、エドワード・フィンレーです。そのまま。前世っていうのかな。分からないけど、その記憶だけがあります。二十一歳だったみたい」

「へぇ、そんな転生もあるんだね。でもまさか自分が『銀セカ』の中に転生するなんてさ、思ってもみなかった。しかも『悪役令息』のエドワード・フィンレーの兄じゃ、もう死ぬだけじゃん」

ちょっと待て。どういう意味だ？　エディが『記憶』持ち？　しかも自分が『悪役令息』だって知っている？

僕の焦りが伝わる事はなく、会話は続いていく。

「とりあえず、俺は死にたくない。転生者同士、よろしく頼むよ」

「一つ聞いてもいい？」

「ああ」

「兄様は、アルフレッド・グランデス・フィンレーはどこにいるの？」

「それは俺でしょ？」

「貴方は今、シマダケイゴって言ったでしょう？　元のアルフレッド・グランデス・フィンレーはどこにいるの？　記憶は？」

「さあ？　俺の中？　記憶はなんとなく覚えているって感じかな。とにかく多すぎてうまく取り込めていないんだ。でもさ、エドワードとも割と仲良くしていたみたいじゃない？　これなら殺されないかな、俺」

「……貴方の……兄様の事は殺しません。僕は絶対に『悪役令息』にはならない。だから二度と僕を『悪役令息』と呼ばないで」

「わ、分かった」

苦しげな表情でエディはそう言った。僕は、それを呆然と見つめていた。こんな顔をさせてはいけない。こんな悲しそうな顔をさせたくない。

「とにかく、今は、君がアルフレッド・グランデス・フィンレーなんだから、もう少し、ちゃんとした……言葉を……」

泣き出してしまったエディを抱きしめたかった。大丈夫だよと言いたかった。

「いや……だ」

「え？」

「いやだ、いや……！」

「なに、ちょっ……」

「返して！」

「なにすんだよ！」

「兄様を返して！　僕の、アル兄様を返して！　返してっ！」

「やめろ！　……離っ……」

「返して！　返してよ！」

「知るかよ、そんなの！　やめろってば！　いい加減にしろよ！」

「やだ！　兄様！　アル兄様！　返して！　僕の兄様を、アル兄様を返せーーーーっ！」

僕は、涙を流していた。

実際は流せる涙はなかったけれど、それでも心が張り裂けるように痛くて、苦しくて、すぐにでもあの子の前に出ていきたい。大丈夫だと、ここにいるよと抱きしめたい。

「兄様、アル兄様、アルにーさまぁぁ！」

僕を呼んで泣いているあの子の隣に、どうして僕は行けないんだ！

「返せ……」

あの子が壊れてしまう前に。

「返せ、僕の身体を返せ！」

お前の『記憶』は全てもらった。もう僕の一部になった。

僕は、僕でしかない。決してお前にはならない。渡さない。

「エディ………」

絶対に、その隣へ。

そう、僕の大切な義弟（おとうと）を『悪役令息』にさせないために。


そして僕は見つけた。

少しおどおどした、大人でも少年でもない、見た目とはちぐはぐな、まるで子供のような彼を。

「返してもらうよ」

「え？」

「だって、殺されたくないんでしょう？」

「え？　あの……」

「エドワード・フィンレーに殺されたくないって言っていたでしょう？」

「あ、それはそうだけど。……え？　どういう事なんだ……」

「殺されたくないなら静かに眠っていた方がいいよ。君の『記憶』は僕が役立たせてもらうから。もう君はいらないんだ。この身体は僕のものだから。君には渡さない」

「待って、ちょっと……なんなんだよ……これって、いったい……」

「もう二度と出てきたらいけないよ？　僕が本物のアルフレッド・グランデス・フィンレーなんだからね。君には僕の大切なあの子を泣かせた罪をきちんと償ってもらわなきゃ。シマダケイゴさん。おやすみなさい、さようなら」

「…………っ……」

驚いたような表情を張り付けたまま、『転生者』を名乗った彼はどこかに深く沈んでいった。僕はそれを無言で見送った。

さあ、戻ろう。泣いているだろうあの子のそばに。早く。


「…………」

目覚めは唐突で、違和感も何もなかった。

昨日から今日へと普通に繋がっただけ。だが実際はどれだけ時間が経ってしまったのか。

ゆっくりとベッドから起き上がる。特に眩暈や手足が動かしづらいという事もなかった。

「うん。大丈夫そうだね」

頭の中でシマダケイゴが叫んでいるような事もないし、僕の記憶は勿論、彼の『記憶』もちゃんと残っている。

「よし」

僕が起きた気配が分かったのか、専属のメイドがノックをして部屋に入ってきた。

「アルフレッド様、おはようございます。お目覚めですか？」

「ああ、すごくすっきりした感じだよ」

「……！」

「色々迷惑をかけたみたいだね」

「いいえ！　良かったです。侯爵様も奥様も皆さんご心配されて、今、お知らせしてきます！」

「ああ、いいよ。自分で挨拶（あいさつ）に行くから。ところでエディがここに来たと思うのだけど」

その途端、メイドは「はい……」と困ったような声を漏（も）らした。

「なんだか記憶がはっきりしていなくて泣かせてしまった気がするんだ。あれから何日経っているのかな」

「三日です」

三日か。結構かかってしまったな。

「そう。エディに会えるかな？　尋ねてきてくれる？」

「そ、それが、その、エドワード様はあの日から体調を崩されていて。熱があって、何もお召し上がりにならないとか。侯爵様がお部屋の方に行かれていて、もう一度神殿に連れていくかを――」

「すぐに着替えの用意を。会いに行くから」

メイドの言葉を遮って、僕は立ち上がった。

「でも、まずはお知らせを」

「いい。父上への謝罪はその時にするよ」


そうして僕はエディの元に帰ってきた。


「大好き、アル兄様、大好き！」

「僕も、エディが大好きだよ。だから彼の『記憶』も使って、僕は死なないように、エディは『悪役令息』にならないように力を合わせよう。あの小説とは違うよ。だってエディと僕はこんなに仲良しで、僕たちの家族も皆仲が良くて、そして双子もいて、僕の友達は皆エディが大好きだ」

「はい……はい……」

以前よりかなり細くなってしまった顔が、身体が痛々しい。でももう大丈夫だから。

「何よりここは小説の中じゃない。僕たちはここで生きているんだから」

「はい」

にっこりと笑った、まだ涙で少しだけ濡れている綺麗なペリドットの瞳。

「マリーを呼ぶから着替えておいで。何か食べよう。父様も心配しているよ。ああ、ここで食べた方がいいかな？　本当に痩せてしまったね」

僕はそう言って黒く窪んでしまったようなエディの目元に口づけた。

「ふわぁ!!」

途端に上がった声が愛おしい。

「目の下が真っ黒だ。とにかく、ご飯を食べたらちゃんと寝て。そうして元気になって落ち着いたら、一緒に作戦会議をしよう、エディ」

そう言って、僕は最愛の義弟（おとうと）の身体をもう一度ギュッと抱きしめた。

コンコンコンとノックの音がした。

「はい」

返事をすると扉が開いて、大好きな顔が覗く。

「おはようエディ。今日の調子はどう？」

本当ならマリーが先に来てお知らせをするけれど、最近の朝は大体こんな感じ。それはまだ僕が本調子ではなくて、一階に下りる許可が出ていないから。

「おはようございます。アル兄様。大丈夫です。元気です。すっかり元通りです！」

そう答えた僕の顔を兄様はじっと見て……「うん。食事が終わったらまた少し休もうね」と言って笑みを浮かべた。

兄様が僕の『最強の味方』になってから五日経ったけれど、相変わらず僕は一日の大半をベッドの中で過ごしているんだ。

屋敷の敷地に恐ろしい魔物が現れて、魔力暴走を起こしてしまった僕の事を兄様が助けてくれた。だけど、それがきっかけだったのか、違う世界の転生者に身体を乗っ取られたり？　して……元に戻った。ううん、兄様は転生者の『記憶』を自分のものにして、身体を奪い返したっていうのが正しいのかもしれない。だから兄様には、僕の『記憶』と同じ小説の『記憶』があるんだ。

僕は魔力暴走を起こした後、兄様が兄様じゃなくなってしまったショックで体力がごっそりと落ちてしまって、一階に下りて皆と一緒に食事をする事も、剣の練習も、魔力を使う事も、お庭の散歩も許可が下りない。

「早くみんなと一緒にご飯を食べられるようになりたいです」

「そうだねぇ、来週くらいかなぁ。少なくとも食事の量がもうちょっと増えないと体力も戻ってこないよ？　シェフも色々試しているみたいだから、エディも少しでも食べてあげて？」

「はい、頑張ります」

僕がそう返事をすると兄様は笑って「あ、ちょうど食事がきたみたいだよ」って言った。

沢山のお皿が並ぶとそれだけでなんだか疲れてしまうし、まだベッドでの食事だという事で、運ばれてきた僕の食事は貴族の食事としては珍しいワンプレートという、王都のカフェで流行り出したスタイルだ。一つのお皿の上に色々なものがちょっとずつ載っている。みんな一口ずつ。それでも全部は食べられなくてシェフを苦戦させているみたい。

「昨日の、柔らかくてじゅわっとしてて甘いパンみたいなのは美味しかったです。でも今日の小さいハンバーグも好きです」

「うん、そうだね。じゃあまた今度それを出してもらおう。食べられるのはいい事だよ。ゆっくりでいいからしっかり食べようね。じゃあ、次はこのマッシュポテトにしようか。はい、あ～ん」

「……アル兄様、もう自分一人で食べられます」

そうなんだ。中々食事の量が増えないって聞いたらしい兄様は、昨日から僕の食事の世話をしにやって来た。そしてこうしてあ～んって食べさせてくれている。

昨日のお昼には母様もやって来た。母様の前で「あ～ん」って食べさせてもらうのはとても恥ずかしくて、自分で食べられますって言ったら、兄様ではなくて母様が反論した。

「エディ、今ウィルとボーロの食べ比べをしたら、エディは負けてしまいますよ。赤ちゃんみたいだろうとなんだろうと、今は食べる事が大事です」

それを聞いて、兄様も、壁際に控えていたマリーも頷いていた。勿論夜も、兄様はやって来た。

「うん。でもこんな風に出来るのも今だけだしね。ほら、エディ、今日のパンケーキはふわふわだよ？　ジャムはマークが育てたイチゴだって。はい、あ～ん」

「マークが育てた……あ、あ～ん」

そう言われて、僕は兄様がスプーンの上に載せてくれたジャムがついたパンケーキを口の中に入れてもらった。

「ふわぁ！　甘くて美味しいです！」

「うん。良かったね。もう一口食べられるかな？　あ〜ん」

今日はプレートの半分以上食べられた。兄様はニコニコと嬉しそうに「お昼はもう少し頑張れるかな」って言って、部屋を出ていった。

でも動かないからお腹がすかないんだよね。だけどちゃんと食べられないといつまでも赤ちゃんみたいに食べさせてもらう事になるから頑張らなきゃ！　一階に下りる許可が出たら歩く練習も始めるって父様が言っていたからね。

「お庭の散歩もしたいなぁ」

食休みをしながらマリーにもらった温かいお茶を飲んでいると、少し眠たくなってきた。ベッドに入ってちょっとうとうとしていたら、コンコンコンってノックの音がしてマリーが出てくれた。

「エドワード様、アルフレッド様です」

「え？　兄様が？　入っていただいて」

どうしたんだろう？　さっき食事をしたばっかりなのに、何かあったのかな。

「エディ、ごめんね。もう眠っていたかな？　エディが少しつまらなそうだったから絵本を持ってきたんだよ。今日は午後から座学が入っているから、今なら一緒に読めるかなと思って。どうかな」

「絵本！　ありがとうございます！　眠くないです。うれしいです！」

眠気があっという間に飛んでいった。

「うん。じゃあ、一緒に読もう」

兄様が持ってきてくれたのは僕が好きな『お姫様と騎士』によく似たお話だった。

お姫様を助けてくれる騎士様の絵本はいっぱいある。

どうしてこんなにお姫様は危険な目に遭っちゃうのかなって思うくらい、いっぱいある。

今日の絵本は、王様に国を追い出された事を恨んでいる悪い魔法使いに、お姫様が高い高い塔のてっぺんに閉じ込められてしまっていて、それを騎士様が助けに行くお話だ。

魔法使いが邪魔をする暗い森を抜けて、ボロボロになった騎士様が、最後の力を振り絞るようにして、塔の周りをヘビみたいにグルグルした、ものすごく沢山の階段を一生懸命上(のぼ)っていく。僕は心の中で騎士様を一生懸命応援した。

『あともう少しでお姫様が囚われている塔のてっぺんに辿り着くと思った時、再び魔法使いが現れました』

「……階段をこんなに沢山のぼった後に出てくるなんて、ひどいです。騎士様は疲れているのに」

涙目になった僕の背中を兄様がトントンとしてくれた。

『「よくここまで来たな。だがここを通す事は出来ない。お前はここから落ちてしまうのだ」そう言うと塔の上に黒い雲がかかり、稲妻が光りました。『私は必ず姫様をお救いします』騎士はそう言って剣を大きく振りかぶりました。そして落雷の音が響き、光が塔を照らしました』

「たたたたた大変です！　騎士様が死んでしまいました！」

「大丈夫だよ。『騎士の剣は魔法使いの胸を貫いていました。そして魔法使いは剣と共に雷に打たれて死んでしまいました。騎士は無事にお姫様を助け出し、二人は国に帰ると幸せに暮らしました』」

「かみな……ふぇ……うぇぇぇぇ」

「エ、エディ⁉」

「よか、良かったです。今日の騎士様も頑張りました。騎士様は皆様すごいです。いつでもお姫様を助けてくれます」

僕が涙目でそう口にすると、兄様はクスリと笑って「エディだって凄かったじゃない？」と言った。

「え？　僕がですか？」

「そう。僕たちを助けてくれたでしょう？　エディは僕たちの騎士様みたいだったね」

「ええぇ！　僕が兄様たちの騎士様ですか⁉」

びっくりしたのと、なんだかとても恥ずかしいのとで、僕は思わず顔を赤くしてしまった。

「ふふふ、僕もエディの騎士になれるように頑張ろう」

「兄様は僕の騎士様になってくださるのですか？」

「そう、エディの騎士になってエディを守るよ」

胸の中がなんだかとても温かくなってくるような気がした。そうなんだ。兄様は僕の騎士様になってくれるんだ。

「僕も！　僕も兄様の騎士様になります！」

そう言うと兄様はすごくすごく嬉しそうな顔をして、絵本を閉じてベッドの端に置くと、ゆっくりと僕の手を取った。

「私、アルフレッド・グランデス・フィンレーは、エドワード・フィンレーの騎士になる事をここに誓います」

　取られた手にそっと兄様がキスをした。

「ふ、わ、わわわ……」

　ドキドキする。顔が熱くなってくる。でも僕も、ちゃんとしなきゃ！

「わ、私、エドワード・フィンレーは、アルフレッド・グランデス・フィンレーの騎士になる事をここにちかいます」

　キスをするのがなんだかとても恥ずかしくて、僕は兄様にギュッとしがみついた。

「ありがとう。エディ。僕の騎士。僕もエディの騎士として頑張るね」

「はい！　僕も頑張ります！　僕の騎士様！」

　そう言うと兄様は、しがみついていた僕の身体をギュッと抱きしめた。


　僕が一階に下りてみんなと食事が出来るようになったのはそれから二日後の事。

　兄様は「もう、あ〜んって食べさせてあげるのが出来ないのはちょっと淋しいけれど、エディが元気になって良かった」って笑ってくれた。

ハッピーエンドのその先へ ー
ファンタジックなボーイズラブ小説レーベル

&arche NOVELS
アンダルシュノベルズ

愛される幸せを
知ってしまった

悪役令嬢のペットは殿下に囲われ溺愛される

白霧 雪。／著
丁嵐あたらよ／イラスト

公爵令嬢ベアトリーチェの幼馴染兼従者として生まれ育ったヴィンセント。ベアトリーチェの婚約者である第二王子が他の女に現を抜かすため、彼女が不幸な結婚をする前に何とか婚約を解消できないかと考えていると、第一王子のエドワードが現れる。「ベアトリーチェの婚約について、『ベアトリーチェにとって不幸な結末』にならないよう取り計らう」「その代わり、ヴィンセントが欲しい」と取引を持ち掛けられ、不審に思いつつも受け入れることに。警戒を解かないヴィンセントに対し、エドワードは甘く溺愛してきて……

詳しくは公式サイトにてご確認ください。
https://andarche.alphapolis.co.jp

異世界BLサイト“アンダルシュ”
新刊、既刊情報、投稿漫画、ツイッターなど、BL情報が満載!

ハッピーエンドのその先へ ―
ファンタジックなボーイズラブ小説レーベル

&arche NOVELS
アンダルシュノベルズ

専属騎士の
甘い溺愛

転生先の
ぽっちゃり王子は
ただいま謹慎中につき
各位ご配慮ねがいます！

梅村香子 ／著

條／イラスト

嫌われ者の第三王子テオドールは、謹慎中に前世の記憶を思い出す。このままでは破滅が待っていると理解した彼は、ダイエットに勉強、諸方面への謝罪へと動くことに。その中で、テオドールが謹慎中のため事実上の解任状態であった専属護衛騎士フレデリクから、また騎士として仕えさせてほしいと願われる。以前冷たく接したことへの罪悪感はあるものの、彼以上の適任はおらず、彼を受け入れ守られることを選ぶテオドール。そんなある日、フレデリクが自分を見捨てなかった理由を知り、仄かな恋心を抱き始めて……

詳しくは公式サイトにてご確認ください。
https://andarche.alphapolis.co.jp

異世界BLサイト“アンダルシュ”
新刊、既刊情報、投稿漫画、ツイッターなど、BL情報が満載！

この作品に対する皆様のご意見・ご感想をお待ちしております。
おハガキ・お手紙は以下の宛先にお送りください。

【宛先】
〒150-6008 東京都渋谷区恵比寿4-20-3 恵比寿ｶﾞｰﾃﾞﾝﾌﾟﾚｲｽﾀﾜｰ 8F
（株）アルファポリス　書籍感想係

メールフォームでのご意見・ご感想は右のＱＲコードから、
あるいは以下のワードで検索をかけてください。

アルファポリス　書籍の感想

ご感想はこちらから

本書は、Web サイト「アルファポリス」（https://www.alphapolis.co.jp/）に掲載されていたものを、改稿のうえ、書籍化したものです。

悪役令息になんかなりません！僕は兄様と幸せになります！

tamura-k（たむらけー）

2023年 1月 20日初版発行
2023年 2月 14日2刷発行

編集－反田理美
編集長－倉持真理
発行者－梶本雄介
発行所－株式会社アルファポリス
〒150-6008 東京都渋谷区恵比寿4-20-3 恵比寿ｶﾞｰﾃﾞﾝﾌﾟﾚｲｽﾀﾜｰ8F
TEL 03-6277-1601（営業） 03-6277-1602（編集）
URL https://www.alphapolis.co.jp/
発売元－株式会社星雲社（共同出版社・流通責任出版社）
〒112-0005 東京都文京区水道1-3-30
TEL 03-3868-3275
装丁・本文イラスト－松本テマリ
装丁デザイン－おおの蛍（ムシカゴグラフィクス）
（レーベルフォーマットデザイン―円と球）
印刷－中央精版印刷株式会社

価格はカバーに表示されてあります。
落丁乱丁の場合はアルファポリスまでご連絡ください。
送料は小社負担でお取り替えします。

ISBN978-4-434-31489-6 C0093